TARA SIVEC

Beije a Garota

Traduzido por Mariel Westphal

1ª Edição

2019

Direção Editorial:	**Arte de Capa:**
Roberta Teixeira	Dri KK Design
Gerente Editorial:	**Revisão:**
Anastacia Cabo	Fernanda C. F de Jesus
Tradução:	**Diagramação:**
Mariel Westphal	Carol Dias

Copyright © Tara Sivec, 2019
Copyright © The Gift Box, 2019
Copyright © Kiss the Girl by Tara Sivec, 2019
Todos os direitos reservados.

Nenhuma parte do conteúdo desse livro poderá ser reproduzida em qualquer meio ou forma – impresso, digital, áudio ou visual – sem a expressa autorização da editora sob penas criminais e ações civis.

Esta é uma obra de ficção. Nomes, personagens, lugares e acontecimentos descritos são produtos da imaginação da autora. Qualquer semelhança com nomes, datas ou acontecimentos reais é mera coincidência.

Este livro segue as regras da Nova Ortografia da Língua Portuguesa.

CIP-BRASIL. CATALOGAÇÃO NA PUBLICAÇÃO
SINDICATO NACIONAL DOS EDITORES DE LIVROS, RJ
Meri Gleice Rodrigues de Souza - Bibliotecária CRB-7/6439

S637b
    Sivec, Tara
        Beije a garota / Tara Sivec ; [tradução Mariel Westphal]. - 1. ed. - Rio de Janeiro : The Gift Box, 2019.

        Tradução de: Kiss the girl
        ISBN 978-85-52923-59-6

        1. Romance americano. I. Westphal, Mariel. II. Título.

19-54907   CDD: 813
                CDU: 82-31(73)

Capítulo um

A FANTÁSTICA MULHER-PEIXE

— Você só pode estar tirando com a minha cara.

Olho para o meu celular, que está na mesa a minha frente, quando a música *"Crazy Bitch"*, da banda Buckcherry, soa entre o burburinho de conversas na cafeteria, pela sétima vez em poucos minutos.

— Está tudo bem. Você pode atender, não me importo — Natalie, a loira alegre sentada do outro lado da mesa, sorri para mim.

Volto meu olhar na sua direção, dando um pequeno sorriso por educação enquanto pego o celular e passo o dedo pela tela antes de levar o aparelho ao meu ouvido.

— É melhor você estar morrendo em uma vala ou algo assim — murmuro como cumprimento.

— Ariel? — Minha amiga Cindy pergunta, do outro lado da linha.

Solto um suspiro sofrido, fecho os olhos e aperto a ponte do meu nariz.

— Você ligou para *mim*, otária. Quem mais atenderia o telefone? Você está morrendo?

— Ahm… Bem… Não. — Ela gagueja.

— Então por que, pelo amor de todos os santos, você está me ligando? Desligue e me mande uma mensagem, como qualquer pessoa normal, ou eu vou cortar a sua garganta.

Natalie tem o bom senso de parecer amedrontada enquanto sutilmente afasta a cadeira alguns centímetros da mesa e tira o braço do meu alcance. Não é que eu queira que ela tenha medo de mim, mas se essa entrevista continuar indo na mesma direção que está há meia hora, posso ter acabado de encontrar minha nova colega de quarto. É bom estabelecer quem está no comando, desde o começo.

— Estou ligando apenas para me assegurar de que você ainda vai ajudar a Anastasia e eu a nos mudarmos para a casa do PJ amanhã.

— De novo, isso é algo que você poderia ter me mandado em *uma mensagem* — rosno, irritada.

Beije a Garota

5

Eu amo a minha melhor amiga, realmente amo. Só não gosto de falar ao telefone com *ninguém*. Gostaria de dizer que esta minha atual irritabilidade é por ser obrigada a falar ao telefone, mas, no fundo, sei que não é verdade. Sou mulher o bastante para admitir que desde que Cindy anunciou que ela e a filha de quatorze anos se mudariam para a casa do seu namorado, estou me sentindo um pouco estranha. Adicione isso ao fato de que eu preciso de uma colega de quarto para dividir as contas, já que estou me afundando em dívidas, e você verá que a minha vida tem sido uma merda ultimamente.

— Belle e Vincent também estarão aqui amanhã, às nove horas da manhã, para ajudar. Vou pegar café e donuts! — Ela fala, animada, como se café e donuts valessem a pena para eu levantar a uma hora dessas e carregar caixas pesadas o dia todo.

Ok, tá bom. Os donuts contam, sim, a favor.

Engulo outro gemido quando Cindy menciona a minha outra melhor amiga, Belle, e o seu namorado, Vincent. Quando nós três nos tornamos amigas, ninguém ficou mais chocada do que eu. Para início de conversa, eu não tenho amigas mulheres. Só de pensar nestas duas palavras juntas já me dá vontade de vomitar.

Mulheres são muito instáveis e julgadoras, isso sem falar que guardam rancor por qualquer coisa que tenha acontecido vinte anos atrás. E no topo de tudo isso, Cindy era uma dona de casa recatada, e Belle era uma bibliotecária nerd e envergonhada. Completamente diferentes uma da outra, mas quando cada uma de nós percebeu que compartilhávamos o mesmo problema financeiro e o desejo de ganhar dinheiro rápido, sei lá, nossos santos meio que bateram.

Ajudei as duas a saírem das suas conchas e se tornarem as mulheres fortes e independentes que sempre foram destinadas a ser, e ao mesmo tempo começamos nosso próprio negócio chamado The Naughty Princess Club. Basicamente, são strippers que fazem festas em casa. Pense como uma festa de aniversário, mas com menos roupa e sem comida. Estava tudo indo bem até essas duas idiotas se apaixonarem e arruinarem tudo.

Ok, tudo bem. Elas não arruinaram tudo, só fizeram com que eu sentisse como se tivesse algo de errado comigo porque eu não queria ter nada a ver com homens, amor, romance ou qualquer outra coisa do gênero. Cindy se apaixonou pelo PJ Charming, o dono do Charming's, um clube de cavalheiros onde inicialmente começamos nossas aulas de strip, antes de abrirmos a nossa empresa. E então a Belle se apaixonou pelo Vincent "Fera" Adams, o segurança do Charming's, que chocou todas nós quando descobrimos o homem doce e gentil que estava escondido sob toda aquela carranca.

— Como foi a sua entrevista com a possível colega de quarto? — Cindy pergunta, me fazendo voltar ao presente momento.

— Ainda está acontecendo — falo para ela, enquanto observo Natalie rasgar, nervosa, o guardanapo na sua frente, em milhares de pedaços.

— Ela é legal?

— Acho que sim — respondo, dando de ombros.

— Ela é legal *demais*? — Cindy questiona.

— Que merda isso significa?

Escuto Cindy suspirar do outro lado da linha.

— Significa que ela vai se transformar em uma mulher branca, solteira e que vai pintar o cabelo da mesma cor que o seu, e tentar transar com o seu namorado…?

— Eu não tenho namorado — a lembro, enquanto Natalie se endireita e olha para mim.

— Ainda — Cindy ri.

Reviro os olhos e solto outro suspiro irritado.

— Eu não tenho namorado e nunca terei um. Pare de tentar dar uma de cupido para cima de mim, só porque encontrou o único cara no mundo todo que é doce e romântico e que a ama por ser você mesma.

— Ele não é o único cara assim em todo o mundo. Belle também encontrou o dela, não se esqueça disso. — Cindy fala.

— Podemos parar de falar sobre isso agora? Você está me deixando irritada.

— Cale a boca e pergunte para a garota legal sobre o cabelo dela. — Cindy manda.

Neste exato momento, estou seriamente me arrependendo por ter ensinado Cindy a encontrar a sua voz e não deixar que as pessoas tomassem conta dela. Afasto o celular do rosto e olho na direção da Natalie.

— Você está feliz com a sua atual cor de cabelo?

Natalie olha, confusa, para mim por alguns segundos, levanta a mão e enrola uma mecha do seu longo cabelo loiro nos dedos.

— Ahm, sim? — Ela sussurra. — Quer dizer, ultimamente tenho pensado em mudar, talvez para uma cor castanha, com luzes mais claras. Estou ficando um pouco cansada do…

— Pare de falar — eu a interrompo, levantando a mão no ar, e volto a aproximar o celular de mim para falar com Cindy. — Está feliz agora?

Ela não vai pintar o cabelo de vermelho como o meu, eu não acho que ela tenha coragem de transar com o namorado que eu nunca terei, e estou bem confiante de que se ela tentasse me matar, conseguiria fazê-la beijar o chão e cravar uma chave de fenda no seu olho, antes mesmo de ela piscar.

Natalie começa a tremer visivelmente na cadeira, e eu começo a me sentir realmente mal por assustar a coitada.

Haha, brincadeirinha! Estou pouco me lixando.

Porcaria, estou sim. Preciso de uma colega de quarto, tipo, para ontem, e a Natalie é a única pessoa normal que encontrei nessas últimas semanas.

— Pare de assustá-la — Cindy ralha comigo. — Dê uma chance para ela e *nem pense* em expulsá-la antes de terminar a entrevista.

Endireito-me quando escuto as suas palavras, e cerro os olhos, mesmo que ela não possa me ver.

— Dei uma chance para todos esses imbecis que entrevistei nessas semanas. Não é minha culpa se todas as pessoas estranhas, a um raio de cem metros, responderam ao meu anúncio. Você se esqueceu da Felicia Agressiva ou da Patricia Adoro Erva?

Que tal darmos uma pequena relembrada?

Eu: Bem, acho que foi tudo bem. Eu entro em contato.

Felicia Agressiva: Ótimo! Meu agente da condicional vai ter que inspecionar a sua casa.

Eu: Desculpe, o quê?

Felicia Agressiva: Está tudo bem. Contanto que você mantenha trancada e longe do meu alcance qualquer coisa que possa ser usada como arma, ele vai aprovar. Você sabe, coisas tipo facas, garfos, pauzinhos para comida japonesa, stilettos e isqueiros.

Eu: *olho para ela com os olhos arregalados*

Felicia Agressiva: Honestamente, o B.O. com os stilettos foi uma coisa ridícula. Não foi como se o salto tivesse atravessado o pescoço do meu ex-namorado. Ele é só um chorão e eu não sabia que feridas no pescoço sangravam tanto.

Eu: Caia fora.

Eu: Foi bom falar com você. Ligarei no decorrer da semana.

Patricia Adoro Erva: Cara, só uma perguntinha. Você faz testes aleatórios de drogas?

Eu: Eu... O quê?

Patricia Adoro Erva: Tudo bem se você fizer. Eu só preciso, tipo, de ao menos uns três dias para conseguir uma urina limpa. Tudo certo. Eu conheço um cara. Você vai terminar esse muffin? Adoro blueberries, cara. Eu poderia comer um Cheetos. Bob Esponja é realmente engraçado. Podemos tirar um cochilo agora?

Eu: Caia fora.

Cindy grunhe do outro lado da linha e eu sei que ela também está pensando nas minhas outras entrevistas desastrosas, com potenciais colegas de quarto.

— Só seja boazinha e me ligue quando terminar — ela me diz.

— Desde quando eu sou boazinha? Além disso, vou mandar uma *mensagem* para você quando terminar aqui, como um ser humano normal. Deixe-me em paz e vá trepar até desmaiar, com o seu namorado, antes de amanhã, quando você estiver maluca com a mudança, quando toda a magia tiver desaparecido e você matá-lo enquanto ele dorme, por não ter reposto o papel higiênico.

— Um dias desses, Ariel, você terá o seu próprio conto de fadas, e eu vou apontar e rir de você quando acontecer — Cindy me informa. — Você vai encontrar o seu próprio Príncipe Encantado, e ele vai deixar você de...

Afasto o celular do meu ouvido e desligo na cara da Cindy, interrompendo a sua baboseira sobre contos de fadas.

Contos de fadas não acontecem na vida real.

Merda. Esqueça o que eu disse. Eles aconteceram com as minhas duas amigas. Vamos só dizer que eles não acontecem comigo, e eu estou de boa com isso. Totalmente D-E B-O-A.

— Tem mais alguma coisa que você queira perguntar para mim? — Natalie pergunta, suavemente.

— ESTOU BEM! — Grito para ela.

Não preciso de um cavaleiro de armadura brilhante para me salvar e me deixar de quatro, como Cindy disse. Não preciso de um homem selvagem, com um coração de ouro, para me ajudar a abrir as asas e salvar a minha preciosa biblioteca, como aconteceu com a Belle. Só preciso ser capaz de pagar as minhas contas, finalmente começar a dançar no The Naughty Princess Club, e morrer feliz e sozinha, sem um homem me enchendo o saco e me dizendo o que fazer. E isso não será estranho. Não vou me tornar uma daquelas tias que adoram gatos ou qualquer coisa do tipo, porque eu odeio gatos.

Minhas amigas podem ir em frente e ter os seus contos de fadas idiotas. Eu serei a Fantástica Mulher-peixe. Meus peixinhos não me decepcionarão, não vão me cobrir de pelos, isso sem falar que será impossível alguém encontrar o meu corpo morto, com metade do rosto comido.

Estou bem. ESTOU DE BOA.

Capítulo dois

NINGUÉM USA O TELEFONE PARA ISSO

— Você já está chegando? Os donuts estão ficando frios, e a Cindy está pirando porque o PJ escreveu *quarto* em uma caixa de utensílios de cozinha, e agora ela está nos fazendo olhar caixa por caixa e nos batendo com uma espátula, se pulamos alguma. Ei, você sabia que os franceses chamam a versão deles de donuts, de *pets de nonne*, que traduzindo fica *peidos de freira?* — Belle pergunta, e a sua risada ecoa pelo sistema de som do meu carro.

Sinto uma necessidade de gritar com ela, por ligar para mim em vez de mandar mensagem, porque primeiro: estou dirigindo, e mesmo que eu dominasse a arte de aplicar rímel e comer Taco Bell enquanto dirigia, mandar mensagens era um grande não; e segundo: por mais que as minhas amigas me irritassem, não posso evitar adorar Belle e os seus fatos aleatórios inúteis.

— Além disso, você já levou os documentos da nossa empresa no Fórum? Precisamos entregar nesta semana ou…

— Não coloque a carroça na frente dos bois. Estou chegando em Fairytale Lane neste momento — a interrompo.

Escolho *não* dizer a ela que eu já estava chegando ao Fórum quando percebi que tinha esquecido a papelada necessária em casa, e que tive que voltar. Assumo total responsabilidade por esse erro, e também por agora ter que ir lá pessoalmente, depois de colocar a informação errada no formulário, quando os preenchi online. Mas eu não preciso de outro sermão.

Quando cheguei ao Fórum e percebi o que tinha feito, gritei tantos xingamentos que acabei ficando sem repertório e tive que inventar alguns. Caso você esteja se perguntando, gritar "filho da puta do caralho" fará com que você receba alguns olhares estranhos em um estacionamento lotado. Depois disso, caí no choro, o que é completamente inaceitável. Eu não sou chorona. Nunca fui. E para aumentar a lista de absurdos, me desculpei com as pessoas que estavam por ali e que testemunharam o meu colapso. ME DESCULPEI. Não sei o que vem acontecendo comigo ultimamente. Acho que estou tendo uma crise de identidade.

Beije a Garota

— Não estou usando calcinha — Belle sussurra alto. — Vincent escondeu todas as minhas roupas íntimas, quando ele lavou as roupas no outro dia. No começo é refrescante até demais, mas agora estou gostando. Especialmente porque dá acesso fácil para ele, se é que você me entende.

Um silêncio profundo toma conta do meu carro, enquanto eu tento bloquear do meu cérebro toda e qualquer imagem da Belle e do Vincent transando. Não me entenda mal, ele é grande e musculoso, e estou orgulhosa da minha amiga tímida e superprotegida por dominar sua sexualidade e por explorá-la, mas não preciso dos detalhes. Preciso ser capaz de poder dormir à noite, muito obrigada.

— Você entende o que eu quero dizer, né? — Belle pergunta, quando o silêncio dura tempo de mais. — Quero dizer que ele pode me jogar na parede e facilmente...

— Shsssssssss... Não consigo escutar você... Shhhhhhhh... tá... cortando... shhhhhhhh... entrando em um túnel.... — falo, antes de desligar a chamada.

Sorrio, apesar da manhã de merda que tive, quando diminuo a velocidade na minha rua.

Mesmo que eu não seja uma fã de contos de fadas, adoro morar aqui, então posso deixar passar o nome da rua[1]. É sem saída, com casas de família, e agora que eu moro aqui, *não* tenho mais vontade de matar meus vizinhos, pois eu ainda tinha esperanças e sonhos ridículos de que um dia eu teria a minha própria família. Demorei um tempo para começar a gostar dessa rua, e eu ainda tenho ranço da maioria das pessoas que moram aqui, levando em consideração que eles são um monte de otários julgadores que me tomaram como uma prostituta destruidora de lares, em vez de uma mulher divorciada e de coração partido. Cindy estava, de fato, entre esses imbecis julgadores quando nos conhecemos, mas claramente eu consegui cativá-la com a minha personalidade maravilhosa.

Meu sorriso diminui um pouco quando eu dirijo pela rua arborizada e passo pela casa da Cindy, que tem um caminhão de mudança parado na entrada da garagem e alguns carros estacionados na frente. Tornar-me amiga da Cindy e tê-la morando a poucas casas de distância eram outros pontos positivos de se morar em Fairytale Lane. Eu sei que a casa do PJ fica a apenas alguns minutos de distância do outro lado da cidade, mas não será o mesmo quando eu não puder atravessar a rua e entrar na casa dela sem precisar bater à porta, sempre que eu quiser.

---

1 **O nome da rua e do bairro fazem alusão a contos de fadas.**

Assim que eu paro na entrada da minha garagem e olho pela janela para a minha casa em estilo colonial de dois andares, empurro os pensamentos melancólicos para o lado e me lembro do quanto eu amo essa casa. Não é chique e tem a metade do tamanho da casa da Cindy, mas é toda minha, e neste momento, é uma das únicas coisas que me deixam feliz.

Claro, eu tive que vender a minha loja de antiguidades para poder continuar bancando a casa *e* a porra da pensão que eu fui obrigada a pagar para o meu ex-marido, mas tudo bem. Eu ainda tinha um telhado sobre a minha cabeça, e mesmo que recentemente eu tenha tido que começar a vender um monte das minhas antiguidades para pagar essa merda, a minha casa ainda estava cheia de bonitos objetos que me mantinham quentinha à noite.

Ok, tudo bem. Porcelanas, trocentos relógios de parede antigos, pinturas vintage, e mais uma cacetada de outros objetos que cobrem cada superfície disponível da casa não me mantêm quente à noite *de verdade*, mas tanto faz. Eles me fazem feliz. Eu mereço ser feliz, caramba.

Cindy e Belle têm feito bastante dinheiro fazendo festas de strip para o The Naughty Princess Club, e já que eu estou apenas lidando com a parte administrativa da empresa, só recebo uma pequena porcentagem do que elas ganham. Uma porcentagem bem pequena. Mal o suficiente para continuar pagando a hipoteca e me poupar de vender *tudo* que tenho em casa, que é o motivo para eu fazer entrevistas para encontrar uma colega para dividir as despesas. Mas eu preciso respirar fundo e tirar as minhas roupas por dinheiro, para ontem. Minhas amigas não entendem o que me segura e, honestamente, nem eu.

De nós três, você pensaria que eu seria a primeira a fazer strip-tease, considerando que tudo isso tinha sido ideia minha. Quando nós três aparecemos na festa anual de Halloween de Fairytale Lane vestindo fantasias de princesas, fomos contratadas por um dos vizinhos para fazer uma festa para ele. Pensamos que seria uma festa de princesa para a filha mais nova dele, mas acabou que na verdade fomos contratadas para ser strippers no aniversário do PJ. E vou dizer, aquela festa não terminou bem. Corremos gritando para fora da casa, mas nosso vizinho ainda pagou pelo mal-entendido. E foi aí que a ficha caiu. Sugeri imediatamente que fizéssemos festas onde houvesse strip-tease de verdade, e o resto é história.

Foi uma boa ideia naquela hora. E, honestamente, *ainda* é uma boa ideia, considerando o quanto Cindy e Belle se saíram bem com essas festas, e como, semana após semana, nossa lista de clientes e pedidos de festas continuam a aumentar. Só preciso sair desse bloqueio no qual estou. Não posso salvar a minha casa e todas as minhas coisas, a menos que descubra que merda está acontecendo comigo.

Desligo o carro, enfio as chaves no bolso da frente do meu short jeans e me viro para sair da entrada da garagem quando quatro carros de polícia param na frente da minha casa. Paro, confusa, quando todos os policiais saem dos carros e caminham na minha direção.

Merda. Estou sendo presa porque falei filho da puta do caralho *no Fórum? Por acaso isso é ilegal?*

Olhando para longe, vejo Cindy, PJ, Belle e Vincent saírem da casa da Cindy e virem na minha direção. Posso ver as expressões confusas em seus rostos, e provavelmente estou com a mesma expressão.

— Posso ajudá-los, senhores? — Pergunto, quando o primeiro policial se aproxima de mim.

Ele é mais velho que os outros três, e tem o cabelo grisalho e linhas de expressão ao redor dos olhos. Mas ele parece legal, e eu sei que devo respeitar os mais velhos e tudo o mais, mas, sério, é ilegal dizer caralho no estacionamento de um Fórum?

— Você é Ariel Waters?

— Quem diabos quer saber? — Respondo, irritada, cruzando os braços.

Um dos policiais mais novos se aproxima do mais velho e ri.

— Sim, é ela. Devemos pegar nossos *tasers*[2] agora, senhor? — Ele pergunta.

Os outros dois policiais se aproximam deles, olhando para mim com as mãos pairando sobre os *tasers* presos aos cintos.

— Não acho que será necessário, oficial Louis. Tenho certeza de que a sra. Waters permanecerá calma. Estou certo, senhora? — Ele diz, com uma voz suave e gentil.

A maneira como ele usa a palavra "senhora" me deixa tudo, menos calma. Claro, nunca voltei a usar o meu nome de solteira depois que o meu divórcio finalizou, mas só porque é uma burocracia do cão e custa muito dinheiro.

— O que está acontecendo aqui? — PJ pergunta, liderando meu grupo de amigos enquanto eles passam pelos policiais e se aproximam de mim.

Abro minha boca para responder, quando outra pessoa surge atrás dos policiais.

---

2 **Tasers** – armas de choque, que liberam uma corrente elétrica que deixa incapacitada a pessoa atingida.

— Mas que merda ele está fazendo aqui? — Pergunto, irritada, esquecendo momentaneamente que os policiais estão ali, enquanto olho para Eric Sailor.

— Ele é nosso amigo e está ajudando na mudança. — Cindy sussurra atrás de mim.

O homem em questão sorri e pisca para mim, coloca as mãos nos bolsos da frente da calça jeans e casualmente vem para o meu lado, batendo o ombro no meu.

— Eca, não toque em mim. Vai saber onde diabos você esteve — murmuro, limpando o local onde ele tinha se esfregado em mim.

O sorriso nunca deixa o rosto do Eric enquanto ele olha para mim, o que me faz olhar para ele com mais afinco. Eric Sailor tem sido uma pedra no meu sapato desde que o conheci no Charming's, alguns meses atrás, quando Cindy, Belle e eu aparecemos para a nossa primeira aula de strip-tease. Ele é sócio do local com o PJ, e cada palavra que sai da sua boca me irrita. Não tenho nem ideia do motivo de esse cara me irritar, mas é o que temos.

Quanto mais eu dou meu olhar assassino, maior o seu sorriso fica, até que covinhas aparecem nas suas bochechas.

É isso. *Isso* que me irrita. Ele tem covinhas nas bochechas. Covinhas deixam as mulheres idiotas, e eu me recuso a ser idiota por um homem mais uma vez. Ele também é inteiramente lindo e sabe disso, com o seu cabelo castanho-escuro cortado baixinho nos lados da cabeça e o meio comprido o bastante para estilizar, e parece ser macio de se tocar. Não que eu queira tocar o cabelo dele ou algo do tipo. Muito menos que eu tenha pensado em passar meus dedos pelo seu cabelo. No entanto, eu imaginei agarrá-lo e arrancar pela raiz. Esse pensamento sempre me deixa com uma sensação boa.

E então tem os seus olhos verdes, ridiculamente claros, cílios longos e escuros, um delicioso perfume amadeirado, e um corpo magro, porém musculoso. Ele tem o biótipo de corredor. Um corredor gostoso pra caramba.

E eis aí outra razão para odiá-lo. Correr é idiota, assim como Eric Sailor.

— Pare de me despir com os olhos, estou ficando duro. Você está começando a babar. — Eric murmura com um sorriso, subindo a mão entre nós, na direção dos meus lábios, como se fosse limpar a dita baba que *de forma alguma* está escorrendo no canto da minha boca.

Afasto, irritada, a sua mão com um tapa, antes que ele possa me tocar.

Quando o policial mais velho volta a falar comigo, afasto o olhar de Eric antes que eu cometa um assassinato.

— Enfim, não queremos problemas. Ariel Waters, a partir deste momento você se encontra despejada da propriedade — ele fala, dando um passo para frente e estendendo um envelope na minha direção.

Todos os pensamentos sobre Eric e o quão idiota e irritante ele é, somem da minha cabeça e meu coração cai aos meus pés. Literalmente. Eu posso sentir os batimentos do meu coração nos dedos dos pés. Poderia ser por causa dos adoráveis sapatos *peep toe* que eu estava calçando, que estavam cortando a circulação, mas isso é bobagem. Eles são lindos demais para me causar dor. A notificação que o policial tinha acabado de fazer, me dá vontade de morrer, então é obviamente isso que está acontecendo.

PJ se aproxima e pega o envelope que o cara estava estendendo, quando eu não faço nenhum movimento para pegá-lo, já que parece que cada centímetro do meu corpo está petrificado. Escuto Vincent rosnar, irritado, de algum lugar atrás de mim, e pela primeira vez desde que eu o conheci e Belle começou a namorar com ele, não me importo de escutar aquele som saindo da sua boca. É reconfortante.

É como estar completamente sozinha na floresta, enfrentando um urso preto e ter um leão da montanha atrás de você, acenando com a cabeça antes de atacar o urso no rosto, que revida com um soco no leão da montanha.

É, estou pirando.

Olho, anestesiada, enquanto PJ abre o envelope e passa os olhos rapidamente pelos documentos que tira de dentro. Depois de alguns minutos em silêncio, ele levanta o olhar e me dá um sorriso triste antes de se virar para os policiais.

— Você poderia me dizer por que achou necessário que quatro policiais viessem aqui fazer isso?

O homem dá de ombros e me dá um sorriso gentil, que só me dá vontade de dar um soco bem na cara dele. De novo, não é uma boa ideia, mas ao menos meus sentidos estão lentamente voltando, e a raiva toma conta de mim.

— Bem, já que alguns dos policiais estão familiarizados com a sra. Waters, pensamos que seria prudente ter reforços e nos assegurarmos de que tudo ocorreria bem. Você sabe, só no caso de ter outro incidente como o do Starbucks.

Escuto Belle rir suavemente atrás de mim, seguido por um "aaaai" quando, acredito eu, Cindy lhe dá uma batida na barriga dela. Elas rapidamente se juntam à linha de frente, entre PJ e Eric, uma de cada lado e abraçando a minha cintura. O apoio delas aquece meu corpo frio e me lembra de que eu não sou do tipo de mulher que se deixa abater quando recebe notícias ruins.

— Eu pedi um grande, e o imbecil atrás da registradora não sabia do que eu estava falando — finalmente falo, em uma voz baixa que rapidamente aumenta a cada palavra que falo. — Bicho burro do cacete. Eu só queria a porra de um COPO GRANDE DE CAFÉ PRETO!

É isso aí. Eu pirei oficialmente, e estou pouco me importando. Você causa uma pequena cena em uma Starbucks e derruba três torres de copos vazios com um golpe de karatê com a mão, e de repente você é uma maluca que precisa de não um, mas *quatro* policiais para lidar com você.

— Querida, está tudo bem. Tenho certeza de que é um engano. Eles não podem tomar a sua casa sem dar algum tipo de aviso — Cindy fala, tentando me acalmar.

— Eles estão ligando para ela repetidamente pelos últimos três meses — o xerife Louis informa.

— Ah-ha! — Eu grito, apontando para o espertalhão à minha frente. — *Agora* quem parece o idiota da história? Eu não uso o meu telefone para isso. *NINGUÉM USA O TELEFONE PARA ISSO! NÓS USAMOS PARA MANDAR MENSAGENS PARA AS PESSOAS, PARA PESQUISAR NO GOOGLE COISAS IDIOTAS, COMO SE VOCÊ PODE MORRER DE UM SANGRAMENTO NO NARIZ, E PARA ENCONTRAR MEMES ENGRAÇADOS SOBRE HERPES!*

— Ai, Deus — Cindy murmura, aumentando o aperto na minha cintura.

— Por favor, não dificulte as coisas, senhora — o policial mais velho fala, dando um suspiro.

— Vá se catar, não estou dificultando nada. Estou sendo solícita pra caramba — murmuro, irritada.

Escuto Eric se engasgar com uma risada e contenho a urgência de me soltar da Belle e dar um soco na barriga dele. É por pouco, mas me contenho.

— Só porque o banco alega que me ligou, não significa que você pode me expulsar da minha casa, certo, PJ? Diga para eles que não podem me expulsar da minha casa.

— Meu bem, você está com a hipoteca atrasada há seis meses. E aqui diz que eles não só ligaram para você, como mandaram e-mails e cartas, mas que nunca receberam resposta. Sinto muito, mas isso realmente está acontecendo — PJ responde, falando baixo.

De jeito nenhum estou tão atrasada assim. Isso tem que ser um engano. Claro, atrasei alguns pagamentos aqui e ali, mas tenho tentado manter tudo em dia. Eles deveriam ao menos me dar um crédito por tentar. Impossível eu ser a única pessoa no mundo que ignora os seus problemas, na esperança de que eles desaparecerão magicamente. Tenho certeza de que há muitos de nós assim. Talvez até uma liga.

— Queremos fazer isso da forma mais rápida possível e sem problemas — o xerife fala. — Sabemos que é difícil, mas precisamos escoltar você pela casa, para que possa pegar os seus pertences pessoais de necessidade, como a sua bolsa, documentos, e coisas dessa natureza. Os demais objetos, tudo terá que ficar na casa que agora é de propriedade do banco.

Está tudo bem. Está tudo bem.

— Tudo? Tipo, *tudo*, tudo? — Sussurro.

De maneira nenhuma eles esperam que eu deixe todas as minhas antiguidades para trás. Nem. A. Pau.

— Sinto muito, senhora, mas tudo dentro da casa agora pertence ao banco. Os procedimentos do despejo começaram há trinta dias. O juiz emitiu a ordem cinco dias atrás, e o aviso foi colado na sua porta da frente. Agora nos foi solicitado trancar a casa e mudar as fechaduras, imediatamente.

Todos os quatro policiais passaram por nós e foram em direção à minha casa, enquanto Cindy e Belle alternavam a leitura dos documentos que o PJ ainda estava segurando.

— Querida, você não viu o aviso cinco dias atrás? — Cindy pergunta, suavemente.

— Tinha um papel grande e laranja colado na minha porta na semana passada, mas eu pensei que era alguma coisa sobre a Associação dos Moradores me enchendo o saco para cortar os arbustos do jardim de novo, aí joguei fora sem nem olhar. Que se foda a Associação dos Moradores e os seus malditos avisos coloridos. Isso é culpa *deles*! — Grito.

— Vai ficar tudo bem, Ariel. Vamos dar um jeito nisso. — Cindy promete.

— Em 2015, estima-se que quase três milhões de americanos foram despejados. É uma epidemia em crescimento. — Belle adiciona, acariciando as minhas costas. — Você vai pirar?

Olho para trás, por sobre o ombro, e vejo dois policiais desaparecerem dentro da minha casa, enquanto os outros dois estão parados na porta da frente, mudando a tranca.

— Pirar? Por que eu piraria? Não tem razão para pirar. É tudo um grande mal-entendido. Vai ficar tudo bem. Eu vou ficar bem. Tudo vai ficar bem. Bem, bem, bem — eu falo, cantando, terminando com uma risada histérica.

Todos se viram para olhar para a minha casa, quando o xerife Louis aparece na porta.

— Você quer a nossa ajuda para despejar todos aqueles aquários de peixes na pia da cozinha?

Eu gostaria de dizer que continuei recitando a palavra *bem*, mas tudo começou rapidamente a ir ladeira abaixo depois disso.

Capítulo três

GATTACA!

— Vá se foder, e a sua mãe também! Vou queimar as suas casas. Queimar até o chão, seu desalmado da porra de pinto peque...

Cindy cobre rapidamente a minha boca com a mão, cortando o fluxo de palavras que eu estava vomitando em cima de um dos policiais, por sugerir despejar meus aquários na pia. Ele volta a desaparecer dentro da casa, com os olhos arregalados, com uma expressão que transparecia o seu medo, e se a mão da Cindy não estivesse ainda sobre a minha boca, ele teria me visto sorrindo para ele.

— Posso garantir que a Ariel não causará nenhum problema — PJ fala para o policial mais velho.

— Obviamente esta situação é muito estressante para ela.

Percebo que estou agindo como uma idiota, mas não posso evitar. Estou perdendo tudo que amo e está acontecendo bem na minha frente. Sinto-me perdida e sem esperança, e raiva é a única coisa que me mantém de pé neste momento, e não jogada no chão, encolhida em posição fetal, no meu jardim.

— Você está calma? — Cindy pergunta, suavemente, quando o policial se afasta de nós e entra na casa junto com os outros.

Aceno com a cabeça, sentindo a sua mão ainda firme sobre a minha boca.

— Você promete que vai parar de gritar com os policiais?

Aceno de novo, e a sua mão lentamente se afasta do meu rosto.

— Desculpe, vou me comportar — sussurro.

Respiro profundamente, contando até dez, e faço o possível para me manter calma.

— Desculpe, quebramos um desses. Mas você tem tipo, uns trinta e cinco iguais, então...

Olho para a porta e vejo um policial parado ali, segurando um prato de bolo prussiano, com rosas pintadas à mão, quebrado ao meio. Ele não parece muito preocupado por ter quebrado, e esqueço tudo o que eu tinha acabado de dizer.

Um som sai da minha boca, que provavelmente você só ouviu antes em um documentário no National Geographic, e vou correndo na direção da casa, subo os degraus da varanda e arranco as peças quebradas de porcelana das mãos do homem.

— SEU ENERGÚMENO FILHO DE UMA CHOCADEIRA! — Grito e aponto o objeto quebrado para o rosto dele.

Escuto meus amigos gritando atrás de mim, mas os ignoro. Com o pedaço de porcelana quebrada na mão, e lágrimas nublando a minha visão, subo na varanda e abraço uma das pilastras com toda a minha força.

— Vocês terão que arrancar o meu cadáver desta casa! — Grito, abraçando a pilastra com os braços e as pernas.

Sim, eu estou trepada em uma das pilastras da minha varanda, como se fosse um polvo, não me julgue. Em algum momento dos últimos cinco minutos, perdi completamente a noção da realidade. É como se eu estivesse muito bêbada e conseguisse escutar as coisas idiotas que estão saindo pela minha boca, mas completamente incapaz de pará-las.

— Sério, sra. Waters, você precisa descer daí e começar a recolher as suas coisas. Só temos alguns minutos antes de precisarmos fechar tudo e trancar a casa, e então você não poderá mais entrar e nem chegar perto da propriedade — o policial fala para mim e dá um suspiro.

Um dos meus braços solta a pilastra de madeira e vejo o rosto do policial relaxar quando pensa que vou fazer como ele pediu. Levanto o braço e o balanço no ar, enquanto continuo olhando para ele.

— GATTACA! GATTACA! GATTACA! — Berro com toda a minha força.

— Você é fã do Ethan Hawke?

Viro a cabeça e vejo Eric passando pelos meus amigos quando eles param no começo das escadas, me olhando horrorizados. Eric está no último degrau da varanda, com as mãos no bolso e um sorriso idiota naquele rosto lindo.

— De que merda você está falando? — Murmuro.

— *Gattaca* é um filme do Ethan Hawke. Acho que você quis gritar Attica. Você sabe, do filme *Um Dia de Cão,* com o Al Pacino, onde eles entoam a palavra *Attica* fazendo referência ao uso excessivo da força policial durante os motins na prisão de Attica.

Meus lábios se abrem e solto um grunhido. Eric rapidamente balança a cabeça e tira as mãos dos bolsos.

— Esquece. *GATTACA! GATTACA! GATTACA!* — Ele fala, levantando os punhos no ar.

— Jesus Cristo, não a encoraje. — Cindy reclama, subindo as escadas e parando ao lado do Eric. — Querida, vamos lá em casa e pegar algumas caixas que sobraram, ok? Voltaremos rapidinho. Eric, você poderia...

— Não precisa pedir — ele a interrompe, diminuindo a distância entre nós, e se inclina sobre mim enquanto os outros atravessam a rua e vão para a casa da Cindy.

— Se você colocar a mão em mim, vou cortar fora as suas bolas — eu o aviso.

Acredite se quiser, mas o sorriso do Eric fica ainda maior e ele ri baixinho enquanto coloca as mãos nos meus ombros.

— Vou correr o risco.

Parado atrás de mim, ele move as mãos ao meu redor até que seus braços estão prendendo o meu corpo com segurança. Eu gostaria de dizer que comecei a chutar e berrar, que lutei contra, por ele ter tentado me tirar fisicamente do meu protesto, mas não é o que acontece. Com o seu peito pressionado nas minhas costas, ele gentilmente me afasta da pilastra de madeira e eu me deixo levar. Cada osso do meu corpo se transforma em gelatina quando ele me segura firme contra o seu corpo e dá um passo para trás, lentamente abaixando até que meus pés tocam o chão da varanda.

Ele é muito mais musculoso do que eu tinha pensado. Musculoso e quente, enquanto continua a me segurar na sua frente, com os braços ainda ao redor da minha cintura. Quero inclinar a cabeça para trás e encostá-la no seu peito e esquecer de tudo o que está acontecendo neste momento. Quero fechar os olhos e nunca mais parar de me sentir tão quentinha, segura e livre de estresse.

Um barulho alto de algo quebrando vem de dentro da minha casa, e é como se alguém tivesse jogado um balde de água fria sobre a minha cabeça. O que diabos tem de errado comigo? Eu estou realmente parada na minha varanda, toda calma, quieta e obediente por causa do *Eric*? Eu realmente deixei que um *homem* fizesse eu me sentir como uma garotinha apaixonada?

Solto-me imediatamente do seu abraço e respiro profundamente algumas vezes, me lembrando de quem eu sou. Não sou uma mulher que precisa ser salva por um homem, ou que se deixa levar pelo coração palpitante toda vez que o cara gostoso lhe dá atenção. Especialmente um tão gostoso quanto Eric, com esse seu flerte e charme irritantes. Eu *casei* com um homem assim, e olha só como estou: endividada e totalmente fodida, e não é da maneira que eu gostaria.

Com a cabeça levantada, entro na minha casa e tento não gritar ou pirar novamente quando vejo os policiais andando sem o mínimo cuidado entre as minhas coisas, fazendo o inventário e escrevendo em suas pranchetas.

Escuto o assobio alto atrás de mim e percebo que Eric me seguiu para dentro da casa. De repente, me sinto autoconsciente pelas minhas coisas, e não sei porquê. Meu amor por antiguidades não era algo com o qual eu tivesse nascido. Foi algo que apareceu na minha vida em um momento que eu precisava de *algo* para me fazer feliz. Eu não conseguia me resgatar, então eu resgatava *coisas*. Muitas e muitas coisas que as pessoas vendiam nos mercados de pulgas e em vendas de garagens, praticamente vendendo tudo por centavos, sem saber que com um pouco de amor e cuidado, essas coisas se transformariam em algo incrivelmente lindo. Você só precisava ter tempo para apreciá-las.

Minha casa está cheia de coisas bonitas e com valor, que ninguém apreciaria, e odeio a ideia de ter que ver esses homens idiotas, que não estão fazendo nada a não ser me deixar irritada ao olharem para tudo e julgarem.

— Se você disser uma única palavra sobre eu ser uma acumuladora compulsiva, eu vou…

— Cortar fora as minhas bolas — ele me interrompe. — Sim, entendi. Eu não ia falar nada mesmo. Você tem um monte de coisas bonitas.

Viro de costas para o caos que está acontecendo bem na minha frente, coloco as mãos na cintura e olho para o Eric, esperando ver um sorriso sarcástico no seu rosto. Para a minha surpresa, a expressão em seu semblante é de apreciação ao olhar ao redor, sem nenhum pingo de aversão no rosto, quando ele vê que mal tem lugar para se andar pela minha sala de estar, com todos os relógios antigos, pinturas e bugigangas espalhados por todo o canto.

— Com licença, senhores… ? — Eric se dirige aos policiais.

Eles param o que estão fazendo e olham para o Eric, e eu observo enquanto ele dá um sorriso matador para os policiais, que me faz revirar os olhos. Sério, ele realmente acha que isso vai funcionar?

— Se vocês não se importarem, acho que podemos continuar daqui. Ariel gostaria de alguns minutos sozinha para reunir os pertences dela, e ajudaria aliviar um pouco do estresse dessa situação se ela pudesse fazer isso sem pessoas ao redor — ele explica, com uma voz suave e calma.

— Sem problemas. Estaremos do lado de fora, se vocês precisarem de ajuda. Daremos a vocês quinze minutos — um dos policiais responde, assentindo.

E assim, eles abaixam as pranchetas e me dão espaço ao saírem pela porta da frente. Minha boca ainda está aberta pelo choque quando, alguns segundos depois, Eric e eu estamos sozinhos na casa e o vejo sorrir para mim.

— Viu? Você consegue mais coisas quando se é educado.

— Vá se foder — meu murmuro o faz rir.

Afasto-me dele só para não ter que olhar para o seu sorriso irritante e nem para aquelas covinhas ridículas nas bochechas.

Caminho pela minha sala de estar, parando na porta da cozinha, me perguntando como eu vou decidir quais "objetos pessoais" levaria comigo. Tudo nesta casa era pessoal para mim. Como eu conseguiria colocar a minha vida toda em algumas caixas pequenas e ir embora e nunca mais ver essas coisas de novo?

— Não pense nisso. Só pegue o que você conseguir. As coisas mais importantes, que você não pode viver sem pelos próximos dias. Vamos fazer algumas ligações e resolver tudo isso, eu prometo — Eric fala, suavemente, bem atrás de mim.

Por que é que esse cara tinha que ser a voz da razão neste momento? Por que a sua voz profunda e rouca me acalmava e fazia com que eu acreditasse em tudo o que ele dizia? Eu não gosto quando ele é todo doce e legal. É muito mais fácil lidar com o Eric quando ele está sendo um mulherengo, olhando para os meus seios e fazendo comentários lascivos.

Enquanto estou ocupada me perguntando o que é que aquele cara estava fazendo comigo, seu peito roça no meu braço quando Eric se move para ficar na minha frente. Com o contato, sinto um calorzinho se espalhar pelo meu corpo, me lembrando da sensação de quando ele estava com os braços ao meu redor.

Pare com isso agora, Ariel. Foque no que é importante!

Observo Eric se aproximar de um conjunto de chá disposto na mesa da cozinha, pegar algo e se virar para mim. Gemo, sabendo exatamente o que ele está pensando que é aquela coisa.

— Isto é importante? Uma *antiguidade* muito, muito importante? — Ele pergunta, dando ênfase na palavra, e vejo sua boca tremer, como se ele estivesse tentando segurar uma risada.

— Eu não sei, o seu pau é uma antiguidade? — Respondo, petulante, dando um passo na sua direção para pegar a Varinha Mágica Hitachi[3].

Ele tira o aparelho do meu alcance e balança a cabeça.

— Que facada!

— Cale a boca! Estou estressada! E para a sua informação, isso é realmente uma antiguidade. É dos anos sessenta, e é para massagem nas costas, seu pervertido — digo, observando-o levar o maldito objeto em formato fálico até a bancada da cozinha e ligá-lo na tomada.

Ele clica no botão do meio no aparelho e, em segundos, aquela coisa idiota está vibrando e fazendo a mão dele chacoalhar, e fazendo um barulho tão alto que tenho certeza de que as pessoas a dois países de distância conseguiam escutar.

— Puta merda, mulher, você ainda tem clitóris ou ele derreteu? — Eric murmura, olhando para a Varinha Mágica, horrorizado.

Indo até ele, pego o fio e tiro da tomada, silenciando o massageador ao mesmo tempo em que arrancava o objeto das mãos dele, e o coloco de volta sobre a mesa da cozinha.

Escuto Cindy chamando na porta da frente, avisando que eles tinham voltado com caixas, e aí meu peito começa a doer fisicamente, lembrando o que eu preciso fazer. Saio apressada da cozinha, deixando Eric e o seu poder idiota de me fazer esquecer momentaneamente dos meus problemas.

---

3 **Varinha Mágica Hitachi – Massageador corporal, também utilizado na prática da masturbação.**

Capítulo quatro

NÃÃÃÃÃÃÃO, MY PRECIOUS!

— *Vá na frente e coloque as caixas no meu carro.*

— *Eu não acho que seja uma boa ideia. Talvez devêssemos perguntar para ela.*

— *Ariel, você consegue nos escutar? Pisque uma vez para sim, ou mostre o dedo do meio para não.*

— *Cientistas alemães alegam que experiências traumáticas podem ser fatais. Fazem com que o corpo produza em grande escala hormônios do estresse, incluindo adrenalina, o que contrai as principais artérias que levam sangue ao coração. Isso paralisa a principal câmara de bombeamento do coração, causando uma mudança repentina no ritmo do batimento, semelhante a um ataque cardíaco.*

— *Pelo amor de Deus, Belle, você não está ajudando!*

— *Talvez devêssemos jogar água fria no rosto dela.*

— *Você está querendo morrer? Se você molhar o cabelo dela, Ariel vai dar uma facada na sua garganta.*

— *Ela vai matar a todos nós, lentamente, um por um, se não estiver de acordo com esse plano.*

Em algum lugar à distância, consigo escutar pessoas conversando, mas suas vozes estão abafadas, e honestamente, não me importo nem um pouco com o que elas estão dizendo. Pessoas que tiveram experiências de quase morte sempre falam sobre essa sensação de flutuar sobre o seu corpo, observando e ouvindo o que estava acontecendo, mas incapazes de fazer qualquer coisa. Essa é a sensação que tenho neste momento. Como se eu estivesse pairando sobre o meu corpo nesta última hora, observando meus amigos empacotarem as minhas roupas, sapatos e tudo o que eles acreditavam ser importante, e fecharem as caixas o mais rápido possível, no pouco tempo que eles tinham antes que fôssemos arrastados para fora daqui, pelo xerife e pela sua corja de puxa-sacos. Eu sei que deveria tê-los ajudado, mas assim que eu vi o PJ pegar um cesto de roupas limpas, que estava no chão da minha sala, e despejar tudo em uma caixa vazia, parece que fiquei fora do ar.

Meus joelhos cedem e eu caio no sofá, olhando sem expressão para uma das três cristaleiras antigas na parede oposta, que estão repletas com mais de quarenta jogos de saleiros e pimenteiros vintage, e fazendo o que eu faço de melhor: ignorando meus problemas, na esperança de que eles desapareçam sozinhos.

— Ariel, querida, terminamos. Você quer dar uma olhada nas coisas e se certificar de que pegamos tudo o que você precisa? — Cindy pergunta, suavemente, com seu corpo entrando no meu campo de visão, bloqueando a minha vista da cristaleira.

Ela se agacha na minha frente, e meus olhos vão para a sua mão enquanto ela toca o meu joelho.

Pelo canto do olho, vejo Belle atravessar a sala e se sentar ao meu lado no sofá, passando o braço ao redor da minha cintura e me dando um aperto reconfortante. Só que isso é tudo, menos reconfortante. Me dá vontade de gritar.

— Estamos aqui para você, Ariel. Para o que você precisar. Amamos você e a ajudaremos a passar por isso, ok? — Belle sussurra.

Odeio o fato de Belle ser tão legal comigo. Odeio que *todos* eles estejam sendo tão silenciosos, gentis e legais. A única coisa que unia Cindy, Belle e eu, era o fato de que nós não aceitávamos as merdas das outras. Não mimávamos umas às outras e, com toda a certeza, não cuidávamos de maneira maternal umas das outras. Eu sei que elas estavam tentando me dar apoio e serem boas amigas, mas isso não é o que eu preciso neste momento. Eu preciso estar com raiva, preciso gritar, e fazer mais do que ficar sentada aqui como uma idiota que acabou de perder a casa e tudo o que ama. Mordo o lábio tão forte que consigo sentir o gosto do sangue, porque cada palavra que sai das suas bocas faz com que eu queira chorar.

— Tudo bem, podemos parar com essas chorumelas agora? Essa sessão de coitadismo está adiada. Levantem-se e vamos nessa.

Afasto a minha atenção da mão de Cindy no meu joelho e olho para o Eric, que cruza os braços e suspira.

— Ei, que tal um pouco de compaixão?! — Cindy reclama, se levantando, e se vira para ele.

— Desculpe, minha cota de compaixão acabou — ele responde, voltando o olhar para mim e piscando. — Posso oferecer um comentário vulgar, em vez disso? Os seus peitos estão incríveis nessa regata. Ficariam muito melhores se…

— Ai, meu Deus, você é nojento! — Eu falo, me levantando do sofá e cruzando os braços na minha frente, tentando cobrir o que ele tanto olhava.

— PJ, brigue com ele! — Cindy ordena, apontando para o Eric.

— Eu não tenho nada a ver com isso — PJ murmura, andando de costas, lentamente se afastando com uma caixa nos braços, e para na porta. — Vou lá fora, colocar essa caixa no carro, junto com as outras.

Ele se vira rapidamente e sai da casa, enquanto Belle se levanta ao meu lado.

— Vincent? — Ela chama, acenando com a cabeça na direção do Eric.

— Bem… é o que ele disse. — Vincent murmura, apontando para a porta pela qual PJ tinha acabado de sair, e segue naquela direção, mas antes para e olha para o Eric por sobre o ombro. — Que a força esteja com você.

Vincent sai da casa, deixando Eric sozinho, no meio de nós três.

— Vamos logo. Tenho que dar umas voltas e umas coisas para fazer. — Eric diz, batendo as mãos duas vezes.

— Você quer dizer que tem que dar umas voltas e *mulheres* para comer? — Repito, acidamente.

— Isso é uma oferta? Não temos muito tempo, mas, com certeza, posso fazer o trabalho em cinco minutos ou menos.

— Cinco minutos ou menos? — Eu rio. — Então você é do tipo egoísta ou é algum problema médico? Sabe, agora tem um remedinho para isso, você não precisa ficar com vergonha.

— Não tenho nada do que ficar com vergonha, docinho. Não sou egoísta e definitivamente não preciso de nenhum remédio. Mê dê trezentos segundos que eu consigo fazer você gritar o meu nome.

Sua voz é baixa enquanto ele me olha, sem nem se incomodar em esconder o desejo em seu olhar. Pisco, olhando confusa para ele, me perguntando como é que meus pés me levaram pela sala, até estar parada a poucos centímetros dele. Consigo sentir o cheiro do seu perfume e o calor do seu corpo, e a minha pele traiçoeira fica toda arrepiada, o que me deixa mais irritada.

— Vá sonhando — murmuro.

— Todos os segundos desde que conheci você.

Não consigo dizer se neste momento ele está brincando, já que parece olhar para mim de uma maneira tão séria. Obviamente ele só está fazendo isso para me irritar, e está funcionando.

Pareço acordar e afasto a minha atenção dele para olhar ao redor, percebendo que Cindy e Belle já não estão mais aqui.

— Elas saíram alguns minutos atrás. A tensão sexual deve ter sido demais para elas aguentarem. — Eric fala.

— Ai, meu Deus, será que você pode se calar?! — Reclamo, revirando os olhos.

— Você está puta da vida? — Ele pergunta.

— Por acaso um urso caga na floresta? — Respondo.

— Você está sentindo uma vontade urgente de gritar e me dar um soco na cara?

— Nada me deixaria mais feliz — eu falo, entredentes.

— Ótimo.

Fico de boca aberta, indignada, e coloco as mãos na cintura.

— Ótimo? É sério isso? Você está feliz por eu estar puta da vida? Você é uma ameaça para a sociedade.

Ele diminui a distância entre nós, até que estamos quase com os narizes tocando. E em vez de me afastar, meu corpo parece travar e eu seguro a respiração quando ele levanta a mão, seu dedo indo para o meu queixo e o levantando, até que seus olhos estão presos aos meus.

— O seu sarcasmo e a sua atitude são engraçados de se ver. Honestamente, é o ponto alto do meu dia, ficar imaginando qual será o próximo xingamento que sairá dessa sua boca.

O sorriso safado no seu rosto desaparece, e a seriedade que toma conta do seu semblante faz o meu coração pular uma batida.

— Ver você de coração partido, magoada e triste, é como levar uma facada no peito. Eu não gosto disso. Então, se deixar você puta da vida fará com que vá embora esse olhar perdido, como se o seu mundo todo estivesse implodindo e que não tem nada que você possa fazer para parar, então tudo bem. Mexa-se e vamos lá. Empacotamos todas as suas coisas importantes. Tempo é dinheiro.

Ele afasta a mão do meu rosto e fico olhando, hipnotizada, enquanto ele caminha na direção da porta.

Que merda acabou de acontecer aqui?

Balanço a cabeça e clareio meus pensamentos, me recusando a pensar nas coisas que o Eric tinha acabado de me dizer. Ou na maneira como ele sabia exatamente do que eu precisava, quando estava no meio do meu estado catatônico no sofá.

— ESPERE! — Grito, de repente, decidindo me focar em outra coisa além de ficar parada aqui, analisando que nem uma idiota o porquê de esse cara, que mal me conhecia, me *entendeu* tão bem. — Eu preciso do Linguado. Não posso ir embora sem o Linguado.

Corro pela sala e entro na cozinha, parando na porta e olhando freneticamente para os meus dez aquários em cima das bancadas.

— Qual deles é o Linguado? — Eric pergunta, bem atrás de mim.

— Todos eles — eu respondo, indo até a bancada para olhar um dos aquários.

— Ahm, como é que é? — Ele pergunta.

Suspiro e aponto para um dos peixes amarelos e azuis nadando bem perto do vidro, com alguns peixes idênticos vindo logo atrás.

— Esse é o Linguado Um, aquele é o Linguado Dois, aquele é o Linguado Três, e aque...

— Ariel, você não pode levar dez aquários com você. — Eric me interrompe.

Passo os braços ao redor do aquário e solto um lamento alto.

— *NÃÃÃÃÃÃÃO, my precious!*

Eric ri e coloca a mão na base das minhas costas.

— Tudo bem, Gollum. Colocaremos todos eles em um dos aquários menores e levaremos, ok?

— Tire a sua mão daí, antes que eu a corte fora com um cutelo — rosno, olhando para ele por sobre o ombro.

— Aí está ela, a nossa Miss Simpatia — ele fala, com um sorriso.

Largo o aquário relutantemente e dou um passo para trás, observando Eric começar a trabalhar rapidamente. Com cuidado, ele tira cada um dos pequenos peixes dos dez aquários, usando uma redinha, transferindo-os para o aquário menor de todos.

Quando ele termina, eu pego o aquário da bancada e o abraço, silenciosamente me desculpando com os Linguados e prometendo que providenciarei melhores condições de vida para eles, assim que possível.

Caminho pela minha casa até a porta da frente, ignorando a água respingando pelas bordas de cima do aquário, enquanto meus pés vacilam. Começo a sentir as lágrimas queimando nos meus olhos, sabendo que estou saindo da minha casa, deixando para trás todas as minhas coisas bonitas, e que é provável que eu nunca mais pise aqui novamente.

— Seria um momento ruim para eu perguntar se posso tocar na sua bunda? — Eric pergunta de repente, ao parar ao meu lado. — Nada doido, só dar uma apertadinha para ver se a sensação é tão boa quanto a visão.

Minhas lágrimas desaparecem e eu levanto a cabeça.

— Vá. Cagar.

Escuto Eric segurar a risada quando passo por ele e saio pela porta, parando na varanda quando vejo os quatro policiais parados ali, esperando por mim.

— Esta não será a última vez que vocês me verão, cuzões. Vou caçar vocês e vou arrancar as suas...

— Ok, estamos indo embora! — Eric fala alto, colocando as mãos nos meus ombros e gentilmente me empurrando para que eu descesse os degraus e fosse na direção das minhas amigas e seus namorados, parados na entrada da garagem, à nossa espera.

— Será que você pode parar de me interromper, caramba?! — Reclamo enquanto caminhamos.

— Você quer realmente levar um choque com o *teaser* enquanto segura um aquário cheio de água, que molhou toda a sua regata?

Ele está certo, mas mesmo assim.

Idiota.

Ele continua a me guiar, com as mãos nos meus ombros, até que paramos ao lado de um Chevy Tahoe que estava estacionado ali. Eric abre a porta do passageiro.

— O que você está fazendo? De quem é esse carro? — Pergunto, vendo Cindy e Belle se aproximando de mim, ambas com expressões preocupadas nos rostos.

— Eu falei que essa era uma má ideia. Ela vai nos matar. — Cindy murmura, baixinho.

— Você sabia que é mais provável que você seja assassinada por alguém que conhece? — Belle pergunta para ela. — De mil quatrocentos e trinta assassinatos no ano passado, mais de sessenta por cento das pessoas foram mortas por alguém de quem eram amigos ou parentes.

— Isso. Não. Está. Ajudando. — Cindy diz, com uma voz irritada.

— Alguém pode me dizer que merda está acontecendo? — Peço, enquanto vejo Eric se afastar de nós, rodear o carro e entrar no lado do motorista.

— Bem, com Cindy no meio de uma mudança para a casa do PJ, e Vincent e eu tentando planejar o nosso casamento, meio que tem muita coisa acontecendo — Belle explica. Você sabe que eu amo você e que na verdade tivemos uma grande discussão sobre com qual de nós duas você ficaria, até que toda essa situação se resolva.

Belle para de falar e olha preocupada para Cindy.

— Desembuchem! — Grito.

— Ficamos tanto tempo brigando que os caras se encheram e nos separaram. Eric se meteu e disse que tinha um lugar onde você poderia ficar, então ele levaria você para casa com ele e, por favor, não nos mate. — Cindy fala rapidamente, sem parar para respirar.

Não. Não, não, não, isto não está acontecendo.

— Você vai entrar no carro ou ficar aí papeando o dia todo? — Eric fala, se inclinando sobre o banco e me dando uma piscada, enquanto bate a mão suavemente no banco do passageiro.

— Corram — sussurro.

— Hã? O que você falou? — Cindy pergunta.

Respiro profundamente, tentando me acalmar, e decido usar minhas palavras em vez dos punhos. Não porque eu me sentiria mal por socar as minhas amigas na cara, mas porque eu não quero correr o risco de deixar os Linguados caírem no chão.

— Eu disse: *corram,* suas desgraçadas. Corram antes que eu encontre algum objeto afiado e enfie nas bundas de vocês — respondo, com uma voz calma e alegre, embora eu esteja seriamente considerando entrar para a estatística da Belle sobre matar pessoas que são conhecidas.

Minhas ditas amigas dizem que me amam e se afastam rapidamente para a segurança dos braços dos seus homens, me pedindo para ligar para elas assim que eu me acomodar.

— Tire esse sorriso do rosto — falo para o Eric enquanto seguro o aquário com um dos braços e, com o outro, abro a porta do carro, sento no banco do passageiro e bato a porta com um estrondo. — Isto é apenas temporário.

Escolho ignorar a risada do Eric, quando ele liga o carro e começa a dirigir.

Capítulo cinco

PEGA, CASA, MATA

— Para onde é que você me trouxe?

Tento realmente não soar como uma maluca, mas é impossível. Estamos na caminhonete do Eric, e a minha voz ecoa pelo interior como unhas em um quadro-negro soando por um amplificador.

E eu *estou* maluca, só pode.

— Para a marina — ele responde, desligando o carro e se levantando para colocar as chaves no bolso da frente da sua calça jeans.

— Isso eu sei, não sou idiota. Há água e barcos. Mas *por que* você me trouxe aqui?

Meu Deus, eu soo como uma vaca. Eu sei, eu sei... eu *sou* uma vaca, mas pela primeira vez em um bom tempo, eu meio que me sinto mal por isso. Esse cara, por mais irritante que seja, me ofereceu um lugar para ficar, no pior dia da minha vida. Acho que o meu lado vaca está se rebelando neste momento, pelo fato de que as minhas amigas são duas cuzonas traidoras e bolaram esse plano sem a minha permissão, quando eu estava fora do ar, e eu nem lutei contra a decisão. Apenas entrei no carro do Eric e fomos embora.

QUEM SOU EU?!

E a cereja do bolo era eu estar sentada ao seu lado pelos últimos vinte minutos, enquanto ele me deixava planejar a morte de todos, sem me incomodar. Ele nem ao mesmo tentou iniciar uma conversa ou soltar milhares de perguntas idiotas, e muito menos me provocou... ele só me deixou em paz, com os meus pensamentos assassinos e o seu perfume me rodeando. O que é que tem nesse cheiro de homem recém-saído do banho, que jogou litros de perfume pelo corpo, que nos deixa com água na boca e nos faz querer cruzar e descruzar as penas?

É por isso que eu estou sendo uma vaca. Exatamente por isso. Eu odeio homens, especialmente homens que cheiram tão bem. Por que ele não podia ter um cheiro de suor de academia ou de desodorante vencido?

Beije a Garota

Seria muito mais fácil odiá-lo se eu tivesse que tampar o nariz toda vez que ele estivesse por perto.

— É aqui onde eu moro. E agora é onde *você* mora. Bem-vinda ao lar, querida.

Ele joga aquela maldita covinha na minha direção e, se eu não amasse tanto os Linguados, eu viraria o aquário em cima do Eric.

— Como assim, você mora aqui? Você não pode morar aqui. As pessoas não moram aqui!

Ele já está fora do carro e fechando a porta antes que eu consiga terminar a frase. Observo pela janela enquanto ele rodeia o carro e seguro ainda mais forte o aquário, tentando abrir a porta antes que ele faça isso, mas as minhas mãos ainda estão molhadas por causa do maldito aquário. Vejo a porta se abrir antes de eu conseguir tocar na maçaneta.

— Senhorita — ele fala, se inclinando e gesticulando com o braço.

— Ah, pare com essa merda — murmuro, enquanto saio da caminhonete, cuidando para não virar o aquário. — Isso é brincadeira, não é? Espere, você é da máfia ou algo assim? É por isso que você me trouxe aqui? Você vai me matar em um barco e deixar que os peixes acabem com o meu corpo? Eu sabia que tinha algo suspeito em você.

Eric ri, fecha a porta, e eu xingo a minha pele traiçoeira que, quando sente a risada dele, fica toda arrepiada. Por acaso alguém fez uma lobotomia em mim mais cedo, quando eu estava fora do ar? Esta é a única explicação para o efeito que estou tendo o dia todo com esse homem.

— Desculpe, não sou da máfia. Sou grego, nós não temos máfias, apenas famílias barulhentas e metidas, que querem nos alimentar até a morte.

Demoro um minuto observando-o, me perguntando por que ele não parece ser grego. E com o sobrenome Sailor, imagino que seja por causa do lado paterno.

— Minha família é proprietária de uma empresa que aluga iates de luxo. Está vendo esses dois enormes, no final da doca? — Ele pergunta, apontando para alguns metros de distância, onde dois barcos enormes estavam ancorados. — São meus. Sempre tive uma queda por barcos e a liberdade de se estar em mar aberto, o que é natural, já que eu cresci no meio disso. Tenho uma parte da empresa agora e alugo esses dois, mas moro aqui quando eles não estão sendo usados — ele conclui, dando de ombros.

— Você só pode estar de brincadeira — resmungo, fechando os olhos e balançando a cabeça.

Tenho a sensação de que, em algum momento desde que o conheci, ele mencionou alguma coisa sobre a família e barcos. Honestamente, nas nossas primeiras interações, toda vez que ele falava, tudo o que eu ouvia era: "Blá, blá, blá, eu sou um galinha, blá, blá".

Claro que esse cara tinha que me deixar arrepiada quando ria, e fazer meu coração pular uma batida quando dizia algo como: *"Ver você de coração partido, magoada e triste, é como levar uma facada no peito"*. *Claro* que esse cara era dono de iates de luxo que eram maiores do que a minha casa, ou a da Cindy ou de qualquer uma do bairro. De todos os homens no mundo, *claro* que eu tinha que encontrar outro que tinha uma queda por barcos e liberdade. Quando meu ex-marido foi embora, ele disse: *"Você sabe que eu sempre amei barcos e sonhei em trabalhar em um. Eu só preciso da minha liberdade, Ariel"*.

Fodam-se os barcos. Fodam-se todos eles.

— Eles foram o meu presente de dezoito anos. — Eric adiciona.

— Pessoas normais não ganham iates em seus aniversários de dezoito anos. Você sabe o que eu ganhei de presente?

Casei-me com um filho da puta apaixonado pela liberdade, que acabou com a minha vida.

— Ganhei um suéter da Target[4] — eu falei, em vez de expressar o que eu estava pensando.

Eu já tinha deixado esse cara me irritar bastante. De maneira nenhuma vou dar mais munição para ele. Meu ex era um filho da mãe, assim como o Eric, e eu só preciso me lembrar disso.

— Se faz você se sentir melhor, acredito que o edredom e os travesseiros de uma das suítes são da Target — ele fala para mim, com um sorriso.

— Não, isso não faz com que eu me sinta melhor. Mudei de ideia, me leve de volta para a casa da Cindy ou da Belle. Por falar nisso, não foi nem eu que tomei essa decisão, então, tecnicamente, você me sequestrou.

— Você entrou no meu carro por vontade própria — ele me lembra, cruzando os braços e levantando uma das sobrancelhas. — Mas se você quiser começar a espernear e gritar, não tenho problemas em jogar você sobre o meu ombro e carregá-la para o iate.

A imagem do meu corpo inclinado sobre o seu ombro musculoso, e as suas mãos na minha bunda enquanto ele me carrega pela doca, passa pela minha cabeça, mas eu rapidamente a afasto.

— Sério, não vou ficar numa dessas *coisas* — falo para ele, enrugando

---

4 Target – loja popular de departamentos, nos Estados Unidos.

o nariz com desgosto ao olhar sobre o seu ombro para aquela armadilha mortífera flutuando na água. — Eu não sei nadar. E se eu cair no mar? Não. Nem a pau.

Viro de costas para ele, ajeitando o aquário em um dos braços, e me inclino para segurar na maçaneta da porta do carro, quando Eric se aproxima, invadindo meu espaço pessoal. O seu peito encosta nas minhas costas e o braço dele me rodeia, e sua mão toca a minha, me impedindo de abrir a porta. Consigo sentir o seu coração batendo contra as minhas costas, e aquele maldito perfume toma conta dos meus sentidos quando ele abaixa a cabeça, até que a sua boca está ao lado do meu ouvido, e eu consigo sentir a respiração dele acariciando a minha bochecha.

— Se cair, eu salvo você. Tenho ótimas habilidades no boca a boca — ele fala, suavemente.

Tiro a minha mão da dele e dou uma cotovelada na sua barriga, completamente sem necessidade, o que é basicamente o mesmo que bater em uma parede de tijolos. Sinto a risada do Eric ao meu ouvido, e lá estava de novo aquele arrepio.

— Você não quer ficar com Cindy ou Belle. Acredite em mim, eu sei disso.

— Posso assegurar que isso não é verdade.

Quer dizer, ele sabia como distrair a minha mente do fato de eu ter perdido a minha casa e ter que deixar todas as minhas coisas para trás, ao me deixar irritada, mas tanto faz. Isso não significa coisa alguma, foi apenas um chute certeiro da parte dele. Eric se aproxima ainda mais, colocando as duas mãos na porta do carro, me prendendo entre seus braços.

— Eu sei que mesmo que você brinque sobre como é irritante, você está feliz porque Cindy está indo morar com o PJ. Você está feliz por ela encontrar alguém que a adora, e não quer ser um fardo para ela ao ficar lá enquanto eles estão se acostumando com uma nova vida. — Eric explica. — E mesmo que você revire os olhos e finja ficar enjoada toda vez que Belle e Vincent ficam de amores para cá e para lá, você quer que eles deem certo, e sabe que se ficar com eles pode causar grandes desgastes em um relacionamento tão novo.

Quando ele finalmente para de falar, fecho meus olhos e inclino a cabeça para frente, mesmo querendo virar e mandá-lo se ferrar, e rir na sua cara dizendo que entendeu tudo errado. Mas não posso fazer nada disso porque, puta merda, ele me entendeu *direitinho*. Cada palavra que ele falou é exatamente o porquê de eu ter entrado no seu carro sem reclamar. Eu não sei por que e nem como, mas ele *realmente* me entende. E isso não é bom. Nem um pouquinho bom.

Eu. Estou. Ferrada.

— Não vou morar com você em um barco, não importa se é do tamanho do Palácio de Buckingham — digo, enquanto levanto a cabeça e dou um empurrão nele, para que se mova.

Eric dá uns passos para trás e eu me viro, escondendo minhas emoções com um olhar que diz: *Estou pouco me lixando para o que você acha.*

— Na verdade, esses são iates de trinta metros, e embora seja um tamanho considerável para uma embarcação, o Palácio de Buckingham tem mais de duzentos e quarenta mil metros quadrados.

— Todo mundo adora uma boa bunda, mas não um bundão espertinho — murmuro.

— Falando sobre bunda...

— Nem pense em terminar essa frase — eu o aviso, ignorando o sorriso divertido que ele me dá, e digo para o meu coração acelerado ir se ferrar.

— Há dois iates, Ariel. Um para mim e outro para você. Por mais que eu adoraria morar no mesmo lugar que você, acho que devemos esperar até que você esteja loucamente apaixonada por mim. Desta maneira, serei capaz de dormir melhor e sem ter que me preocupar com você cortando a minha garganta.

Ele está tornando muito mais fácil lembrar que é um idiota.

— Cindy, Belle, Eu. Pega, Casa, Mata. Vá — ordeno.

— Ahm, o quê? — Ele pergunta.

— Responda à pergunta corretamente e eu entro nessa coisa idiota que flutua na água.

— Pensei que não estávamos autorizados a falar sobre bundas...

— Só cale a boca e responda à pergunta. O aquário está ficando pesado e eu preciso desempacotar as minhas coisas e dar comida para os Linguados — falo, revirando os olhos.

Imediatamente, Eric se aproxima de mim e pega o aquário, antes que eu possa protestar.

— Você.

A única palavra que sai da sua boca faz com que eu olhe para *ele*, desta vez, confusa.

— Eu definitivamente pegaria você, me sentiria honrado em casar

37

com você, e claro, eu poderia matar você. Mas sabe, de uma maneira brincalhona, e não assassina — ele responde.

Demoro um minuto para absorver a resposta, já que ele dizer "*eu definitivamente pegaria você*", faz com que o meu cérebro entre em um estado catatônico.

— Não é assim que funciona. Você não pode escolher uma única pessoa para todas as coisas.

— Então eu acho que você deveria ter deixado as regras claras, princesa. Essa é a minha decisão final. Vamos.

Com isso, ele se vira e começa a caminhar pela doca, e meus olhos descem até a sua bunda perfeitamente moldada na calça jeans, enquanto ele caminha.

Puta merda.

Capítulo seis

AMAI-VOS UNS AOS OUTROS

— VOCÊ ESTÁ DESARMADA?

Reviro os olhos quando escuto a voz da Cindy ecoando pela cabine do iate, vinda da entrada do barco.

— Sim, sua vaca! — Respondo, gritando, observando-a colocar a cabeça para dentro da porta, parando no meio do caminho, com Belle logo atrás dela, se inclinando e olhando para mim por cima do ombro da Cindy.

— Você está falando a verdade? — Belle pergunta, timidamente, com seus olhos observando toda a sala de estar, que era duas vezes maior do que a da minha casa.

Da minha antiga casa. Merda.

— Sim, estou falando a verdade — falo, enquanto as duas soltam suspiros aliviados e descem o resto dos degraus. — A menos que você não esteja contando a machete nas minhas costas, o canivete no meu sutiã, e a faca de cozinha que escondi no fundo do aquário dos Linguados.

Cindy para abruptamente no último degrau e Belle se choca nela, ambas olhando para mim com os olhos arregalados.

— Pelo amor de Deus, não vou esfaquear vocês. Por ora. Se vocês decidirem qualquer outra coisa por mim na próxima hora, não garanto nada — aviso, irritada.

Elas entram na sala, olhando a mobília com um ar maravilhado. Não posso culpá-las, depois que o Eric trouxe todas as minhas caixas e me ofereceu um *tour* pelo iate, mas declinei dizendo que eu era perfeitamente capaz de olhar o maldito barco e descobrir onde as coisas ficavam. Não consegui passar da sala de estar. Estou sentada aqui no chão, abraçando o meu aquário há algumas horas, me perguntando o que eu estava fazendo.

Nunca morei em nada tão chique assim, tão limpo, reluzente e... exuberante. Tapete clarinho, mármore preto, mogno lustroso, e candelabros. Fiquei com medo de tocar em tudo. Ou de sentar em qualquer lugar que não fosse o chão. Eu não pertenço a este lugar.

— Este lugar é incrível. Puta merda, Ariel. Você tirou a sorte grande. — Cindy fala, quando termina de caminhar pela sala de estar.

Na verdade, é uma parte sala de estar, parte sala de jantar, parte bar. Atrás do gigantesco sofá em formado de L — que fica de frente a uma enorme lareira elétrica feita de mármore, com uma televisão gigante pendurada acima—, tem uma mesa de oito lugares, com cadeiras chiques de encosto alto, e a mesa estava posta também, com oito conjuntos de pratos tão chiques quanto. Próximo à lareira e contra a parede, está o bar, com uma bancada de mármore preto e seis banquetas. Atrás do bar, um armário que vai do chão ao teto está repleto com todos os tipos de copos que você possa imaginar, todos feitos de cristal. Como eu disse, exuberante.

— Eu não posso acreditar que vocês estão aqui. Achei que estavam ocupadas com a mudança. Ou com a troca de nomes e com o programa de proteção a testemunhas, porque vocês temiam pelas suas vidas depois do que fizeram comigo — olho para elas.

Cindy e Belle se aproximam e se sentam comigo no chão.

— Na verdade, nós íamos dar tempo para você esfriar a cabeça, mas o Eric mandou uma mensagem para o PJ e para o Vincent dizendo que nós deveríamos vir aqui imediatamente porque, e eu repito: "*Aquela diaba de saltos precisa das amigas. Não fale para ela que eu disse isto. Agora ela sabe onde eu moro.*" — Belle fala, com uma risada.

Que maldito!

— Ele é um idiota — murmuro.

— Acho ele um querido. E tenho certeza de que tive um orgasmo vendo a maneira como ele olhou para você hoje, e flertou, e como ele sabia exatamente o que fazer para fazer você reagir. — Cindy fala.

— Tanto faz. Ele é um galinha que flerta com qualquer uma.

— Ele não flerta comigo. — Belle comenta.

— Comigo também não. Ele só tem olhos para você. — Cindy adiciona.

Por mais que eu odeie admitir, desde o dia que conheci Eric Sailor, ele não olhou nenhuma vez na direção das minhas amigas. E elas são lindas de morrer. Provavelmente os namorados delas teriam arrancado as bolas do Eric se ele ao menos pensasse em piscar na direção delas, mas o cara não me parecia o tipo de homem que se importaria com isso. Se ele queria algo, ele conseguiria.

"Eu definitivamente pegaria você, me sentiria honrado em casar com você..."

Ahhhhh, por que eu estou pensando nisso?

— Tudo bem, não vamos mais falar sobre Eric. Este assunto é um tema que está oficialmente fora de discussão, para todo o sempre. Não quero ter nada a ver com ele, além de usá-lo para manter um teto sobre a minha cabeça no momento — falo para elas.

— Querida, você não precisa ficar aqui, se não quiser. — Cindy diz, gentilmente.

— Quem disse que eu não quero ficar aqui? Você já deu uma olhada neste lugar? Claro que eu quero ficar aqui. Está tudo bem. Estou totalmente bem — divago.

— Ariel, você está sentada no chão, abraçando um aquário, e parece que você já está assim há um bom tempo. Não queremos que você fique em um lugar onde não esteja confortável. Só queremos o que é melhor para você, e se não está se sentindo bem aqui, então vamos dar um jeito. Nós nunca deveríamos ter deixado o Eric nos convencer disso. Na hora pareceu uma ideia muito boa, você ter o seu próprio lugar e tudo o mais, e não tendo que se sentir estranha por ficar com uma de nós. — Belle explica.

— Já falei, está tudo bem. É só que é um pouco mais chique do que eu esperava, mas vou me acostumar. *Não* vou morar com nenhuma de vocês — falo para elas.

— Ariel…

— Não! — Interrompo Belle, enquanto coloco o aquário no chão acarpetado ao meu lado, antes de me virar novamente para ela. — Por que você se mudou para a casa do Vincent e se recusou a perguntar para mim ou para Cindy se poderia ficar com uma de nós, quando foi expulsa de casa pelo seu pai?

Belle esteve em uma situação parecida com a minha, não muito tempo atrás, quando o pai descobriu que ela tinha começado uma empresa que oferecia strip-tease em domicílio. Ele a tinha expulsado do único lar que ela conhecia e, sem contar para mim ou Cindy, Belle ficou dormindo na biblioteca onde ela trabalhava, até que Vincent interveio e salvou o dia, meio que obrigando-a a ficar com ele até que as coisas se ajeitassem.

— Porque eu não queria complicar as coisas entre a Cindy e o PJ, e eu sabia que você estava procurando alguém com quem dividir as despesas. Eu teria me sentido mal por atrapalhar os planos de vocês. — Belle fala, baixinho.

— Exatamente. E é por isso que eu vou ficar aqui. Não é o ideal, sinto saudades da minha casa e das minhas coisas, mas vocês têm razão, aqui eu tenho o meu próprio espaço. Claro, Eric mora na casa ao lado… ahm… no barco ao lado… mas não é como se eu tivesse que vê-lo mesmo não querendo. Eu não tenho que dividir o banheiro, a cozinha ou o que quer que seja, como você precisou.

— Na verdade, isso meio que acabou sendo muito bom para ela. — Cindy fala, com um sorriso.

— Blá, blá, blá, já sabemos. Belle domou o Fera e agora eles vão galopar em direção ao pôr do sol e viver felizes para sempre. Não me faça vomitar — murmuro.

— Se você der uma chance ao Eric, isso pode ser bom para você também. — Belle fala para mim. — Você sabia que em mil duzentos e trinta e cinco livros de romances que temos na biblioteca, seiscentos e setenta são sobre romance entre vizinhos? Esta é uma estatística alarmante. Amai-vos uns aos outros. Isto está na Bíblia.

— Lá também fala que Jesus transformou água em vinho, e eu ainda não vi nenhuma garrafa de água se transformar em Pinot Grigio. Vê se me erra! — suspiro, cansada.

— Não sei por que você é tão contra isso. Ele é gostoso e gentil. Isso sem falar que está totalmente na sua. E para ser completamente honesta com você, não acho que tenha que se preocupar com o Eric lhe contando que é gay, como o seu ex fez. — Cindy fala, dando risada.

Ai, merda.

— É, definitivamente não tem com o que se preocupar. — Belle adiciona. — Aquele cara é, sem sombra de dúvidas, hétero. A tensão sexual entre vocês dois até me fez suar, e eu não gosto de suar. É com isso que você está preocupada? Que ele vai fazer a mesma coisa que o seu ex? Eu não tenho as estatísticas exatas, mas tenho certeza de que as chances de você encontrar outro homem e descobrir que é gay, seriam quase nulas, e isto nunca aconteceria.

Ai, meu Deus, por que eu fui dizer para elas algo tão idiota? POR QUÊ?

— Siri, quais são as estatísticas de uma mulher ter dois relacionamentos onde ambos os homens são gays? — Belle fala alto, segurando o celular perto de si.

— *Sinto muito, mas não entendi a pergunta.*

— Eu disse: quais são as estatísticas de uma mulher ter dois relacionamentos onde ambos os homens são gays?

— *Procurando por bares gays na sua área.*

— QUE MERDA, SIRI! ATUALIZE ESSE SOFTWARE! — Belle grita. — QUAIS SÃO AS ESTATÍSTICAS DE UMA MULHER.... EI!

Tiro o celular da mão da Belle antes que ela possa repetir a pergunta, e recebo um olhar franzido quando o aparelho sai deslizando pelo tapete.

— Você não precisa procurar por estatísticas idiotas. Eu sei que o Eric não é gay, isto não tem nada a ver com o porquê de eu não querer nada com ele — falo para ela, exasperada e um pouquinho em pânico.

— Ariel, está tudo bem se você estiver receosa porque o seu ex-marido mentiu para você o casamento inteiro, sobre gostar de caras em vez de mulheres. Entendemos, sério. Eu também ficaria apavorada por ter que voltar para a pista, depois de algo assim. — Cindy fala com uma voz gentil, que me dá vontade de enfiar um garfo no meu olho.

Não por ela ser gentil, mas porque eu sou a pior amiga do mundo.

— Juro que não é por causa disso.

Cresça, Ariel. Você não vai conseguir esconder a verdade delas para sempre.

— Não tem nada do que se envergonhar. Não é como se você o tivesse transformado em gay ou algo assim. Tenho certeza de que…

— MEU EX NÃO ERA GAY, EU SÓ FALEI ISTO PARA VOCÊS PORQUE ESTAVA COM MUITA VERGONHA DE DIZER A VERDADE, E EU SEI QUE SOU A PIOR AMIGA DO MUNDO POR MENTIR PARA VOCÊS, MAS SÓ NÃO QUERIA QUE VOCÊS SOUBESSEM O QUE REALMENTE ACONTECEU! — Grito tudo de uma vez, para me livrar disso antes de ficar louca.

Belle e Cindy olham para mim, chocadas, com os olhos arregalados, e agradeço porque ao menos elas não estão me olhando com raiva ou traição escritas em seus rostos.

— Isso tem alguma coisa a ver com o porquê de você enrolar para subir no palco do Charming's, para que finalmente comece a marcar as suas próprias festas? — Belle pergunta, suavemente.

— Rá, não! — Digo, com uma risada nervosa. — Eu já falei para vocês, centenas de vezes. Estou deixando vocês brilharem, depois de viverem como freiras por tanto tempo. Vocês merecem os holofotes mais um pouco. Vocês deveriam estar me agradecendo, porque eu sou demais.

Cacete, eu pareço uma otária.

— Então, deixe-me ver se eu entendi: o The Naughty Princess Club foi ideia sua, que, aliás, se tornou algo incrível, e ainda assim, desde que começamos a decolar, você está nos dando desculpas atrás de desculpas sobre o porquê de você ainda não querer subir no palco, e dizendo que isso não tem nada a ver com o seu ex-marido que, de repente, nós descobrimos que nunca foi gay, e tudo a ver com você deixar Belle e eu termos o nosso momento? — Cindy pergunta, de maneira cética.

— Tudo bem, todas sabemos que sou uma idiota. A verdade é que, como a sábia Beyoncé uma vez disse, eu não acho que você esteja pronta para isso. Uma vez que eles tenham um gostinho de mim, os pedidos de festas de vocês vão cair.

Puta merda, por que eu não consigo parar de falar como uma idiota?!

Tento manter um sorriso confiante no rosto, mas não serve para nada. Não quando eu tenho o meu ex sombreando meus pensamentos, se recusando a ir embora.

Esse é o motivo de eu não ter contado nada para elas, de ter sustentado aquela mentira por tanto tempo. Passei muitos anos tentando me reerguer depois do que ele fez, e desde uma maldita ligação dele, algumas semanas atrás, não tenho feito nada mais do que relembrar cada momento do meu casamento.

— *Chérie[5], você acha que comer um donut no café da manhã é certo? Você sabe o que os carboidratos fazem com você.*

— *Mon amour[6], esse vestido está um pouco apertado... Acho que está na hora de você pegar um número maior.*

Minha visão fica embaçada pelas lágrimas e xingo baixinho, fechando os olhos antes que essas malditas se atrevam a cair.

Por mais que eu odeie admitir, apenas por ouvir a voz daquele imbecil pelo telefone, fez com que eu voltasse a ser a mulher que jurei nunca mais ser. Uma mulher que deixou um homem quebrá-la e acabar com toda confiança que ela tinha em si mesma. Não era verdade que eu ainda não subi no palco do Charming's para deixar as minhas amigas terem seus momentos de glória mais um pouco, embora fosse algo legal de se considerar. Eu ainda não tinha feito minha estreia porque, pela primeira vez desde que eu assinei aqueles malditos papéis de divórcio, dois anos atrás, tudo o que eu escuto é a voz *dele* na minha cabeça, me dizendo que não sou bonita como o esperado, que não sou magra o suficiente, que não sou boa o bastante.

— Vamos precisar de álcool para isso, não é? — Cindy pergunta, depois de alguns minutos de silêncio.

Abro os olhos e balanço a cabeça, assentindo, sabendo que era hora de contar a verdade para as minhas amigas.

— Ah, se vamos... Muito álcool...

---

5   **Chérie – Significa 'querida' em francês.**

6   **Mon amour – significa 'meu amor' em francês.**

O TIRA CALCINHAS

— Esse bar é incrível! Tem literalmente tudo o que você precisa para fazer qualquer drinque que queira. — Belle fala, animada, girando a garrafa de vodca de framboesa na mão, antes de servir um pouco na coqueteleira, na bancada do bar à sua frente.

Cindy e eu estamos sentadas lado a lado nas banquetas do bar, olhando, chocadas, enquanto Belle adiciona um pouco de gelo à bebida, fecha a tampa e chacoalha, fazendo os cubos de gelo tilintarem alto.

— Podemos conversar sobre o motivo de você, de repente, se parecer com o Tom Cruise no filme *Cocktail*? Quando foi que você aprendeu a fazer esses tipos de bebidas? — Cindy pergunta, enquanto Belle abre a tampa da coqueteleira e serve três taças, completando com um pouco de suco de cranberry[7].

— Vincent está me dando umas aulas — ela explica, dando de ombros, empurrando duas taças pela bancada do bar, na nossa direção.

— Essa explicação vai terminar com algo relacionado a vocês dois nus, cobertos de granadina e cerejas? — Pergunto, parando a taça no meio do caminho em direção à minha boca, e franzo o cenho.

— Não — ela fala, revirando os olhos, enquanto toma um gole da bebida. — Bem, a menos que você conte aquela vez em que ele chupou uma cereja da minha vag…

Engasgo com um gole da bebida que eu tinha acabado de engolir, cuspo e tusso até que Cindy se inclina e dá tapinhas nas minhas costas.

— Pelo amor de Deus, Belle! — Reclamo, quando finalmente consigo respirar novamente. — A sua vagina não é uma fruteira!

— Sério! — Cindy também reclama, antes de baixar a voz e se inclinar sobre a bancada, se aproximando de Belle. — Mas como foi?

Belle abre a boca para responder, e eu levanto a minha mão.

— Não. Só, não… São em momentos como esse que eu quase me

---

7 Cranberry – No Brasil também é conhecido como 'oxicoco'.

arrependo de ajudar você a se transformar de uma bibliotecária tímida e nerd, em uma ninfomaníaca — me queixo, voltando a pegar minha taça e bebendo todo o conteúdo. — Além disso, este é o melhor drinque que eu já bebi.

Belle sorri com o elogio e dá um gole na sua própria bebida, colocando a taça de volta na bancada, com um tilintar, e indo preparar uma nova rodada.

— Eu chamo de 'O Tira Calcinhas'.

Faço som de engasgos e balanço a cabeça.

— Nunca mais diga a palavra *calcinha*. Está proibida, assim como a palavra *molhada*.

— Mas... elas são chamadas de calcinhas, Ariel. — Belle reclama.

— Não, são chamadas de tangas, ou boxers, ou roupa íntima. Calcinha é uma palavra estranha e nojenta, e seria algo que um velho pervertido diria.

— Tudo bem. Então a sua bebida se chama 'O Tira Roupa Íntima'. Não soa sexy e delicioso? — Belle resmunga. — Enfim, pensei que poderíamos conversar sobre a possibilidade de adicionar uma *bargirl* aos serviços do The Naughty Princess Club. Poderíamos oferecer no nosso site a opção de o cliente contratar uma princesa sexy para fazer e servir os drinques nas festas nas quais, talvez, ele queira apimentar as coisas, sem a parte da dança — ela explica, novamente girando a garrafa de vodca na mão, como uma profissional, enquanto continua. — Tipo, vamos dizer que o seu avô está fazendo oitenta anos e ele é um velho que adora um colírio para os olhos, mas uma dança no colo poderia causar um ataque cardíaco e matá-lo. Nós poderíamos chamar de The Naughty Princess Drinking Club.

Cindy e Belle se viram e me observam. É um olhar complacente e que eu não gosto nem um pouco.

— Eu gosto da ideia. Essa poderia ser uma opção para você, Ariel. Já que você não quer dançar... — Cindy fala, suavemente, me dando um sorriso.

— Eu *quero* dançar, e eu *vou* dançar, ok? Eu também gosto da ideia da *bargirl*, e acho que deveríamos explorar essa opção e aumentar a variedade dos nossos serviços, mas estamos juntas nisso. Todas nós dançamos ou ninguém dança.

O silêncio cai entre nós enquanto Belle enche novamente a minha taça, e Cindy rapidamente bebe toda a bebida, para que Belle possa servi-la também.

— Enquanto esperamos o álcool entrar no nosso sistema e você ficar bem e bêbada o bastante para falar tudo o que precisa, e antes que eu esqueça, o PJ tem um advogado muito bom, com quem ele quer que você entre em contato para falar sobre a sua casa. — Cindy me fala. — É uma merda que eles a tenham tomado de você sem um aviso real ou explicação. O banco não pode fazer isso e ele acha que você tem um bom caso.

— Eu não tenho um bom caso e não preciso de um advogado — respondo e solto um suspiro. — Eu sabia, ok? Recebi cada aviso, cada e-mail, cada ligação e mensagem de voz. Eu sabia, só não queria aceitar. Não sou uma idiota. Eu sabia o que ia acontecer, só pensei que poderia ajeitar as coisas antes de *realmente* acontecer.

— Então por que você não subiu no palco? De todas nós, claramente você é a que tem o *sex appeal* e a confiança. — Belle afirma.

Solto uma risada sem humor, levantando minha taça para que Belle me sirva com mais bebida. Ela faz isso rapidamente e eu bebo tudo em um gole só. Coloco a taça na bancada e olho para o cristal, segurando o delicado material com as duas mãos.

— *Chérie, será que uma salada não seria melhor do que batatas fritas?*

— O nome dele era Sebastian Waters — falo para elas, com minha voz soando tão baixa que eu nem sei se elas me escutam.

Só de dizer o nome dele, fico com vontade de vomitar todos os drinques que bebi.

— Ele era o cara mais lindo que eu já tinha visto — continuo falando, olhando para a taça vazia nas minhas mãos e sorrindo, mesmo sentindo vontade de chorar. — Ele se mudou para a casa ao lado da nossa quando eu estava começando o Ensino Médio. Ele nasceu e foi criado na França, e então o pai foi transferido para cá. Eu tinha dezessete anos e ele vinte e dois, e como os pais dele eram sua única família, decidiu vir junto com eles. Deus, aquele sotaque… Eu ficava arrepiada toda vez que ele falava.

Lembro a primeira vez em que o vi: eu estava indo pegar as correspondências na caixinha do correio, e ele tinha acabado de chegar em casa, vindo de sei lá onde, e estava saindo do carro, na entrada da garagem da casa dele. Lembro que parecia que os meus pés ficaram colados no chão, porque eu não conseguia me mover e nem respirar.

Tudo o que eu conseguia fazer era olhar para ele, todo alto, loiro e lindo, saindo do carro como se estivesse em câmera lenta, com seu cabelo balançando ao vento, quando ele virou a cabeça para o lado, para se livrar de umas mechas que estavam na frente dos olhos.

— Meu pai o odiou assim que o viu. Achei que era porque ele era mais velho do que eu e mais sofisticado. Além disso, ele falava comigo em francês na frente do meu pai. Eram palavras inocentes, que ele jogava no meio das frases em inglês, mas para os ouvidos do meu pai, tenho certeza de que soavam como se Sebastian estivesse dizendo que planejava me deflorar de trinta maneiras diferentes na mesa da cozinha, bem naquele momento. Talvez eu devesse ter questionado um pouco mais o ódio do meu pai, mas era uma adolescente e isso me deixava ainda mais puta da vida e me fazia querer desafiá-lo.

— *O que você quiser, mon amour, é seu. Farei todos os seus sonhos se tornarem realidade.*

Fecho os olhos, respiro profundamente, me concentrando, me lembrando de que estou aqui, sentada com as amigas que me amam e que nunca me julgariam pelas escolhas que fiz, e que não sou mais aquela adolescente idiota e apaixonada.

Abro os olhos, vejo que a minha taça está novamente cheia, e sorrio para Belle.

— Mande ver nessa 'A Queda da Roupa Íntima', meu bem — ela diz, sorrindo para mim e batendo a taça na minha, antes de fazer o mesmo com a Cindy.

Todas nós viramos as taças em um gole só, minhas amigas continuam em silêncio e eu falo:

— Nós estávamos juntos o tempo todo no ano seguinte, enquanto eu terminava a escola e tentava descobrir o que queria fazer com a minha vida. Eu não tinha ideia do que queria fazer; tudo o que eu sabia era que queria estar com o Sebastian. Ele me prometeu o mundo, prometeu que faria de tudo para me fazer feliz e me apoiar no que eu decidisse fazer — expliquei, me odiando por ter sido uma idiota que confiou na pessoa errada. — Durante toda a minha vida, meu pai vinha me moldando para trabalhar na revendedora de carros usados da minha família, mas quando o meu relacionamento com o Sebastian começou a ficar sério, meu pai fez tudo o que podia para me convencer a ir para a faculdade, me dizendo que eu poderia seguir qualquer carreira que quisesse, contanto que eu saísse da cidade e explorasse as minhas opções.

Respiro fundo e continuo:

— Ele me queria o mais longe possível do Sebastian. Duas horas depois de me formar na escola, Sebastian e eu estávamos em um avião, indo para Las Vegas. Deixei um recado para o meu pai, e me casei com o cara mais lindo que já tinha visto.

Não percebo que estou chorando até que sinto a umidade nas minhas bochechas. Com raiva, seco as lágrimas enquanto Cindy, silenciosamente, pega alguns lenços de papel da porra de uma caixinha de cristal chique de algum canto do bar, e os estende para mim. Pego um deles e seco minhas bochechas.

— Vou dar um chute aqui e dizer que esse cara mais lindo que você já viu, acabou não sendo tão incrível e compreensivo assim. — Cindy fala, suavemente.

— Absolutamente certa. Assim que voltamos e encontramos um apartamento, foi como se eu tivesse acordado ao lado de uma pessoa completamente diferente. Ou talvez ele sempre tenha sido aquela pessoa, e eu estava cega e fui teimosa demais ao desafiar o meu pai. Ele passava os dias no sofá, fumando maconha e jogando *PlayStation,* enquanto eu trabalhava em dois empregos só para poder pagar o aluguel, colocar comida na mesa e financiar o seu probleminha de ervas verdes. Ele tinha o sonho de trabalhar em um cruzeiro e viajar pelo mundo. E então ele queria ser capitão. E então ele queria ter o seu próprio barco. Eu arranjei um terceiro emprego para que ele pudesse ter aulas de navegação, nas quais ele foi em apenas duas e disse que era entediante e que não receberia ordens de ninguém.

— Jesus Cristo, esse cara parece o primo Eddie do filme *Férias Frustradas de Natal.* — Cindy murmura. — Ele está desempregado e quer um cargo de gerente?

Nós três demos uma gargalhada, muito necessária, com a lembrança do filme.

— Basicamente. Tudo e todos estavam abaixo dele, inclusive eu. Com o passar do tempo, as palavras doces que tanto me encantaram desde o primeiro dia, se tornaram elogios tóxicos. *"Esse vestido fica bem em você, mas tem certeza de que você deveria usar algo tão apertado?"* — Falo, com o meu melhor sotaque francês. — E então esses elogios se transformaram em críticas. Eu tinha muitas curvas, meus peitos eram muito grandes, meu cabelo era muito vermelho, minha pele era muito clara, eu não era extrovertida o suficiente, eu era extrovertida *demais*, e será que eu realmente precisava daquele segundo donut?

Cindy arfa, e Belle rosna baixinho.

— Diga-me onde ele mora. Diga-me isso agora, e eu vou lá arrancar as bolas dele. — Belle ameaça.

Deus, eu amo as minhas amigas. Por que eu não contei isso para elas antes?

— De qualquer maneira, depois do primeiro ano de casamento, fui a uma venda de garagem e encontrei a minha primeira antiguidade. Fiquei totalmente apaixonada e soube que precisava tê-la. Agora nem lembro o que era, provavelmente um vaso ou algo assim — falo para elas, encolhendo os ombros. — Fiquei obcecada com coisas bonitas que ninguém apreciava, coisas que valiam mais do que ficarem pegando pó em uma mesa na garagem de alguém, e serem vendidas por cinquenta centavos. Desde então, passava todo final de semana que eu não trabalhava, em vendas de garagem e mercados de pulgas, encontrando e limpando coisas e depois as vendendo online. Nunca contei para o Sebastian. Eu sabia que ele encontraria uma maneira de fazer piada e arruinar algo que me deixava tão feliz.

Paro de novo, e toda damos outro gole nos nossos drinques, antes de eu continuar.

— Foram seis anos vivendo nessa merda, e eu gostaria de poder dizer para vocês que dei um chute na bunda dele, mas não posso. Naquela época, Sebastian me convenceu de que ele era o melhor que eu conseguiria, e acreditei nele. Então, um dia, ele passou pela porta do nosso apartamentinho de merda e me disse que não aguentava mais, que finalmente tinha sido contratado para trabalhar em um cruzeiro, como diretor de atividades. Eu fiquei em êxtase, finalmente ele tinha se mexido e contribuiria com alguma coisa dentro de casa, e talvez as coisas mudariam. Poderíamos viajar juntos pelo mundo e seria incrível. E então ele me disse que estava indo embora, que estava me deixando, que não me amava mais e que precisava de liberdade. Empacotou as coisas dele e foi embora em uma hora. Passei semanas chorando e sentindo pena de mim mesma, e então eu fiquei puta. Passei seis anos da minha vida com um homem que tinha algo lindo e que não apreciava.

Meus olhos voltam a se encher de lágrimas e pisco rapidamente para afastá-las, sabendo que se eu começar a chorar de novo, não vou conseguir mais parar.

— Enfim, eu falei para vocês que ele era gay e que foi embora em um cruzeiro porque isso é menos vergonhoso do que admitir a verdade: que ele me quebrou. Com cada comentário sarcástico e tóxico, perdi um pedaço de mim, até que não sobrou nada a não ser uma vaca cínica, que odeia todo mundo e não confia em ninguém. E foi assim que me tornei uma vaca dos infernos que odeia os homens, que hoje vocês conhecem e amam — falo para elas, dando um sorriso amarelo. — Continuei trabalhando nos meus três empregos e guardei cada centavo que ganhei, e eventualmente abri o meu antiquário e fui capaz de comprar a minha primeira casa. E então aquele filho da puta descobriu o quão bem a minha loja estava indo e, já que ele tinha sido demitido do cruzeiro quando não conseguiu passar em um teste de drogas, ele me processou e pediu pensão. E aqui estou eu, uma vaca cínica que odeia homens, que do nada recebeu um telefonema do ex-marido, umas semanas atrás, porque ele queria se encontrar comigo e conversar. E de repente, eu não consigo me livrar da maldita voz dele na minha cabeça, dizendo que eu não sou magra, bonita e nem boa o bastante.

Solto um suspiro profundo, finalmente aliviada por ter colocado todas as cartas na mesa e não ter que inventar mais desculpas.

Belle desaparece atrás do bar e volta a aparecer com uma garrafa de tequila de qualidade na mão, servindo doses duplas nas nossas taças vazias. Eu e Cindy olhamos interrogativamente para Belle quando ela deixa a garrafa destampada e por perto.

— Todos os anos, seis mil pessoas que cometem assassinatos saem impunes — ela fala. — Apesar dos drásticos avanços com a análise de DNA e da ciência forense, a polícia falha em conseguir prender os culpados, em mais do que um terço de todos os homicídios. Acho que planejar o assassinato de um filho da puta francês inútil, quando sabemos que não seremos pegas, pede um pouco de tequila. Alguém tem algo contra? — Belle pergunta.

Cindy e eu balançamos a cabeça, Belle levanta a sua taça, e nós seguimos o seu movimento.

— Bebam, vadias. Já que pesquisas comprovam que é difícil sangrar até morrer, por um pênis decepado, sem tomar anticoagulantes, precisamos ser criativas — ela adiciona, com um sorriso.

Mudei de ideia. Estou feliz por ter ajudado Belle a sair um pouco da concha, mesmo que eu esteja um pouco com medo dela, neste momento.

— Agora vocês sabem por que eu não posso ter nada com o Eric. Ele gosta de barcos. E liberdade. Liberdade. Liberdaaaaaadeee. Livre. Cacete. Liberdade é uma palavra estranha — rio, enquanto tento levar o copo de tequila à minha boca e errando completamente, porque estou deitada de costas no chão da sala de estar.

Quando foi que eu deitei no chão?

O líquido frio bate na minha boca e escorre pela minha bochecha, até meu ouvido.

— Cale a boca, mulher — Cindy briga comigo, batendo no meu braço tão forte que eu deixo sair um gemido de dor, enquanto ela se inclina sobre o meu corpo. — Eric não é em *nada* parecido com o Francês Metido do Caralho. Ele é doce, e gostoso até não poder mais, e deu um lugar para você ficar. Ele não é um desempregado aproveitador. O Eric nem bem a conhece e já quis cuidar de você.

— *FOI AMOR À PRIMEIRA VISTA!* — Belle grita, se sentando repentinamente onde antes ela estava deitada, bem ao meu lado.

— Cacete, estamos bem aqui, não precisa gritar — brigo com ela. — E não foi amor à primeira vista. Foi irritação à primeira vista. E a segunda, e a terceira. E o pi ao quadrado. Matemática é difícil.

Começamos a rir, com Belle e Cindy caindo em cima de mim, em um montinho idiota de risadas femininas.

— Ahhhh, essa é a parte onde vocês fazem cócegas umas nas outras, peladas?

Nossas risadas param imediatamente e nos endireitamos, quando ouvimos a voz do Eric. Ele está parado no topo da escada, com uma expressão divertida, enquanto olha para nós três no chão.

Ele tinha trocado de roupa. Se eu achava que ele ficava bem com uma simples camiseta e calça jeans, obviamente eu tinha esquecido como ele ficava de calça de alfaiataria e camisa social azul, da mesma cor dos seus olhos. O primeiro botão da camisa estava aberto, e as mangas, enroladas até os cotovelos. Posso ver os músculos dos seus antebraços flexionarem, enquanto ele tira as mãos dos bolsos da frente da calça.

— Sinto muito, sem cócegas e peladas. — Belle fala, rindo, para ele.

— Guerra de travesseiros, peladas? — Ele pergunta, esperançoso.

— Não. — Cindy responde, com um sorriso.

— Twister sem roupa? Luta romana, peladas? Sério, vocês precisam me dar algo para trabalhar.

— Não, não e não. — Belle responde, enquanto se levanta do chão e estende a mão para ajudar Cindy a se levantar.

— Então todos aqueles vídeos… Minha vida é uma mentira! — Ele murmura, balançando a cabeça com uma falsa tristeza.

Enquanto tudo isso acontece, eu permaneço sentada, olhando para Eric e pensando no que Cindy disse, sobre ele ser gentil e querer cuidar de mim, e que mesmo que eu queira colocá-lo no mesmo saco que Sebastian, eu não consigo. Ele não é em nada como o Sebastian, por mais que eu tente me convencer de que ele é, só porque é mais fácil de aceitar do que a ideia de estar vulnerável e voltar a ser magoada.

— Provavelmente deveríamos chamar um Uber. — Cindy diz, cambaleando instável e tropeçando até o sofá, para abrir a bolsa e pegar o celular.

— Não precisa. Liguei para o Vincent e o PJ quando escutei as risadas vindo daqui, depois que vocês abriram as janelas deste iate da alegria. Eu conheço risadas bêbadas quando as escuto. Os seus respectivos namorados devem estar chegando a qualquer momento. — Eric diz para elas.

Uuuuuhhhhhg, por que ele não pode ser um idiota?

Minhas amigas recolhem as suas coisas e dizem que me ligarão amanhã. Assim que elas chegam ao outro lado da sala, cada uma fica na ponta dos pés, beija Eric na bochecha e o agradece. E então elas sobem as escadas.

Começo a ficar com ciúmes porque aquelas vacas sabem qual é a sensação de ter os lábios na pele dele, e então irritada comigo mesma e culpando o álcool. Tento me levantar, mas volto a cair no chão quando minhas mãos se recusam a trabalhar. Antes que eu possa tentar de novo, Eric já está parado bem na minha frente.

— Precisa de ajuda? — Ele pergunta, com um sorriso que eu *não* acho nem um pouco adorável.

— Não, estou de boa — respondo, enquanto tento novamente me levantar, mas falhando miseravelmente quando a sala começa a girar, e eu volto a cair de bunda no chão.

Escuto-o rir, e enquanto estou ocupada olhando para os arrepios que aparecem nos meus braços, ele se abaixa, e seus braços fortes me levantam.

— O que você está fazendo?! Coloque-me no chão. Eu sou muito pesa...

— Juro por Deus que se você disser que é muito pesada, vou até a doca e jogo você na água — ele murmura, irritado, aumentando o aperto dos braços nas minhas costas e sob as minhas pernas, enquanto me abraça ainda mais apertado, me carregando como se eu não pesasse mais do que uma pena. — Você é perfeita. Tudo em você é absolutamente perfeito.

Assim que ele começa a andar pela sala, comigo nos braços, eu penso no que ele falou sobre conseguir nos escutar rindo. E então entro em pânico, imaginando o que mais ele pode ter escutado do barco dele, já que abrimos todas as janelas da sala de estar, para deixar entrar um pouco de ar fresco.

Ai, meu Deus, e se ele escutou as coisas patéticas que eu disse? E se ele souber o quão idiota eu fui e o quão insegura eu sou?

Já que agora entrei na parte bêbada chorona da noite, passo meus braços ao redor do pescoço dele e encosto a minha bochecha no seu ombro, piscando os olhos a fim de tentar afastar as lágrimas, para não ficar mais mortificada do que já estou.

— Eu não gosto de você — murmuro contra o seu peito, aproveitando o momento para inspirar profundamente e encher meus sentidos com o cheiro do seu perfume.

O peito de Eric vibra contra a minha bochecha, pela sua risada, enquanto ele me leva no colo por um corredor escuro onde eu imagino que fique o quarto; durante a minha exploração não consegui sair da sala de estar, mesmo depois que Belle e Cindy chegaram.

— Você deixou isso extremamente claro — ele responde.

— Mas você é bonito — suspiro, sabendo muito bem que vou me arrepender na manhã seguinte, quando eu botar os bofes para fora.

— Eu preferiria gostoso, mas vou aceitar o bonito.

Eric vira e, de alguma maneira, liga um interruptor na parede enquanto ainda está me segurando nos braços. Um pequeno abajur em cima de uma mesinha ilumina o suficiente para que ele veja o caminho enquanto me leva até a cama e me deposita ali, cuidadosamente.

— Você joga *PlayStation*? — Pergunto, xingando Belle e as suas doses generosas de tequila.

— Não tenho doze anos, então, não — ele responde, baixinho, e o canto da sua boca repuxa, tentando esconder um sorriso; seu rosto está tão perto do meu quando ele se inclina sobre mim na cama, que eu me pergunto se ele vai me beijar.

Então percebo que meus braços ainda estão ao redor do pescoço dele, e rapidamente os solto, viro para o lado e puxo minhas pernas até o peito. Meus olhos se fecham e sinto as cobertas serem tiradas delicadamente de baixo de mim, antes de me cobrirem.

Acho que sinto os dedos do Eric acariciarem minha bochecha e tirarem uma mecha de cabelo do meu rosto, mas provavelmente é a tequila me fazendo imaginar coisas.

— Eu tirei a minha calcinha hoje — sussurro, alto, e então rio. — Tirei taaaaaaantas calcinhas hoje. Ao tira calcinhas, uhul!

Minha risada se transforma em ronco, e então deixo sair um suspiro quando escuto a risada baixa do Eric.

— Vou deixar um pouco de aspirina e uma garrafa de água na mesinha de cabeceira, para quando você acordar — escuto-o falar suavemente, antes de o som de uma porta se fechando suavemente encher os meus ouvidos; abro os olhos e me vejo sozinha no quarto.

— Irritação à primeira vista, irritação à primeira vista, irritação à primeira vista... — Entoo, como se fosse um mantra, antes de fechar os olhos e desmaiar.

Capítulo oito

DERRICK ALFREDO

— Seja gentil, agradeça e sorria. Seja gentil, agradeça e sorria — repito, baixinho, alongando os ombros enquanto caminho a distância entre o meu barco e o de Eric.

Desde que contei toda a verdade para Cindy e Belle, elas têm me mandado mensagens sem parar, sobre coisas que eu posso fazer para reestabelecer a confiança em mim mesma, que eu parecia ter recentemente perdido. Cada artigo e estatística sobre como ganhar autoconfiança, que a Belle me mandou, fez com que eu revirasse os olhos e quase jogasse o celular na parede. Quem precisa de livros de autoajuda quando se tem uma enciclopédia falante como amiga?

Mas, por mais que eu odeie admitir, cada artigo, que tinha de dez a cinquenta sugestões, compartilhava as mesmas três: seja gentil, agradeça e sorria. Três coisas que me davam urticária, mas eu tinha que começar por algum lugar. E Cindy tinha dito que eu precisava começar com o meu vizinho. Ele me deu um lugar para ficar, me carregou no colo até a cama, quando eu estava bêbada na noite anterior, e quando eu acordei com uma ressaca dos infernos, encontrei uma garrafa de água e duas aspirinas na mesinha de cabeceira, bem como ele tinha prometido. Quando entrei na cozinha hoje de manhã, também encontrei uma geladeira totalmente cheia, assim como a despensa, com todas as comidas que você pode imaginar. Acho que ele merece a minha gratidão. Especialmente quando eu não o tinha agradecido por nada.

Pisando na passarela de metal que unia o barco de Eric à doca, seco minhas mãos suadas na minha calça de ioga, me perguntando por que diabos eu estava tão nervosa por vê-lo de novo. Pensei que nunca conseguiria me livrar do cara a partir do momento em que eu morasse ao lado dele, que ele apareceria o tempo todo sem avisar, durante o dia inteiro, só para me irritar, mas não foi isso o que aconteceu. A única razão pela qual eu sei que ele estava em casa nos últimos três dias foi porque eu consigo escutar a música que vem do seu barco, quando estou com as janelas abertas. Quando estou em uma das cadeiras na parte de fora do barco, algumas vezes posso ouvi-lo cantar.

E esse deve ser o motivo por eu estar tão nervosa. Não o vi desde que percebi que ele deve ter ouvido as coisas que eu disse para as minhas amigas naquela noite. Não precisei olhá-lo nos olhos desde que ele soube o caso perdido que me tornei recentemente.

O pensamento de dar meia-volta, de correr para o meu barco e me trancar no quarto me faz vacilar, quando eu desço os degraus que levam às cabines, mas eu levanto a cabeça, determinada, e rapidamente termino de descer a escadinha. Não vou deixar um homem fazer com que eu me sinta idiota e nervosa. Quem se importa se ele escutou que eu passei anos sendo abusada verbalmente pelo meu ex? Quem se importa se ele souber que eu não comecei a fazer as festas por causa de falta de confiança? A opinião dele não vai fazer com que eu me sinta mal ou me magoar. Ele é só um homem, e eu não me importo com o que ele pensa.

— Caraaaaaaaamba — sussurro, quando finalmente chego ao final da escada, e paro abruptamente, inclinando a cabeça para o lado.

A palavra sai antes que eu consiga me segurar, e honestamente, se você visse o que eu estou olhando neste momento, reagiria da mesma maneira. Três palavras: bunda do Eric. A pessoa em questão está de quatro no chão, inclinado com a cabeça para debaixo do sofá no meio da sala, e a sua bunda está levantada no ar. A calça de moletom cinza que ele estava vestindo, demarcava tudo. Toda a glória às calças de moletons de um homem, e como elas se moldam abençoadamente às suas comissões traseiras quando se curvam, mostrando cada glorioso e tonificado músculo glúteo.

Escuto um coro de amém?

E para melhorar tudo, ele não estava usando camiseta. A calça de moletom está pendendo baixa no seu quadril, e da minha posição na escada, eu consigo ver perfeitamente cada músculo das suas costas, todos eles ondulando enquanto Eric se apoia nos braços.

— Pare de me olhar assim! — Eric reclama, me fazendo pular, culpada, e rapidamente afastando o olhar do seu torso, para um ponto qualquer na parede acima do sofá, surpresa por ele saber que eu estou aqui, já que não fiz nenhum som.

— Desculpe, não foi a minha intenção. Estamos quites?

Volto meu olhar para a sua bunda… ahm, quer dizer, para *ele*… e percebo que não está falando comigo. Eric ainda está com a cabeça debaixo do sofá, e ocupado demais com o que quer que esteja fazendo, para perceber que eu estou aqui.

Pigarreio gentilmente, enquanto termino de descer a escada.

— Algum problema?

A cabeça do Eric levanta rapidamente quando a minha voz chega até seus ouvidos, e ele a bate tão forte contra o sofá, que faz com que eu me encolha.

— *FILHO DA PUTA DO CARALHO!* — Ele xinga, e então rapidamente volta a se enfiar ainda mais debaixo do sofá e baixa a voz. — Não, não, não. Eu não estava falando com você. Papai ama você e nunca gritaria com você.

Pelo amor de Deus, o que é que está acontecendo?

O Eric tinha um filho? E, mais importante, por que diabos uma criança estaria embaixo do sofá? Eu não sou uma pessoa que gosta muito de crianças, mas tenho quase certeza de que não é ali que você deveria mantê-las.

Enquanto meu coração começava a bater mais rápido e eu conseguia sentir o começo de um ataque de pânico, atravesso a sala e paro bem atrás dele; Eric finalmente sai debaixo do sofá e se levanta.

— Desculpe por isso. Parece que, no momento, ele gosta de lugares pequenos e escuros — Eric explica, ao se virar.

Arregalo os olhos, horrorizada, quando consigo ver com o que ele estava falando debaixo do sofá. Eu não tenho nem que me preocupar em disfarçar o olhar para o peito nu de Eric, o que faria com que eu me sentisse enojada comigo mesma mais tarde. E tudo isso por causa daquela... *coisa* que ele está segurando junto ao seu dito peito nu. Quer dizer, ao menos não é uma criança, mas, Jesus Cristo... Eu quase preferiria que fosse um bebê se esgoelando a... ao que quer que *aquilo* fosse.

— Que merda é essa coisa?! — Eu falo, tropeçando para trás, quando Eric começa a vir na minha direção.

— Shhhh, você vai assustá-lo — Eric sussurra, acariciando suavemente aquilo que acredito ser a cabeça de alguma coisa, só porque sob sua mão há dois olhos pretos olhando diretamente para mim.

— Não se aproxime! Essa coisa parece que está se preparando para devorar a minha alma! — Falo para ele, levantando as duas mãos para fazê-lo parar.

— Ele não vai devorar a sua alma. — Eric ri e revira os olhos, parando a alguns centímetros de distância. — É um gato, o nome dele é Derrick

Alfredo, e é um carinha muito lindo. Você é muito lindo, não é, Derrick? Sim, você é! Sim, você é muito lindo!

Eric acaricia com o nariz, a pele enrugada no topo da cabeça daquela fera, e eu estremeço. Aquela coisa é tão branca que chega a ser translúcida, e é coberta por uma pele enrugada e nojenta. Suas orelhas são tão grandes que parecia que ele conseguiria captar ondas de som vindas de Marte.

— Cara, você acabou de perder vários pontos de masculinidade, com essa vozinha de bebê — murmuro, mesmo que escutá-lo falar com *aquilo* daquela maneira fez meu coração bater um pouco mais rápido, mas isso é algo que vou negar até o dia da minha morte. — E isso *não* é um gato. É a reencarnação da Criatura do Lago Negro.

Eric rapidamente cobre as orelhas do monstro com uma das mãos, e olha para mim.

— Ele é um Sphynx. A raça de gatos sem pelo mais famosa no mundo — ele me diz, orgulhoso.

— Parece que ele está do avesso — respondo, franzindo o nariz enquanto Eric vira o corpo, para me dar uma visão melhor. Eu posso jurar que aquela coisa maldita piscou para mim antes de se aconchegar no peito do Eric, com seu ronronar ecoando pela sala.

Balanço a cabeça quando percebo que estou trocando um olhar de raiva com aquela maldita coisa.

Sério que estou com ciúmes do que pode ser, ou não, um gato?

— Ganhei-o em um jogo de pôquer duas noites atrás, e ainda estamos nos conhecendo. — Eric explica, coçando atrás da orelha daquela monstruosidade.

— E você não conseguiu pensar em um nome melhor do que Derrick Alfredo? Algo tipo, sei lá, Satã, Lúcifer, Belzebu… — Paro de falar e me pergunto como é que um animal como aquele é permitido na natureza.

— PJ me mandou uma mensagem ontem, sobre Cindy fazer fettuccine Alfredo, mas o celular dele corrigiu para Derrick Alfredo, e o gato miou quando a mensagem chegou. Achei que fosse um sinal. Ele parece com um Derrick, não é? — Eric pergunta.

— Ele parece com um gremlin que você alimentou depois da meia-noite.

— Por mais que eu esteja adorando a sua companhia e a sua personalidade brilhante esta manhã, há alguma razão em particular para você ter vindo aqui? Ou foi só para dar uma olhada na minha bunda enquanto eu estava inclinado para pegar o Derrick? — Eric pergunta, olhando do gato para mim, com um sorriso.

Ah, que se dane.

— Ah, vá cagar — reclamo, cruzando os braços e bufando.

Os olhos do Eric descem do meu rosto para o decote, e meus braços estão pressionando os seios para cima, na regata que estou usando. No mesmo segundo, meu corpo esquenta com a fome no seu olhar, e rapidamente eu abaixo os braços.

Abro a boca para chamá-lo de nojento, quando escuto a voz da Belle na minha cabeça.

Seja gentil, agradeça e sorria.

— Tem algo errado com a sua boca? — Eric pergunta, divertido, quando eu tento sorrir.

Não preciso olhar no espelho para saber que eu pareço como um daqueles *emojis* de careta, apertando meus dentes com os lábios, esticando-os ao máximo.

Bufando, passo a mão pelo meu longo cabelo ruivo e tento uma das outras sugestões.

— Por que diabos você encheu a minha geladeira e despensa de comida? *Puta merda, eu sou horrível nisso.*

Eric ri, se afastando de mim e indo para o sofá, colocando Derrick gentilmente em uma das almofadas. Ele se vira para mim e coloca as mãos nos bolsos da frente da calça de moletom; o movimento puxou a barra da cintura um pouco mais para baixo, até que eu tive uma visão perfeita do V no final do seu quadril.

Não vou sucumbir ao poder do V, não vou sucumbir ao poder do V…

— O que me lembra… o quanto eu devo a você, pelo aluguel? — Pergunto.

— Você não vai me pagar aluguel — ele fala, enquanto balança a cabeça.

— Com toda a certeza, eu *vou* pagar o aluguel. Não sou a porra de um caso de caridade, Eric. Só diz logo quanto é, e eu vou pagar.

Pergunto-me se Cindy e Ariel seriam contra adicionar a opção de prostituta no nosso site… Não que eu estivesse pensando em fazer algo do tipo, já que nem consigo fazer strip no momento, mas, sei lá… Eu poderia ser uma cafetina ou algo assim. Ouvi falar que dá muito dinheiro.

Ele tira as mãos do bolso e vem na minha direção, com seus olhos cheios de uma fúria que, não vou mentir, é meio que excitante, depois de vê-lo todo meloso com aquele maldito gato. Eric para quando estamos praticamente nos tocando, balançando a cabeça enquanto olha para mim.

— Eu sei que você não é a porra de um caso de caridade. Eu gostaria de pensar que estamos nos tornando amigos, e de maneira alguma vou deixar uma *amiga* pagar qualquer centavo para ficar em um dos meus iates. Então seja legal e diga apenas *obrigada*.

Ele acabou de me jogar na *friendzone*? E por que eu me importo com isto? *Seja gentil, agradeça e sorria.*

Já que eu sei que estraguei toda a questão do sorriso e gentileza, solto um suspiro.

— Obrigada — falo para ele, suavemente, surpresa quando minha pele não é coberta por arrepios.

Meu pescoço ainda está inclinado para que eu possa olhar para Eric, por ele ser uns trinta centímetros mais alto que eu, e respiro fundo quando vejo que ele está olhando diretamente nos meus olhos. Eric está tão perto que eu posso sentir o cheiro do sabonete na sua pele, do banho que ele deve ter praticamente acabado de tomar, e a minha mente se enche com um monte de pensamentos sujos sobre ele molhado e nu no chuveiro. Não é muito difícil de se imaginar, já que ele está meio nu, e eu tenho uma visão esplendorosa da magnífica metade de cima.

— Aí está, não foi tão difícil, foi? — Ele pergunta, dando um sorriso sacana, e a imagem dele no chuveiro, com as mãos apoiadas na parede enquanto a água desliza pelo seu corpo, desaparece com um *poof*.

— Vá se ferrar — murmuro, esquecendo tudo o que a voz da Belle diz na minha cabeça, com os seus artigos idiotas.

Eric ri de novo e eu reviro os olhos, me virando para voltar para a escada e me afastar desse homem irritante, que está deixando o meu corpo confuso pra caramba.

Rapidamente ele se aproxima e segura o meu braço, me impedindo de ir embora.

— Você tem planos para hoje, vizinha? Eu estava pensando em sair um pouco com o iate. Estava imaginando se você gostaria de ir junto.

— Por mais tentador que soe estar no meio do oceano com você, a quilômetros de distância de terra firme, sem ter para aonde ir, eu tenho que ir em uma… aula de ioga — falo para ele, tentando não me engasgar com a palavra ioga.

Para o meu desânimo, uma das sugestões de alguns artigos que a Belle me mandou sobre aumentar a sua autoconfiança, era para se exercitar e ser *zen*, o que quer que essa merda signifique. Ela me assegurou que de maneira alguma eu precisava me exercitar e decidiu que, em vez disso, eu deveria partir para a parte *zen* da coisa. Cindy concordou com aquela merda assim que ouviu, e as duas me deram uma aula de ioga de presente.

— Ótima ideia. Eu nunca fiz ioga, mas sempre quis ir em uma aula. Vou com você — Eric diz, com um sorriso.

Solto meu braço do seu aperto e balanço a cabeça. De maneira alguma eu poderia tentar ser *zen* com ele em um tapete ao meu lado, se inclinando e flexionando aqueles músculos.

— Não. Nem a pau. Já é ruim o suficiente que as minhas amigas estejam me forçando a fazer essa merda, não preciso de você lá para acabar com a minha concentração com... tudo *isso* — reclamo, indicando o seu corpo com a minha mão.

Assim que as palavras saem da minha boca e o sorriso do Eric fica ainda maior, percebo o que eu tinha acabado de fazer.

— E por *isso*, eu me refiro à sua irritante presença e incapacidade de ficar em silêncio — falo rapidamente, tentando desfazer o erro e soando como uma completa idiota.

— Boa tentativa, princesa. Mas é tarde demais. Eu já sei que você me quer, então pare de fingir. Além disso, já que eu sei que você não gosta da ideia de morar no meu iate de graça, considere isso como o primeiro mês de aluguel. Eu dirijo. Só me dê cinco minutos para pegar uma camiseta e calçar um tênis.

Ele se afasta de mim, caminhando rapidamente pela sala de estar e desaparecendo pelo corredor. A coisa esperta a se fazer seria correr o mais rápido possível pela escada, entrar no meu carro e sair dali antes que ele voltasse.

Em vez disso, eu fico onde estou, enquanto Derrick Alfredo para no meio de uma lambida no próprio traseiro e olha para mim, com a expressão em seu rosto vil dizendo claramente: *Caramba, você é uma idiota.*

Capítulo nove

PRINCESA ENGRAÇADINHA

— Você tem certeza de que este é o lugar certo? — Eric pergunta, cético, quando chega ao final de uma longa entrada de carros e para a caminhonete.

Nós dois nos inclinamos para olhar pela janela, a casa de fazenda a alguns metros de nós. Desvio o olhar para o celular, checo novamente a mensagem que a Cindy me mandou ontem, com o endereço da aula de ioga, e então olho para o GPS do carro do Eric.

— Sim, é aqui mesmo. Parece que o Farmer's Ted Empório da Ioga é um lugar movimentado — falo e inclino o pescoço para olhar pela janela, para ver melhor todos os veículos estacionados na grama, em ambos os lados da entrada de carros.

— Eu espero que eles não peçam para tirarmos leite de vaca como taxa de inscrição. — Eric murmura enquanto dá a ré na caminhonete, passando o braço por trás do meu assento e virando a cabeça para estacionar em uma vaga entre dois carros.

Tento não o encarar abertamente, mas é impossível. A posição do braço levantou a manga da sua camiseta, me dando uma boa visão do seu bíceps, que estava tensionado por ele segurar a parte de trás do meu assento enquanto manobrava o carro.

O braço desse cara, do ombro até o pulso, é pura pornografia, e eu sou fraca. Tão, mas tão fraca para essas coisas... Ele não tem o braço gigantesco daqueles ratos de academia, que provavelmente não conseguem limpar a própria bunda. Eric tem os músculos perfeitamente definidos, que me dizem que ele malha, mas não é um alucinado quanto a isso.

— Uau, impressionante — Eric fala.

— Sim, com certeza — suspiro, e logo percebo que assim que faço esse barulho ridículo, não estamos falando da mesma coisa.

Puta merda, o que tem de errado comigo?

Afasto todos os pensamentos sobre braço e pornografia da minha cabeça e noto que o Eric está olhando a propriedade enquanto desliga o motor e sai da caminhonete. Respiro fundo e agradeço a Deus por não ter sido pega observando-o novamente, abro a minha porta e me junto a ele do lado de fora, e caminhamos pela grama em direção à casa.

Morando no subúrbio onde se tem calçadas e jardins profissionalmente feitos por todos os lados, carros buzinando o tempo todo, dia e noite, e tanta poluição visual que meia-noite poderia se passar por meio-dia, estou meio que contente por estar aqui, no meio do nada.

Não há nada mais do que árvores e campos, até onde meus olhos podem alcançar, e os únicos sons são os cantos dos pássaros.

De repente, não quero matar as minhas amigas por me inscreverem nessa aula. É um pouco estranho ter aulas de ioga em uma fazenda, em vez de uma academia, mas posso ver por que Belle e Cindy pensaram que essa seria uma opção melhor para mim. Estar dentro de um estúdio pequeno, cheio de vacas magérrimas reclamando sobre como o *smoothie* de couve que elas tomaram no café da manhã irá direto para os seus quadris esqueléticos, enquanto a luz fluorescente realça cada ponto de celulite do meu corpo, com certeza terminaria em banho de sangue.

Estar ao ar livre, com o sol brilhando em mim, e espaço suficiente para extravasar e só respirar ar fresco, já está fazendo com que eu me sinta mais leve e relaxada.

— Oi! Vocês estão aqui para a GOGA?!

Eric e eu paramos no meio do quintal, enquanto uma mulher que aparenta ter em torno dos quarenta anos, vestindo uma calça de ioga e uma camiseta rosa *pink*, desce da varanda e vem ao nosso encontro.

— Desculpe, você disse GOGA? — Eric pergunta, confuso.

A mulher ri e aponta para as palavras escritas em preto, no meio da sua camiseta — *GOGA: Relaxe, e ignore o cocô!*

— Sim, GOGA! — Ela repete, com um sorriso no rosto.

— O que diabos é uma GOGA? — Pergunto, sem ter muita certeza de que queria saber a resposta, considerando que era algo a ver com merda.

— É ioga com cabras! — Ela responde, levantando os braços, animada.

Mas que porra...?

— Ioga com *cabras*?

— Ioga com cabras — ela confirma, acenando com a cabeça.

— Tem eco aqui? — Eric pergunta, com uma risada.

Ele vira a cabeça e me observa, e meu olhar horrorizado de isso-só-pode--ser-a-porra-de-uma-brincadeira faz o seu sorriso desaparecer imediatamente.

Beije A Garota

63

— Sigam-me, vocês chegaram bem a tempo. Meu nome é Mary Lou e o meu marido e eu somos os donos desta fazenda, e começamos com o GOGA há uns seis meses. — Mary Lou nos diz, enquanto começa a caminhar para o lado da casa.

Eric vai atrás dela e, quando está a alguns metros de distância, ele se vira e vê que eu ainda não saí do lugar. Eric volta até mim e acena com a cabeça na direção da Mary Lou.

— Vamos lá. Vai ser divertido.

— Primeiro, para começar, não tem nada divertido na ioga. Essa coisa foi criada como uma maneira de torturar os prisioneiros durante a guerra — resmungo, irritada.

— Tenho certeza de que isso não é verdade. — Eric responde, com o canto da sua boca se repuxando, tentando esconder um sorriso divertido.

— Tanto faz. Eu sou alérgica a cabras. Vou ter um choque anafilático, minhas vias respiratórias vão fechar, e eu vou morrer lenta e dolorosamente, segurando meu pescoço e olhando para você o tempo todo, falando engasgada: *'Por quê? Por que você fez isso comigo?'* Você realmente quer isso pesando na sua consciência?

De repente, Eric agarra o meu pulso e me puxa na sua direção. Ele se vira e começa a caminhar cada vez mais rápido, até que eu não tenho outra escolha a não ser correr para conseguir seguir as suas passadas. Estou preparada para dar um belo chute na sua canela e fazê-lo cair de cara na grama, quando sua mão desliza do meu pulso e seus dedos se entrelaçam aos meus, diminuindo a velocidade das passadas quando alcançamos Mary Lou. Um calor sobe pelo meu braço, começando onde a palma da sua mão está pressionada contra a minha, e se espalha pelo meu peito. Imediatamente a minha garganta começa a coçar e parece apertar, e eu começo a acreditar no poder da sugestão.

É sério que realmente estou tendo a porra de uma crise anafilática?

Eu não consigo me lembrar da última vez em que fiquei de mãos dadas com um homem. Provavelmente na época da escola, com o Sebastian, já que não tivemos muitos momentos doces como esse depois que nos casamos. Ou talvez tivemos, mas, com o tempo, as coisas ruins sobrepujaram todas as lembranças boas, até que eu mal conseguia me lembrar delas. Pela primeira vez, em um longo período, pensar em Sebastian não faz com que eu comece a suar frio ou que sinta vontade de me encolher em posição fetal e chorar. Olho para a minha mão e a do Eric unidas e me sinto… relaxada.

— Fiquem à vontade para ir até ao lado do celeiro logo ali e pegar dois tapetes. — Mary Lou nos informa, quando chegamos na parte de trás da casa. Ela aponta para um enorme celeiro vermelho com uma pilha multicolorida de tapetes de ioga enrolados em cima de uma mesa bem ao lado. — Se juntem a nós quando pegarem seus tapetes, e faremos uma rápida explicação da nossa aula, traremos as cabras e então começaremos a aula.

Com Eric ainda segurando fortemente a minha mão, olho para dentro de um cercado de madeira branca, que separa uma parte do celeiro, e vejo umas vinte pessoas sentadas nos seus tapetes, rindo e conversando, parecendo completamente felizes com essa idiotice de GOGA. Um pouco da minha irritação desaparece.

O quão ruim pode ser? Talvez só vamos fazer ioga com algumas cabras andando dentro da cerca, longe o bastante para não me incomodar, mas perto o suficiente para as pessoas alcançarem entre a cerca e fazerem carinho quando quisessem. E já que eu odeio igualmente todos os animais peludos, eu pulo essa parte.

— Vocês vão se divertir! — Mary Lou exclama e caminha de costas, se afastando de nós. — E não esqueçam: Relaxem e ignorem o cocô!

Com isso, ela se vira e pula para dentro da cerca, e o poder dos dedos de Eric, ainda entrelaçados aos meus, começa a diminuir.

— Olha, eu não estou mais feliz com isso do que você. Só vamos concordar em ir com o fluxo e acabar com isso o mais rápido possível. Ok? Ótimo.

A risada de Eric faz com que eu vire a cabeça na sua direção e o observe. Ele está de quatro no tapete de ioga, assim como eu, com uma minicabra de dez quilos nas suas costas. Comigo não é muito diferente, só que a cabra dele tem o pelo caramelo e branco, e alternava entre esfregar o rosto peludo na parte de trás da cabeça do Eric e se deitar para tirar uma soneca nas costas dele.

O idiota nas *minhas* costas, que tem a pelagem toda preta, com apenas uma pequena parte branca entre os olhos— que eu tenho certeza de que é o sinal da besta—, alternava entre bater agressivamente os cascos entre os meus ombros e gritar no meu ouvido.

— Tenho certeza de que ela não entende uma palavra do que você está dizendo. Só relaxe, respire profundamente e encontre seu centro. — Eric diz, com um sorriso, enquanto lentamente volta a colocar a bunda contra os pés e deixa os braços esticados na sua frente, na Postura da Criança, enquanto aquela maldita cabra ficava parada calmamente, e descansava o queixo nas suas pequeninas patas.

— Foda-se você e que se foda o seu centro. Ela me entende. E muito bem, por sinal — murmuro, virando o pescoço para olhar sobre o ombro, e vejo o animal nas minhas costas.

— *BAAAAAAAAAAAAAAAAAAAAAAAA!* — Ela berra bem no meu ouvido, batendo a pata, com raiva, nas minhas costas.

— *PUTA MERDA!* — Grito, elevando meu corpo, tentando me livrar daquela maldita coisa.

Mas ela não sai de cima de mim. Só finca os cascos com ainda mais força, e continua a dar aqueles gritos estridentes de cabra.

— *Princesa Engraçadinha, você está incomodando a Ariel?*

Escuto Eric rir do meu lado, quando Mary Lou fala, um pouco mais a frente.

— Não tem nada engraçado nisso — digo, entredentes, para Eric, enquanto me seguro para não me levantar e ficar perfeitamente parada, antes que essa cabra idiota tente me deixar paralisada.

— O fato de você ter recebido uma cabra com o nome de *Princesa Engraçadinha,* que está fazendo você dançar no miudinho no departamento atitude, é uma completa diversão para mim. — Eric fala, ao voltar na posição de quatro apoios, e lentamente levantar um dos braços e uma das pernas, na postura Balanceamento de Mesa, enquanto a cabra continuava dormindo nas suas costas. — Não é verdade, Príncipe Gostosão?

Reviro os olhos quando ele olha por sobre o ombro, para a cabra adormecida.

— Você pagou ao dono desta fazenda para ficar com uma cabra com esse nome, não é? E forçou essa fêmea demoníaca na minha direção, só para me torturar — resmungo, olhando exasperada ao redor, para todas as pessoas em posturas diferentes.

Depois que nos deram meia hora de instruções de posturas básicas, eles nos deixaram por conta própria, para praticarmos os movimentos com os quais nos sentíamos mais confortáveis de fazer com as nossas cabras. Alguns estão sentados de pernas cruzadas, abraçados às suas cabras, e alguns estão fazendo movimentos mais difíceis, enquanto as suas respectivas cabras andam ao redor, pulando facilmente nas suas costas quando queriam.

— Você está dizendo que o meu apelido deveria ser Príncipe Gostosão? Porque estou perfeitamente de boa se você quiser me chamar assim daqui para frente. — Eric diz, me dando um sorriso e uma piscada.

Observo os músculos saltando dos seus braços enquanto ele abaixa o corpo até o chão, e solto um suspiro exasperado quando ele se estica, deitado com o cotovelo no tapete, e descansa o queixo na mão.

— *BAAAAAAAAAAAAAAAAAAAAAAAAAA!*

Outro grito da Princesa Engraçadinha faz com que eu me encolha e vire a cabeça para dar outro olhar irritado para a maldita cabra.

— Escute aqui, Engraçadinha do Caralho. Vamos fazer um trato: você para de berrar no meu ouvido, e de enterrar esses cascos nas minhas costas, e eu prometo que não vou cortar você em pedacinhos, fritar e ter filé de cabra para jantar.

Nós nos encaramos por alguns segundos e então ela solta um ronco e solta o *baaaaah* mais baixo que eu já ouvi sair da sua boca, no decorrer da última hora. Ela bufa, se deita nas minhas costas, se encolhe e fecha os olhos.

— É, foi o que pensei — murmuro. — Você é a minha cadela.

Bem quando eu sinto que serei capaz de ter alguns minutos "zen" na aula, de repente Eric solta um grito agudo e um tanto feminino. Viro a cabeça e o vejo se levantando com tudo do tapete, e observo o Príncipe Gostosão caindo das costas de Eric para a grama.

— *FILHO DA PUTA DO CACETE!* — Eric berra, balançando os braços, as pernas e o corpo todo, enquanto pula para cima e para baixo, se remexendo todo, tentando olhar as costas por sobre o ombro. — *ELE CAGOU EM MIM! ESSA PORRA DE CABRA CAGOU EM MIM!*

Arregalo os olhos, chocada e com a boca aberta, enquanto Eric continua a se chacoalhar. Pequenas bolinhas de cocô de cabra caem da sua camiseta, no chão, o que faz com que Eric xingue ainda mais.

— Relaxe! E ignore o cocô! — Mary Lou fala para Eric, com um grande sorriso no rosto.

Imediatamente eu caio de barriga no chão, rindo tanto que chego a chorar.

A Princesa Engraçadinha sai das minhas costas e se deita ao meu lado, no tapete. Passo o braço ao redor dela e continuo rindo, nós duas olhando para Eric, quando ele finalmente para de pular e cruza os braços, irritado.

— Isso não é engraçado — ele reclama.

— Você tem razão. Não é nem um pouco engraçado — eu respondo, tentando ao máximo conter a minha risada. Mas é inútil. O riso toma conta de mim, e eu sorrio para ele enquanto acaricio a cabeça da Princesa Engraçadinha. — Só relaxe, respire profundamente e encontre o seu centro — falo para Eric com uma voz doce, repetindo o que ele tinha me dito mais cedo.

— Fico contente que você esteja se divertindo.

— Ver uma cabra cagar em você é pura diversão para mim — digo, piscando os olhos e lhe dando um gosto do seu próprio veneno.

Mary Lou se aproxima de nós alguns minutos depois, dando para Eric uma camiseta rosa pink de GOGA, para que ele não tenha que ir para casa vestindo a camiseta cheia de fezes de cabra. Coçando atrás da orelha da Princesa Engraçadinha, posso jurar que a escuto dando um pequeno suspiro, quando Eric tira a camiseta e a joga no chão.

— Somos duas, amiga — sussurro no seu ouvido, enquanto ele rapidamente coloca a camiseta da GOGA, pegando a camiseta suja com dois dedos e indo até a lixeira próxima da cerca.

No começo eu estava um pouco cética e demorei um pouco para me soltar, mas eu acho que posso até gostar desse negócio de ioga com cabras. Sinto-me bem relaxada e centrada.

Parece que estou no caminho para conseguir de volta a minha autoconfiança.

Capítulo dez

HASHTAG DANÇA DO COCÔ

Não consigo evitar sorrir comigo mesma ao caminhar pelo estacionamento, indo em direção à doca, e é tudo por causa do meu vizinho irritante, que tem se tornado não tão irritante quanto eu inicialmente tinha pensado.

Depois da nossa aula de GOGA no outro dia, nós dois ficamos ocupados com o trabalho e não tivemos muitas chances de nos vermos, mas ele não tem parado de me mandar mensagens e fotos do Derrick Alfredo. Dezenas de fotos daquele gato diabólico vestindo diversos suéteres ridículos, me perguntando qual deles deixava o maldito mais masculino.

Eu até estou começando a gostar daquele ser dos infernos. E também do gato.

Quando eu acordei hoje de manhã, tive um momento de pânico ao perceber que com tudo o que aconteceu na última semana, eu completamente esqueci de voltar ao Fórum para preencher a papelada da nossa licença de pequena empresa. Pegando uma folha daquela baboseira de autoajuda da Belle, risco outro item da lista: vestir-se bem.

Não é como se eu saísse de casa parecendo uma mendiga, mas ultimamente eu não tinha me importado muito com a minha aparência. Geralmente eu coloco uma calça jeans rasgada e uma regata, prendo meu cabelo em um coque bagunçado, e estou pronta para fazer as minhas coisas.

Já que eu sei o quão importante é ter essa licença para o The Naughty Princess Club, e o quanto eu já tinha ferrado com tudo por esquecer de protocolar o pedido em tempo, demorei uma hora para ficar pronta, para que quando eu aparecesse no Fórum, eles pudessem ver que eu era séria, profissional, e que me importava com o que estava fazendo.

Então, esta manhã coloquei um vestido verde-esmeralda de algodão, que combina com os meus olhos e que cai bem nas minhas curvas abundantes, e que tem um decote V que realça, mas não mostra demais, a ponto de me fazer parecer uma atriz pornô. Calcei sapatos de salto *peep-toe* nude, e arrumei o longo cabelo ruivo em ondas grandes, deixando-as soltas nas costas e sobre os ombros. Antes de sair do barco, me forcei a parar na frente do espelho e a ter, comigo mesma, uma conversinha motivacional, dizendo que eu estava maravilhosa, incrível e pronta para dominar o mundo. Ou ao menos o Conselho de Diretores que cuidará da nossa papelada e decidirá o futuro do nosso negócio.

Agora, voltando ao barco, olho para o meu celular e piso na doca de madeira.

Meu sorriso fica ainda maior quando eu revejo as mensagens que troquei com Eric quando estava no Fórum.

> **Emergência! Qual é o endereço do meu barco? Preciso colocar o meu endereço na papelada do The Naughty Princess Club.**

Telefone novo. Quem é?

> **Muito engraçado. Só me diga a porra do endereço.**

Bem, quando você pede tão gentilmente...

> **Pelo amor de Deus, Eric, você poderia, por favor, passar o endereço do meu barco?**

Otário.

Eu não respondo mais ao nome de Eric. Chame-me pelo meu novo nome, ou você não vai conseguir nada.

> **Eu NÃO vou chamar você de Príncipe Gostosão. QUAL É?! Estou aqui na frente de uma mulher mal-amada, que está esperando que eu termine de preencher essa papelada.**

Diga. Em voz alta (mensagem de texto).

> **Você acabou de citar o Edward Cullen?**

Quem diabos é Edward Cullen? Você está saindo com alguém????

> Pelo amor de Deus... Só me passe o endereço.

Não até que você admita que eu deveria ser, para sempre, chamado de Príncipe Gostosão.

> O único nome pelo qual você será, para sempre, chamado, é pelo seu nome real: Príncipe Eric, do país Cabra Que Caga Nas Costas. População: Você.

Concordamos em nunca mais falar sobre aquilo. NUNCA MAIS, ARIEL.

> PASSE-ME LOGO A PORRA DO ENDEREÇO, OU EU VOU COLOCAR MERDA DE CABRA EM TODOS OS CANTOS DO SEU BARCO. VAI TER MERDA NOS SEUS SAPATOS, NOS SEUS LENÇÓIS, NOS SEUS PRATOS E NOS BOLSOS DE TODAS AS SUAS CALÇAS. VOCÊ NÃO SABERÁ QUANDO, NÃO SABERÁ COMO, VOCÊ SÓ VAI COLOCAR AS MÃOS NOS BOLSOS E ENCONTRAR MERDA!

Eric: Mariners Way, n° 725, aos cuidados de Eric Sailor/Ariel Waters.

> A sua cooperação será levada em consideração.

[imagem anexada] Esse suéter laranja faz com que a bunda do Derrick pareça grande?

Estou rindo comigo mesma enquanto olho para a foto do Derrick parecendo uma abóbora miserável, e começo a digitar uma resposta quando uma voz interrompe meus pensamentos.

— Bonjour, *chérie*...

Sinto meus pés vacilarem e o celular escapa da minha mão, caindo no chão da doca. Meu sorriso, minha felicidade, a confiança de como eu tinha me vestido esta manhã, tudo isso se encolhe e desaparece quando eu lentamente levanto a cabeça e fico cara a cara com o meu passado.

Sebastian está parado bem na frente do meu barco, com as mãos nos bolsos da frente da calça jeans *skinny* preta. Vestindo uma camiseta branca sob a de flanela azul e preta desabotoada, com um gorro preto cobrindo quase todo o seu cabelo loiro, e de botas Doc Martens pretas, ele parece um maldito *hipster* que está se esforçando demais. No fundo da minha mente, consigo escutar a minha vaca interior gritando para mim, para que eu risse e dissesse que ele estava parecendo uma piada, mas eu não consigo abrir a boca e nem as palavras saem.

— Você parece… saudável. — Sebastian diz, com um sorriso, enquanto me olha de cima para baixo.

Imediatamente a minha postura vai para o espaço e meus ombros caem, enquanto eu passo os braços ao redor da minha cintura, superautoconsciente. Quando Sebastian diz *saudável*, ele não quer dizer isso de uma maneira como: "*Você está com um brilho saudável*". Ele diz de uma maneira tipo: "*Parece que você engordou alguns quilos*".

— O que você quer, Sebastian? — Minha voz sai em um sussurro quebrado.

Por que eu não consigo gritar com ele? Por que eu não consigo dizer para ele ir se ferrar? Por dois anos imaginei este momento, planejei cada comentário maldoso que eu falaria na sua cara idiota, até que ele se enrolasse em posição fetal e me implorasse para parar. Quando ele me ligou do nada, há algumas semanas, eu estava de guarda baixa. Ao menos era isso o que eu dizia a mim mesma, para tentar me sentir melhor pelo motivo de eu não ter xingado até a sua vigésima geração, pelo telefone, em vez de desligar na cara dele. Mas agora estou preparada. Trabalhei para conseguir melhorar a minha autoconfiança, mas com apenas um "elogio" dele, voltei a ser a mulher que eu era quando estávamos casados. Uma idiota patética, que não conseguia falar o que pensava, ou se defender.

— Falei para você, ao telefone, que precisávamos conversar, mas você desligou na minha cara. Cansei de esperar você retornar a minha ligação, então falei com a Alana e perguntei onde eu poderia encontrar você — ele explica.

Alana. CLARO.

Das minhas seis irmãs mais velhas, ela é a única que gosta do Sebastian. Não, você não leu errado. Eu tenho seis irmãs, cada uma mais exasperante que a outra. Depois que a nossa mãe teve uma filha atrás da outra, tudo dentro de dez anos, ela decidiu que ser mãe e esposa não era o que ela pensou que seria, então foi embora, deixando meu pai com todas nós. Ela manda cartões de aniversário para cada uma, todos os anos, e honestamente, nós nem sentimos falta dela.

Meu pai se certificou de que nós nunca sentíssemos nenhuma falta no que se referia à presença parental, e ter tantas irmãs mais velhas parecia como se eu tivesse seis figuras maternas, porque elas sempre estavam se metendo nas minhas coisas e me dizendo o que fazer.

Sempre me perguntei se a Alana tinha uma queda pelo Sebastian, e agora acho que isso se confirmou. Não é segredo na minha família a maneira como ele me tratou e a razão do nosso divórcio, e ela contar para ele onde poderia me encontrar, pesa como se fosse uma traição e um soco na minha cara. Quando perdi a minha casa, mandei uma mensagem no nosso grupo dizendo que eu tinha me mudado e onde ficaria, deixando claro que era apenas em caso de emergência. Eu não contei que tinha perdido a casa, só que eu precisava de uma mudança. Eu não precisava de seis mulheres superprotetoras, junto ao meu pai, tomando conta de tudo, tentando resolver o meu problema.

— *Mon amour*, você está me escutando? — Sebastian pergunta, frustrado, me chamando de volta ao presente enquanto continuo na sua frente, com os braços ao redor da minha cintura, tentando me controlar.

— Não me chame assim — falo, entredentes, sentindo o nó de nervoso na minha barriga lentamente se soltar, quando eu finalmente encontro um pouco de força dentro de mim.

Ele solta um suspiro profundo, como se eu fosse a pessoa mais irritante da face da Terra, mas eu não consigo me concentrar para continuar respondendo. De repente, estou tão exausta e triste que nem sei como as minhas pernas ainda estão me sustentando.

— Amorzinho! Aí está você! Estava me perguntando o que estava fazendo você demorar tanto!

Afasto meu olhar de um fiapo do jeans do Sebastian e vejo Eric sair do barco dele e vir na minha direção, sem nem olhar para Sebastian quando passa por ele. Eric está vestindo uma calça de alfaiataria preta, camisa cinza de botão, com as mangas dobradas até os cotovelos, sapatos sociais pretos, e eu não sei nem porque eu pensei em compará-lo ao Sebastian. Eric é muito mais maduro, distinto e cheio de classe, quando não está me irritando. Um empresário profissional com uma mente brilhante, e um homem completamente pé no chão e doce, que me faz rir e que sabe me irritar como ninguém, mas nunca fez com que eu me sentisse como se fosse menos do que sou. Ele está tão lindo enquanto caminha na minha direção, com seus olhos colados aos meus, que isso me deixa sem fôlego.

Quando Eric finalmente chega perto de mim, com um movimento fluido, ele enlaça minha cintura com um braço e a sua outra mão desliza pelo meu pescoço, até que está enterrada no meu cabelo. Com um puxar do seu braço ao meu redor, ele leva o meu corpo contra o seu. Minhas mãos pressionam seu peito enquanto eu olho para ele, chocada, me perguntando o que diabos ele está fazendo, parte de mim nem se importando, contanto que ele não me solte.

Minhas pernas não estão mais fracas, como estavam um minuto atrás, e a vontade de chorar tinha sido esquecida, enquanto olho em seus cristalinos olhos azuis, que estão completamente focados em mim.

Ele ainda tem um sorriso no rosto, mas parece forçado, e seus olhos estão repletos de preocupação ao olhar para mim; seu dedo gentilmente acaricia a minha nuca, e a mão nas minhas costas está fechada em punho, agarrando o tecido do meu vestido.

— Com licença, quem é você? Ariel e eu estamos no meio de uma conversa. — Sebastian fala, de maneira petulante.

Eric suspira e se afasta de mim para olhar para o meu ex, e sua mão larga a minha nuca, mas o seu braço se mantém firme ao redor da minha cintura, enquanto ele me puxa ainda mais para perto do seu corpo e eu cruzo os braços.

— Sou Eric, namorado da Ariel. A pergunta correta seria: quem diabos é você, e por que está na minha doca?

Oi?! Como é que é?! Ele acabou de dizer a palavra namorado?

— Eu sou o marido dela. — Sebastian fala, irritado, levantando o queixo com um patético ar de autoridade.

— *EX*-marido — eu o lembro, cerrando os olhos na sua direção.

— *Chérie*, honestamente... Precisamos conversar. Em *particular* — ele fala, dando um olhar irritado na direção do Eric.

— Chame-a de novo com esse apelido de cachorro, e eu vou arrancar essa coisa que você tem no meio das pernas e fazer você engoli-lo. — Eric diz, com um sorriso reluzente no rosto, mas com fúria pontuando cada uma das suas palavras.

Sebastian tem o bom senso de parecer um pouco amedrontado, enquanto olha de mim para Eric.

— Caramba, você está gostosa nesse vestido.

Afasto o olhar de Sebastian e vejo Eric me observando. Seu olhar viaja pelo meu corpo, e a sensação nem se compara como quando o Sebastian fez a mesma coisa, alguns minutos atrás. Eric não olha para mim como se soubesse exatamente para onde foram os carboidratos do donuts que eu comi no café da manhã, ele olha para mim como se estivesse me imaginando nua e aproveitando cada segundo da visão. Novamente sinto aquele já conhecido frio na barriga, mas desta vez é de excitação, em vez de vontade de vomitar.

— Ela não está incrível? — Eric murmura a pergunta para o Sebastian, mas sem nunca tirar os olhos de mim.

— Verde a deixa… bem esbelta. — Sebastian responde, desconfortável.

Eric ri e balança a cabeça.

— Que se dane esbelta. Eu adoro uma mulher com curvas. Não tenho medo de quebrá-la, podemos ir *forte* e *duro* e nos preocuparmos em quebrar outras coisas, tipo a mesa da cozinha, o box do chuveiro, a mesa e a cadeira do meu escritório… estou esquecendo de algo mais que quebramos recentemente, amor?

Ele sorri para mim, e eu descruzo os braços quando ele se volta na minha direção. Sua mão nas minhas costas se abre e ele adiciona um pouco de pressão, me puxando mais uma vez para si. Consigo senti-lo em todos os lugares, das minhas coxas até o meu peito, e é impossível desviar o olhar do dele.

— O que você está fazendo? — Sussurro, suavemente.

Eu sei que Eric está dizendo essas merdas por causa do Sebastian, mas não consigo evitar que as suas palavras caiam sobre mim com uma sensação incrível. A minha nuca fica arrepiada, minha pele cora, e a sensação entre as minhas pernas fica tão forte que eu poderia ter um orgasmo neste exato momento, sem nem me tocar. Eric me chamar de *amor* é a cereja no topo do bolo repleto de desejo.

— Caramba, você está incrível. — Eric sussurra de volta, seus olhos se afastando dos meus e observando meus lábios enquanto eu os umedeço, nervosa.

Quando ele diz isso tão baixinho, e apenas para mim, eu sei o que ele quer dizer. Posso ver em seus olhos e sei que ele acredita profundamente nisso. É extremamente clichê, mas é a verdade.

— Desculpe, não consigo mais me segurar. Por favor, não me dê uma joelhada nas bolas.

Abro a boca para perguntar o que diabos ele está falando quando, de repente, ele abaixa a cabeça e cola os lábios aos meus. Arfo, chocada, e ele aproveita para aprofundar o beijo e deslizar a língua pelos meus lábios e roçar na minha.

O mundo ao meu redor simplesmente desaparece. Esqueço que estou parada na doca, que o meu ex-marido apareceu e que fez com que eu sentisse que não era boa o bastante para ninguém. Esqueço que ele está parado a alguns metros de distância, nos observando. Esqueço-me do meu próprio nome e até do dia que é hoje, enquanto enlaço os ombros do Eric com os meus braços e o puxo mais para mim.

Com um braço ainda ao redor da minha cintura, sinto sua mão subir e descansar na minha bochecha, mantendo a minha cabeça no lugar enquanto ele me devorava com a boca. Seu beijo era igual à sua personalidade: selvagem e sem pudor, e a melhor coisa que eu já tinha sentido. Gemo suavemente na sua boca, e minhas mãos agarram seu cabelo enquanto ele aprofunda ainda mais o beijo. Eric me beija com tudo o que tem, e eu não queria que isso terminasse. A sensação de ser querida, apreciada e *bonita*.

— Com licença? Eu estou bem aqui!

A voz do Sebastian penetra no frenesi de luxúria que tinha tomado conta do meu corpo, e Eric diminui o beijo, terminando com alguns selinhos antes de afastar a boca da minha e olhar para o meu ex.

— Não por muito tempo. — Eric fala para ele. — Caia fora da minha doca, babaca. Ariel vai entrar em contato com você quando for conveniente para *ela*, e nem um minuto antes.

Ele afasta o olhar do Sebastian para sorrir para mim, com sua mão ainda na minha bochecha.

— Você gostaria de falar mais alguma coisa antes do babaca ali ir embora?

Rio e balanço a cabeça.

— Não. Acho que você já disse tudo… Príncipe Gostosão.

Nenhum de nós nota quando Sebastian se afasta e caminha na direção do estacionamento.

— Caramba! Você deveria me mandar uma mensagem com isso por escrito, para eu poder usar futuramente, e possivelmente emoldurar. Com certeza eu usaria isso nos meus cartões de Natal. — Eric diz, com um sorriso.

Afastando-me dele para poder lembrar de voltar a respirar, me viro e vou na direção do meu barco, para colocar um pouco de distância entre nós, para que o meu coração possa voltar ao seu ritmo normal. E para que eu possa também me trancar no quarto e beber o meu peso em vinho, pirar e analisar exaustivamente o que diabos tinha acabado de acontecer.

— Não force a barra, amigão! — Falo, olhando por sobre o ombro ao pisar na passarela do barco. — Ou vou mandar um e-mail para todos os seus amigos, com a foto que tirei de você na GOGA. Hashtag, dança do cocô!

Forço minhas pernas a se moverem, mesmo elas estando como se fossem gelatina, e desapareço para dentro do barco, com o som da risada do Eric ressoando no ar. Toco meus lábios inchados, relembrando cada momento daquele maldito beijo.

Capítulo onze

BEIJE A GAROTA

— *Just a small town girl, living in a lonely wooooooooooorld!*

Encolho-me quando uma voz desafinada soa pelo sistema de som. Rapidamente cubro meus ouvidos ao escutar a nota estridente vinda do palco, fazendo meus tímpanos quererem explodir.

A mulher no palco finalmente baixa a voz para um canto normal, em vez de tentar se conectar com os extraterrestres. Ainda assim, ela tem a pior voz para cantar que eu já ouvi na vida, mas ao menos meus ouvidos não estavam mais sangrando.

— Por que diabos estamos aqui de novo?!

Viro-me na cadeira, ficando de costas para o palco, e olho para Belle e Cindy do outro lado da mesa. As duas estão com uma expressão horrorizada, enquanto olham por sobre meu ombro para a coitada da mulher que está assassinando nossos ouvidos.

— Você parecia um pouco... diferente nesses últimos dias. Eu disse para você que achei que seria divertido termos as nossas reuniões semanais do The Naughty Princess Club em outro lugar, além da minha casa. — Cindy explica, dando de ombros, levantando a mão e sinalizando para a nossa garçonete.

Quando Cindy me ligou hoje de manhã e disse que mudaríamos o local da nossa reunião para um pequeno bar na cidade, meio escondido, inicialmente achei que era uma boa ideia. Ninguém precisava de uma bebida (ou setenta e cinco) mais do que eu naquele momento. Eu nem questionei quando ela e a Belle apareceram no barco duas horas atrás e escolheram a minha roupa e arrumaram meu cabelo, dizendo que eu precisava me ajeitar para sair daquele marasmo que eu estava há dias. Eu não reclamei e nem as incomodei quando elas me disseram para usar um vestido branco, de mangas compridas, que deixava os ombros de fora e que terminava bem acima do joelho, e botas cinzas de cano alto, que chegavam até os joelhos. Cindy tinha deixado o meu cabelo todo ondulado e então feito algumas tranças soltas, puxando-as para o lado, deixando que as ondas caíssem pelo meu ombro.

Não reclamei e nem as incomodei porque eu sabia que elas estavam certas. Nesses últimos dias, eu estive entre me sentir uma merda ao me lembrar da maneira como o Sebastian olhou para mim, e me sentir uma deusa sexy, pela lembrança do olhar do *Eric* e da porra do beijo que ele me deu.

E então eu voltei a deixar que aqueles sentimentos ruins voltassem, dez segundos depois. Era como se eu estivesse vendo dois carros prestes a se chocar, e não conseguisse fazer nada.

Não relutei em sair com as minhas amigas hoje à noite porque eu sabia que precisava disso; um bar calmo soava exatamente como o lugar onde eu queria estar. Até que chegamos aqui e percebi que era a porra de uma noite de karaokê.

A garçonete para próxima à nossa mesa e Cindy pede uma segunda rodada de vinho. Quando ela se afasta para pegar nossas bebidas, Cindy se vira para mim, do seu lugar do outro lado da mesa.

— Como você está? De verdade. Sem enrolação. Você disse que estava *bem* em toda vez que eu falei com você, desde que o Sebastian apareceu no barco naquele dia, mas sabemos que *bem* não significa realmente *bem*, quando do vem de uma mulher — ela fala.

Belle concorda com a cabeça, bebendo as últimas gotas do vinho na sua taça e então a colocando na mesa.

— De acordo com um artigo no Elite Daily, mulheres dizem que estão bem porque esperamos que a pessoa que está perguntando basicamente leia nossas mentes e saiba exatamente o que está acontecendo. Nós percebemos o quão contraprodutivo isso é ao ficarmos cada vez mais frustradas, quando ninguém é capaz de descobrir o que realmente está nos incomodando.

Estalo os dedos e aponto para Belle, mantendo os olhos em Cindy.

— Viu? Eu esperava que vocês lessem a minha mente, mas vocês não leram. E isso significa que vocês são ruins.

A garçonete volta e coloca à nossa frente as taças de vinho, e então volta a desaparecer.

— Podemos voltar aos negócios, antes que a próxima pessoa suba no palco e arruíne uma das minhas músicas favoritas? — Eu imploro, tomando um grande gole do meu vinho.

— Na verdade, não há muito sobre negócios para conversarmos — Belle diz, encolhendo os ombros. — Você tem o calendário atualizado com todas as nossas festas, respondeu a centenas de e-mails que recebemos na semana passada, nos mandou um monte de pesquisas sobre essa coisa de *bargirl*, e preencheu a tempo a papelada da nossa licença de pequena empresa. Dissemos que era uma reunião de negócios para que você não se negasse a sair.

Eu queria dar um olhar mortal para elas, mas estou me sentindo culpada demais para fazer qualquer coisa a não ser virar a minha taça de vinho. Eu nunca disse a elas que tinha esquecido de preencher a papelada quando deveria, e que depois era tão tarde que aquela Ursula, a mulher no Fórum, acabou me dando um sermão por vinte minutos. E eu pensei que *eu* era uma vaca. Aquela mulher poderia ser coroada a rainha de todas as vacas, megera era apelido. Com o seu cabelo grisalho estilizado de uma maneira sofisticada, e com um terninho preto que parecia extremamente caro, ela parecia exatamente como a Miranda Presley em *O Diabo Veste Prada*. E também agia como tal.

— *Empresa de strip? É uma piada?*

— *Não, definitivamente não é uma piada. Como você pode ver, tudo o que foi pedido está na pasta. Sei que está um pouco tarde, mas eu tive uns problemas pessoais e...*

— *Os seus problemas pessoais não são da minha conta. Esta cidade se orgulha de ser honrada e respeitável. Mulheres que se rebaixam a tirar suas roupas por dinheiro não são nenhuma dessas coisas.*

— *E você tem o direito de ter a sua opinião. Entretanto, não é você quem decide isso, não é? Está nas mãos dos membros do Conselho, dos quais diversos já tiveram o prazer de desfrutar dos serviços que oferecemos, e nos deram ótimas recomendações. Tenho certeza de que isso será levado em consideração, quando eles avaliarem nosso pedido. Também temos uma recomendação de duas páginas escritas a mão, do dono do Clube de Cavalheiros Charming's, que é amigo do prefeito. Com certeza isso pesará entre os membros, na hora da aprovação.*

— *Sim, bem... Veremos sobre isso.*

Claro, sob circunstâncias normais, seria uma tremenda quebra de privacidade mencionar que membros do Conselho usaram nossos serviços, mas eu não estava mentindo quando disse para a Ursula, a Bruxa, que eles nos deram ótimas recomendações para a nossa licença. E eu posso ter esticado um pouco a verdade, ao dizer que o PJ era amigo do prefeito. Acho que a Cindy me contou que eles tinham jogado golfe juntos uma vez, alguns anos atrás. Mas eu estava bem orgulhosa de mim mesma por não tê-la mandando ir se foder, mesmo eu tendo repetido esse mantra na minha mente durante toda a nossa conversa. Honestamente, eu ainda não entendi por que uma assistente administrativa do Fórum pensava que podia falar comigo daquela maneira, e me olhar como se estivesse com nojo.

— A aprovação deve vir qualquer dia desses, não é? Não entendo por que está demorando tanto. Você entregou tudo duas semanas atrás. — Cindy reclama.

— Então, agora podemos conversar sobre o Eric? — Falo, rapidamente.

Ninguém está mais chocada do que eu quando as palavras saem da minha boca, mas, neste momento, eu prefiro falar sobre *qualquer coisa* à papelada. Sinto-me uma imbecil por não ter contado para as meninas.

— Você quer dizer sobre como ele fez os seus olhos se revirarem, com aquele beijo? Acho que você precisa nos contar sobre isso de novo. Devagar, e com mais detalhes. — Cindy diz, com uma piscada, e o assunto da licença estava esquecido, enquanto ela apoiava os cotovelos na mesa e se inclinava na minha direção.

— Foi normal — resmungo, e pego a nova taça de vinho que a garçonete tinha colocado na minha frente. E então seguro no seu braço antes que ela se afaste novamente. — Continue mandando, não precisa nem perguntar. Se você vir a minha taça vazia, faça outra aparecer magicamente.

Ela ri e assente com a cabeça, antes de ir para outra mesa anotar o pedido.

— Foi mais do que apenas *normal*. — Belle ri. — Posso jurar que senti você corando ao telefone, quando me contou.

— Eu não corei. Eu nunca coro! Corar é para fracotes! — Argumento, já sentindo minhas bochechas esquentarem com a porra de uma corada.

Mas que merda!

— Eu disse que algum desses dias você encontraria o seu Príncipe Encantado. — Cindy sorri.

— Ele não é um Príncipe Encantado. Ele é…

Pela primeira vez, quando falo sobre o Eric, acho impossível chamá-lo de irritante.

— Ele ficou do seu lado quando o imbecil do seu ex apareceu. Fez você se sentir sexy quando aquele filho da puta deixou você para baixo em questão de segundos. — Belle me lembra.

— Exatamente! *Ele* ficou do meu lado, *ele* fez com que eu me sentisse sexy. Deixei um homem lutar minhas batalhas por mim, quando eu deveria ter sido capaz de fazer isso sozinha e mandado o Sebastian para o inferno. Eu não sou assim — murmuro, balançando a cabeça.

— Talvez seja. — Cindy fala, suavemente. — Talvez você só precise encontrar o homem *certo*. Alguém que não tire o poder de você ou a sua independência. Alguém que deixe você para cima, em vez de para baixo, que tem orgulho de estar ao seu lado e lutar pelo que puder, não porque ele acha que você não pode fazer isso sozinha, mas porque ele não consegue ficar olhando, sem fazer nada. Porque ele realmente se importa com você.

Eu olho para ela e dou um gole no meu vinho, para aliviar o aperto na minha garganta.

— Estou sentindo que ele ficar do seu lado não é o real problema neste momento. — Belle comenta. — Se fosse, você não teria deixado o beijo acontecer. E você *certamente* não teria feito uma piada no final. Você pode não ter conseguido se impor para mandar o Sebastian se ferrar, mas nunca teria feito isso com Eric. Você o teria chutado nas bolas e dito que podia lutar suas próprias batalhas. O meu Sentido Aranha está me dizendo isso.

Belle cerra os olhos, estudando meu rosto.

— Isso não é o Sentido Aranha. Isso se chama estar bêbada — respondo rapidamente, desejando que ela não estivesse olhando tão de perto para mim.

— Vocês conversaram desde o beijo, certo? — Belle pergunta.

— Sim. Bem, por mensagem, na maioria das vezes. Ele tem um escritório na cidade, para esse negócio de aluguel de iate, e tem muito trabalho por lá. Mas passou pelo meu barco ontem de manhã, para deixar umas correspondências, já que eu pedi que fossem encaminhadas para o endereço dele na doca.

É verdade que conversamos basicamente o dia todo, todos os dias. Ele ainda me manda fotos idiotas do Derrick usando suéteres, e no outro dia eu fui em uma aula de ioga com cabras e mandei para ele uma foto de cocô de cabra.

Tanto faz, não me julgue. É bom manter o cara dançando miudinho, para ele não ficar folgado.

— E vocês conversaram sobre o beijo? — Cindy pergunta.

Merda. Merda, porra, cacete.

Quando ele deixou a minha correspondência no barco, fiquei parada na cozinha, segurando a minha xícara de café com tanta força que achei que quebraria, então suspendi a respiração e esperei que ele falasse algo sobre o beijo. Achei que talvez ele não quisesse conversar sobre isso por mensagens, e já que finalmente estávamos de novo cara a cara, isso aconteceria. Infelizmente, não aconteceu. Ele brincou comigo pelo fato de agora eu adorar ioga com cabras, e então foi embora.

— Não. O que temos para conversar? Foi só um beijo idiota, e aconteceu apenas para colocar o Sebastian no lugar, já que ele estava agindo como um tremendo imbecil — falo para elas e reviro os olhos.

— É ISSO! — Belle fala de repente, apontando um dedo para mim. — Você é uma mentirosa do cão, senhorita Mentirosa da Silva! Além disso, acho que você está certa, tenho quase certeza de que estou bêbada.

Ela coloca a taça de vinho de volta na mesa e respira profundamente algumas vezes, antes de continuar a falar:

— Você sabe muito bem que o Eric não beijou você só porque o Sebastian estava lá. Ele não sussurrou algo sobre não conseguir mais se conter, antes de beijar você? — Ela pergunta.

— Ele disse que não conseguia mais se segurar e me pediu para não chutá-lo nas bolas — respondo, baixinho, mordendo nervosamente o lábio.

— O que significa que ele estava querendo beijar você há algum tempo, já. Dã! — Belle ri.

— *Tudo bem! Então por que diabos ele não falou nada sobre isso? Ou, sei lá, fez de novo?!* — Reclamo, e rapidamente baixo o tom de voz e olho ao redor, dando um olhar mortal para um casal que estava olhando na nossa direção.

— Talvez ele achou que foi um erro. Ou que fui ruim. Talvez ele não disse nada porque não quer me deixar envergonhada. Ou talvez ele percebeu que eu tenho mais contras do que prós, depois de testemunhar toda aquela merda com o Sebastian e como eu fiquei.

Cindy se inclina sobre a mesa e acaricia a minha mão.

— Acho que você não está conseguindo ver o que está bem na sua frente — ela me diz.

As notas de abertura de uma música, que soa estranhamente familiar, começam a soar pelo sistema de som do bar, e vejo a boca da Cindy se

Beije a Garota

83

transformar em um enorme sorriso.

— Ou o que está bem atrás de você. — Cindy adiciona, quando quem quer que esteja no palco começa a cantar.

A voz é grave e rouca, e horrivelmente fora do tom. Mas, assim que escuto as palavras "beije a garota", sei exatamente qual música é aquela, então rapidamente me viro na cadeira e meus olhos se arregalam quando vejo Eric parado no meio do palco, segurando a base do microfone, olhando diretamente para mim, enquanto canta aquela maldita música da Disney sobre beijar. Ele soa absolutamente ridículo ao continuar cantando, e começa a balançar o quadril, mas meus olhos começam a lacrimejar e balanço a cabeça.

De repente, PJ e Vincent se aproximam por trás dele, cantando as partes do "sha-la-la", e agora estou realmente chorando, mas de tanto dar risada. Cindy e Belle se levantam das suas cadeiras, dão a volta na mesa para se sentarem ao meu lado, e nós três estamos com dor de estômago, de tanto rir, enquanto aqueles homens faziam papel de idiotas: Eric cantando todos os versos, e os outros dois se arriscando no coro, como os animais no filme, e os três tentando balançar os braços e os quadris em sincronia, mas falhando miseravelmente.

Todo mundo no bar estava rindo e vaiando, mas não de uma maneira má, ou eu cortaria a garganta de todos. É tudo de uma maneira natural e brincalhona, e o fato de o Eric escolher *essa* música, me lembra mais uma vez o quão bem ele me conhece.

Os três idiotas no palco terminam o show, dando uma grande reverência, enquanto a audiência aplaude e assobia para eles. Meu coração começa a bater mais rápido quando Eric desce do palco e caminha na minha direção. Ele está vestido com uma calça jeans e um suéter azul-marinho, que está colado a todos os seus músculos e lhe cai perfeitamente bem.

— Para a sua informação, o bar de karaokê foi ideia do Eric. Ele nos disse que precisávamos alegrar você e trazer a sua bunda até aqui, para uma noite de bebedeira e porcarias. — Cindy sussurra ao meu ouvido, se afastando quando Eric chega na minha frente, para sair correndo e se jogar nos braços do PJ.

Levanto-me da cadeira e fico na frente do Eric. Como sempre, o cheiro do seu perfume me dá arrepios, mas, desta vez, eu não me importo.

— Então, o que você achou? Será que eu tenho uma chance em Hollywood? — Eric pergunta, com as covinhas das suas bochechas aparecendo quando ele sorri para mim e segura na minha cintura, me puxando para perto de si.

— Eu aconselho você a não largar o seu emprego atual — rio, levantando as mãos para colocá-las no seu peito.

— Então parece que eu posso ter um probleminha. — Eric fala, suavemente, passando os braços ao meu redor e me puxando, até que estamos colados.

— Você tem. A sua voz de canto é horrível. Eu conseguia escutar os cães ganindo a quilômetros de distância. Tenho quase certeza de que até escutei alguns copos se rachando lá no bar.

Estou fazendo piadas porque meu coração está ameaçando pular para fora do meu peito. Não quero saber por que, de repente, estou tão nervosa na presença dele. Talvez seja porque ele está me olhando de uma maneira tão séria, ou porque desde que ele começou a cantar aquela música idiota, tudo em que consigo pensar é nele me beijando de novo.

— Não. É um problema muito mais sério — ele me diz. — Veja só, desde que beijei você naquele dia, não consigo pensar em mais nada. Estava com medo de dizer qualquer coisa, porque eu não queria assustar você. E hoje percebi que essa foi a coisa mais idiota que já fiz. Eu deveria ter dito algo, deveria ter dito para você que aquele foi o beijo mais incrível que eu já tive, que não consegui dormir nessas últimas noites, porque não consigo parar de pensar no seu gosto, na sua boca, e naquele barulhinho sexy que você fez quando me beijou.

Puta merda, está quente aqui ou sou só eu que estou sentindo isso?

— Se eu lhe disser a mesma coisa, você vai usar isso como poder de informação e nunca mais vai me deixar em paz? — Pergunto, levantando uma sobrancelha.

— Nunca. Mas eu posso fazer você me chamar de Príncipe Gostosão mais uma vez, antes de beijar você de novo — ele sorri.

— Aquilo foi um erro. Foi uma coisa que aconteceu no calor do momento, e que nunca mais vai acontecer — murmuro.

— Aham, tudo bem. Você sabe como acabar com o clima — ele fala, revirando os olhos, apertando os braços ainda mais ao meu redor. — Então vou escolher a porta de número dois.

— Quantos anos você tem, doze? — Rio dele.

— Vou acabar com o nosso sofrimento, com um beijo que vai fazer você querer arrancar esse vestido incrível do seu corpo sexy pra caramba, mas antes você tem que fazer algo para mim.

— Se envolver luta romana pelada, briga de travesseiros pelada, ou qualquer coisa com estar nua e gelatina, eu declino.

Ele balança a cabeça e solta a minha cintura, e sinto seus braços subirem até meus ombros; então, Eric me vira de frente para o palco. Ele se pressiona contra as minhas costas e baixa a cabeça até o meu ouvido; sua respiração quente faz o meu corpo todo arrepiar, até que ele volta a falar:

— Eu a beijarei assim que você subir lá e cantar uma música.

Capítulo doze

FUCKING PERFECT

— Como você sabe se eu sei cantar? Eu poderia subir lá e cantar como um gato que estivesse morrendo. Como o Derrick Alfredo morrendo de uma morte lenta e dolorosa. Ninguém quer escutar isso — protesto, tentando me manter firme no lugar, enquanto Eric continua a me empurrar para o palco, com as mãos ainda nos meus ombros.

— A parte de trás dos nossos barcos está de frente uma para a outra, e o som viaja pela água quando você está com as janelas abertas — ele me lembra.

O que não faz nada a não ser me deixar ainda mais surtada por ele ter escutado tudo o que as meninas e eu conversamos naquela nossa noite de bebedeira. Quer dizer, ele basicamente viu como era a minha vida, quando o Sebastian apareceu naquele dia na doca, mas não a verdade cruel. Ao menos ele não está me mandando links de artigos sobre autoconfiança, como a Cindy e a Belle, então talvez ele não saiba de tudo. E claro, ele era bom com os elogios, mas não estava se esforçando demais ou me fazendo ficar na frente de um espelho, enumerando uma lista de coisas que eu gostava em mim mesma.

— Além disso, você passou os últimos dias cantando a plenos pulmões, músicas de raiva da Alanis Morissette. Vá lá e tente escolher uma menos agressiva — ele ri, enquanto gentilmente me empurra para longe. De maneira hesitante, subo o primeiro degrau do palco.

Tudo bem, eu sei cantar, mas não é nada de mais. Só nunca fiz isso na frente de ninguém, além do meu pai e das minhas irmãs, quando o meu pai comprou uma máquina de karaokê em um Natal. Gosto de cantar ao chuveiro e, de vez em quando, a plenos pulmões, quando estou puta da vida.

Eu poderia ter dito facilmente não para o pedido de Eric. Mostrar para ele que eu não me importava se tivesse outro beijo ou não, mas, caramba, eu *quero* outro beijo. Quero ver se será tão incrível quanto o primeiro, ou se eu só imaginei todos os fogos de artifício e o calor entre nós. Além disso, eu não sou uma pessoa que diz não a um desafio, e mesmo que ele não

Beije a Garota

87

tivesse vindo e falado isso, ficou implícito que ele estava me desafiando a fazer essa merda.

Abafando meu nervosismo, observo Eric se sentar na mesa em frente ao palco, com a Cindy, Belle, Vincent e PJ; respiro profundamente e caminho até o cara do karaokê. Ele me passa uma pasta grossa, cheia de títulos de músicas, e eu viro as páginas até que meus olhos param em uma no meio da página, e repasso a letra na minha mente.

Merda. Essa música pode ser um pouco pessoal e profunda demais.

— 'Better Man', do Pearl Jam? Legal — o cara fala, tirando a pasta da minha mão e a jogando na mesa ao lado do equipamento. Ele começa a apertar alguns botões do computador e olha para mim.

— Você sabe como isso funciona, né? A tela na frente da base do microfone vai mostrar a letra, e ela irá de branca para azul quando você precisar cantar — ele instrui.

Antes que eu possa dizer para ele que mudei de ideia e que quero escolher outra música, uma que não tenha palavras que sinto como se cravassem diretamente na porra do meu coração, como uma faca enferrujada, as notas de abertura começam a tocar pelo sistema de som do bar. Vou até o microfone e o seguro com as duas mãos, fechando os olhos e respirando profundamente pelo nariz, deixando o ar sair lentamente pela minha boca, enquanto o som do violão muda e eu sei que é o momento de começar a cantar.

Com os olhos fechados, abro a boca e deixo a música fluir. Escutei essa canção incontáveis vezes, todos os dias nas duas primeiras semanas depois que o Sebastian me deixou. Não preciso olhar para a tela na minha frente, porque eu sei todas as palavras. E mesmo que a música seja cantada por um homem, é sobre uma mulher querendo mais e querendo encontrar um homem melhor, mas que não consegue. Por um longo período, essa música era o tema da minha vida. Sonhei com coisas melhores, com sonhos coloridos, e quis mais, mas não podia ter. Não conseguia encontrar um homem melhor porque o Sebastian tinha me convencido de que eu nunca encontraria ninguém melhor do que ele, que eu não merecia nada melhor do que ele me dava.

Mas agora, em vez de ficar triste, estou ficando puta enquanto continuo a cantar, desejando ter escolhido outra música.

Esse não é mais o tema da minha vida. Não sei se um dia me curarei completamente depois do que o Sebastian fez comigo, mas eu sei que não quero mais me sentir assim.

Antes que eu possa tirar o microfone da base, jogá-lo no palco e sair dali como uma idiota, o bar fica completamente em silêncio quando a música é interrompida, no meio do primeiro refrão.

Abro os olhos e viro a cabeça para encontrar um Eric bem puto da cara, no palco, com as mãos no computador do cara do karaokê. Com uma pequena desculpa para a audiência confusa, vou até ele.

— Que merda você está fazendo? — Sussurro, alto.

— Chega de cantar aquela música — ele rosna, indo até o coitado do cara do karaokê para pegar a pasta e começar a olhar as músicas.

— Você não pode me dizer o que fazer! — Reclamo, batendo o pé no chão, como uma criança de dois anos de idade.

Eu sei, estava me preparando para parar de cantar aquela música, mas estou irritada pelo princípio da coisa.

— A sua voz? Malditamente maravilhosa — ele murmura, virando as páginas com raiva. — Mas você cantar *aquela* música, soa como se você sentisse a porra daquela letra na sua alma e realmente acreditasse nela. Foda-se essa merda.

Bem, quando ele fala dessa maneira…

Minha raiva desaparece quando ele fecha a pasta e sussurra algo para o outro cara, antes de vir na minha direção e colocar as duas mãos nas minhas bochechas, levantando meu rosto.

— Lembra o que eu disse para você aquele dia na sua casa, quando você se mudou? — Ele pergunta, baixinho.

— Sobre como os meus peitos estavam maravilhosos naquela regata? — Pergunto, tentando aliviar o clima.

O canto da sua boca se levanta em um sorriso contido, enquanto ele acaricia meu rosto com os dedos.

— Eu preciso lembrar você o quão incríveis os seus peitos são? Porque olha, isso poderia demorar um pouco. E eu acho que as pessoas querem ver você cantar.

Eu nem percebi que meus amigos tinham feito o bar inteiro entoar meu nome, alguns segundos atrás. Estava ocupada demais gostando da irritação do Eric.

— Não, acho que estou bem. Podemos conversar mais tarde sobre os meus peitos — resmungo.

— Excelente — ele sorri para mim, mas logo o sorriso muda para uma expressão mais séria, quando ele olha nos meus olhos. — Aqui vai uma pequena recapitulação, antes de você soltar os cachorros: ver você quebrada, machucada e triste, é como ter alguém enfiando a porra de uma faca no meu peito. Eu não gosto disso. Então, prefiro deixar você irritada, porque adoro ver você toda ligada. É a minha vez de escolher a música. Uma que caia melhor em você. Então, leve a sua bundinha sexy para o meio do palco e dê o seu melhor.

Com isso, ele beija a ponta do meu nariz, afasta as mãos do meu rosto e segura os meus ombros, me vira e me empurra gentilmente na direção do microfone.

Não consigo evitar uma risada quando volto ao microfone, e meu coração parece flutuar como se eu fosse alguma mocinha de um livro de romance ridículo, só por causa de um beijo no nariz. A porra de um beijo no nariz.

Tornei-me uma mulherzinha. Uma mulherzinha que fica boba por causa de um maldito beijo no nariz.

Nunca mais vou conseguir ter a minha reputação de volta, depois dessa merda.

De repente, o título da música que Eric escolheu aparece na tela à minha frente, e toda aquela baboseira de romance some da minha mente. Eu não posso cantar essa música. Ele está tirando com a minha cara? É sério que ele acha que essa música cai melhor para mim? Claro, finalmente percebi que "Better Man" não é a minha música, e não quero mais me sentir como se não fosse boa o bastante, mas *essa* música é, tipo, o hino das mulheres fortes.

Começo a balançar a cabeça e me afastar do microfone quando Eric aparece atrás de mim, não me deixando me mover. Sinto suas mãos nos meus ombros e o seu gentil aperto, antes de se aproximar do meu ouvido.

— Essa é a sua música, princesa. É você todinha. Cada palavra é o que eu penso quando olho para você. Cante essa música, escute as palavras e sinta cada uma delas. *Acredite* nelas.

Engulo em seco e olho para o cara do karaokê, acenando com a cabeça.

As mãos de Eric ainda estão nos meus ombros quando a música começa, e abro a boca para cantar. Eu nem penso nisso, apenas faço o que ele disse e começo a cantar a letra de "F*ckin' Perfect", da Pink.

Fui abençoada com uma voz rouca como a da Pink, e as suas músicas sempre foram as minhas preferidas para cantar. Quando eu chego no primeiro coro, sinto as palavras, sinto-as da cabeça aos pés. Eu me senti menos do que perfeita por anos, fui tratada mal, pouco valorizada e mal compreendida por grande parte da minha vida adulta, mas ainda estou aqui. Já está na hora de eu fazer o que a música diz: mudar as vozes na minha cabeça e perceber que eu sou incrivelmente perfeita.

Estou cantando a música, melhor do que já cantei em toda a minha vida, e desta vez, não vou manter meus olhos fechados. Agarro o microfone com uma das minhas mãos e levanto a outra em punho no ar, olhando para meus amigos na primeira fila. Eles estão aplaudindo, gritando e pulando. Canto a música para eles, para toda mulher que está neste bar, que alguma vez se sentiu menos do que perfeita, que mudou para fazer outra pessoa feliz.

Não é até metade da música que percebo que Eric não está mais atrás de mim, me dando força. Ele sabia que em algum momento eu não precisaria mais disso, mas olho para o canto do palco e o vejo parado ali, com as mãos no bolso, sorrindo para mim.

Quando eu canto a parte sobre perguntar se a pessoa já se sentiu como um nada, e dizendo que você é incrivelmente perfeita para mim, Eric canta as palavras diretamente para mim.

Termino a música, com meu olhar nunca deixando o dele, esperando que ele soubesse que eu também o acho incrivelmente perfeito para mim. Todos no bar se levantam dos seus lugares e se juntam aos meus amigos, em coro, falando o meu nome, aplaudindo e pulando.

O sorriso no meu rosto está tão grande que cubro a boca com a mão, para tentar contê-lo, mas é inútil. Estou sorrindo e rindo, e se o Sebastian estivesse aqui agora, eu diria para ele chupar meu pau, porque sou incrivelmente perfeita.

Eric atravessa o palco e me levanta em seus braços, me girando enquanto eu seguro nos seus ombros, e eu ainda não consigo tirar o sorriso do rosto.

Ele finalmente me coloca no chão, com seus braços ainda firmes ao meu redor.

— Acho que isso significa que eu lhe devo um beijo.

— Caramba. E eu aqui pensando que era hora de falar dos meus peitos incríveis — retruco.

— Você é louca — ele ri, balançando a cabeça.

— Eu sei — falo para ele, dando de ombros. — Você tem sorte porque eu sou o seu tipo ideal de louca, e não daquelas assustadoras. Teoricamente, porque...

Ele me interrompe, abaixando a cabeça e colando os lábios aos meus. Imediatamente o puxo para mais perto e a minha língua entra na sua boca, aprofundando o beijo.

Graças a Deus que não era só a minha imaginação. Este beijo? Com certeza é ainda melhor do que o primeiro.

Capítulo treze

LAFFY TAFFY

Acho que vou vomitar.

Olhando para a chique mesa de jantar à minha frente, que está repleta de tudo quanto era tipo de comida da despensa, pego um pedaço do pão de canela e passo uma grossa camada de *cream cheese;* então engulo, mesmo que não esteja me sentindo muito bem do estômago.

Estou descontando na comida, ok? Tanto faz. Está tudo bem. Estou muito contente por dizer que desde a noite do karaokê, Eric e eu nos beijamos muito mais. Cada vez que ele chega em casa, do escritório ou depois de fazer alguma coisa no Charming's, passa no meu barco, e a primeira coisa que faz é me agarrar e beijar. São beijos incríveis, de revirar os olhos, que deixam meu corpo pegando fogo e que fazem eu enfiar as unhas nas costas dele, querendo mais.

É basicamente por isso que esta noite estou me tornando uma lixeira humana. Tudo o que fizemos foi beijar. E embora cada beijo tivesse sido melhor que o outro, ele não fez menção a mais nada. Eric nem ao menos tentou apalpar os meus incríveis peitos, caramba! Recuso-me a duvidar dos pensamentos bons, que novamente voltei a ter sobre mim, e até mesmo a considerar que talvez ele não me queira, porque eu senti o quanto ele me quer. Senti bem ali, pressionado contra mim, quando ele me puxa para mais perto e me beija até a loucura, e vou dizer uma coisa, é impressionante. Tão impressionante que me tornei uma mulher sexualmente frustrada, que atualmente está comendo o próprio peso em batatinhas.

Jogo a latinha de *Pringles* sabor cheddar para o lado e ela vira, espalhando aquela maravilha alaranjada por toda a mesa, e reviro os olhos para a minha bagunça.

Tudo bem. Estou um pouco receosa sobre o Eric me querer, mas talvez eu esteja me sentindo um pouco nervosa quando o assunto é darmos o próximo passo. Não sou exatamente trabalhada na experiência quando o assunto é sexo. Dois parceiros durante a minha vida toda não é algo que

Beije a Garota

93

grite que incendeio lençóis, mesmo que eu tenha um bom papo. E sério, estou apenas contando um deles, já que o segundo foi o ex-marido da Cindy, durante um momento de extrema fraqueza, do qual eu nunca vou parar de me arrepender.

Assisto muitos filmes pornôs, ok? Esses filmes me ensinaram tudo o que eu preciso saber sobre sexo. Eu sei que quero o Eric, sei que os seus beijos fazem cada centímetro do meu corpo incendiar, e só consigo imaginar o que mais esse homem pode fazer comigo. Eu sei que ele gosta do meu lado atrevido, mas, e se ele esperar por isso durante o sexo?

Será que eu sei ser atrevida no sexo? Será que eu deveria assistir uns filmes com dominatrix? Será que ele vai querer que eu xingue e bata no seu rosto quando ele gozar?

Filho da puta, por que isso é tão confuso?

— Querida, cheguei! — Eric anuncia, enquanto desce as escadas do barco, com o Derrick Alfredo no colo.

Uma mulher normal provavelmente se levantaria, culpada, e criaria alguma desculpa ridícula sobre como assaltantes entraram ali e se fartaram com todas as comidas sobre a mesa, como animais, mas eu não sou uma mulher normal. E também tenho pó alaranjado por toda a minha regata azul, sobre meus seios, onde limpei as mãos, então não tenho saída.

Em vez disso, pego o *Pringles* espalhado, além de outro pedaço de pão, e enfio tudo na boca, de uma vez só.

Eric me olha, preocupado, colocando Derrick no sofá antes de se aproximar de mim, parando na cadeira ao meu lado e descansando a mão no encosto.

— *Eu tosto carbos* — falo, com a boca cheia de comida, olhando para ele enquanto mastigo, tateando a mesa até que encontro um donut açucarado e o levo em direção à minha boca.

— Anotado. — Eric diz, com o canto da boca escondendo um sorriso, enquanto pego mais comida na mesa. — Contanto que você esteja dizendo *eu gosto de carboidratos,* e não sobre colocar fogo em carros.

— Nunca mais vou abrir mão de carboidratos, por homem algum — eu o informo, vendo uma nuvem de açúcar sair da minha boca enquanto falo, deixando a questão clara ao apontar uma faca com manteiga na sua direção.

Ok, talvez eu possa ter levado isso um pouco longe demais.

— Bem, isso parece bom. — Eric fala, tirando a faca da minha mão e a colocando na mesa, e então pega um donut para si e enfia na boca. —

Carboidratos são deliciosos. Mas será que podemos comer um tipo de carboidrato por vez, para que eu não tenha que fazer a manobra de Heimlich em você?

Termino de mastigar a mistura de pão, *Pringles* e donut, e finalmente engulo, assentindo para ele.

— Posso viver com isso.

Ele finalmente se inclina e me beija, se afastado com um sorriso.

— Você está bem?

— Estou superbem! — Respondo, um pouco alto demais.

Todo o açúcar e carboidratos que comi, de repente me deixam hiperativa.

— Ótimo, porque eu tenho um favor para pedir.

Ele volta a se endireitar e tira o paletó do terno azul-marinho, colocando-o no encosto da cadeira ao meu lado. Então ele afrouxa o nó da gravata, até que se desfaz completamente, e a coloca junto ao paletó, antes de desabotoar os dois primeiros botões da camisa social branca de botões.

Puta merda, é isso? Nós vamos transar agora?

— O PJ tem comentado sobre a ideia de fazer uma noite só com strippers masculinos, uma vez por mês no Charming's, para as mulheres — ele explica, segurando o encosto da minha cadeira com uma mão, enquanto levanta o pé e retira o sapato com a outra mão.

O que diabos isso tem a ver com transar?

Ele muda o peso de um pé para o outro e tira o segundo sapato, e eu começo a entrar em pânico, me perguntando se me lembrei de colocar uma roupa íntima bonita.

— Enfim, eu estava pensando em fazer audições no clube, em algumas semanas, para os dançarinos.

Ele quer trazer para casa, um dançarino para mim? É desse tipo de coisa que ele gosta?

— Isso é… legal — falo para ele, completamente sem ideia do que eu deveria dizer em relação a isso.

— Você vai dançar para o The Naughty Princess Club, não vai? — Ele pergunta, segurando as minhas mãos e me levantando da cadeira.

— Sim, esse é o meu objetivo final. Estou… trabalhando nisso — respondo.

Ok, deixar que Eric me distraia ultimamente, não é exatamente trabalhar nisso, mas acho que posso estar finalmente pronta para o próximo passo. Talvez, se eu conseguir que o PJ me anuncie como uma das apresentações, eu não dê para trás.

— Perfeito. Então você pode me ensinar a fazer strip-tease, para que eu possa ver se tenho o que é preciso para balançar a bunda nesse negócio de noite das mulheres — ele diz, com um sorriso.

— Como é que é?

— Ok, vamos supor, por um minuto, que você está falando sério sobre isso.

— Eu *estou* falando sério. Estou falando muuuuuuuuito sério. — Eric me diz, colocando as mãos na cintura, e o movimento faz com que a sua camisa, que foi desabotoada alguns minutos atrás, se abra, então eu posso ver cada centímetro glorioso do seu peitoral musculoso.

Assim que ele começou a falar sobre o seu plano ridículo, virei e me afastei, desaparecendo no banheiro sem dizer uma única palavra. Tomei um banho quente e demorado, para matar um pouco do tempo, esperando que quando eu saísse, ele estivesse jogado no sofá fazendo carinho no Derrick Alfredo, me dizendo que estava só brincando. E, sabe, também para tirar do meu corpo os farelos de *Pringles* e o açúcar do donut.

Quando eu saí do banheiro, vinte minutos depois, vestindo um short de algodão e uma camiseta que dizia "*A vida não é um conto de fadas. Se você perder um sapato à meia-noite, é provável que você esteja bêbada*", e o meu cabelo preso em um coque bagunçado no topo da cabeça, Eric ainda está no meio da sala de estar, esperando por mim. Ele aperta um botão no controle do sistema de som do barco, assim que eu entro na sala, joga o controle no sofá ao lado do Derrick, e começa a balançar lentamente o quadril.

Derrick e eu olhamos para ele como se Eric estivesse louco.

— Tá, tá. Você não pode pensar que essa música é boa para strip — murmuro, balançando a cabeça, enquanto D4L ecoa pela sala.

— Qual é o problema em fazer um strip ao som de "Laffy Taffy"? — Ele reclama, jogando as mãos para cima, enquanto a maldita música soava pelos alto-falantes que ele tinha conectado ao *bluetooth,* enquanto eu estava no banho. — Escute essa batida. É sensual.

Ele move o quadril erraticamente ao som da música, que é tudo, menos sensual, apesar de o seu peitoral incrível estar completamente exposto. Provavelmente por causa do bico que ele está fazendo com a boca, neste exato momento, enquanto o quadril faz algum tipo de movimento espasmódico, indo de um lado para o outro.

— Não parece que você está aproveitando — ele fala, por cima da música, ao passar as mãos no peito.

Eu imediatamente me inclino sobre o celular dele, que está sobre uma das mesinhas, e desligo a música que, provavelmente, vai me perseguir para sempre nos meus pesadelos.

— Fui uma vez em uma noite das mulheres. Uma vez, anos atrás, para uma despedida de solteira. Não tem nada de agradável nessa merda — reclamo. — Os homens estão banhados em óleo e enfiam as pelves na sua cara, enquanto colocam o pé em cima da cadeira. As coisas ficam balançando bem na frente dos seus olhos, e você não consegue deixar de ver. Não é sensual. É aterrorizante.

Eric bufa e cruza os braços.

— É aí que você entra. Ensine-me a deixar isso *menos* aterrorizante.

— A menos que você queira se transformar em um eunuco, para que os seus *negócios* não fiquem molengas e rodando como um helicóptero, isso nunca vai ser menos aterrorizante — o informo.

— Eu não tenho *negócios*, isso é insultante. Eu tenho um pau enorme, muito obrigada. E com certeza não tem nada molenga aqui.

Eric enfatiza a questão ao baixar a mão e se tocar. Vamos apenas dizer que a mão dele parece segurar algo bem grande dentro daquela calça. Fico parada que nem uma idiota, olhando para aquela mão.

— Aqui em cima, princesa — ele ri. — Espere, esqueça o que eu disse. A ideia é que os seus olhos estejam lá, então continue olhando.

Solto um gemido e forço meu olhar a ir para o seu rosto.

Está bem claro que ele está falando sério sobre isso, e eu sei que ele não vai ficar quieto até que eu faça algo.

— A primeira coisa que você precisa fazer é escolher uma música melhor do que essa merda. Você nunca assistiu *Magic Mike*? — Pergunto, me virando e pegando o celular dele, que estava na mesinha, clicando no seu aplicativo do *Spotify* e fazendo uma pesquisa rápida.

— Eu pareço ser do tipo que fica em casa no sábado a noite, assistindo a um filme com homens nus neles?

— Você realmente quer que eu responda isso? — Rio, encontro a música que eu estava procurando, e a coloco para tocar.

Voltando a colocar o celular na mesinha, vou até a mesa da sala de jantar, pego uma cadeira pelo encosto e a levo para o meio da sala. Sentando-me nela, cruzo os braços enquanto "Pony", de Ginuwine, começa a ecoar pelo sistema de som.

— Vá em frente. Balance essa bundinha para mim — falo para ele, com um sorriso.

Ele se aproxima da minha cadeira e imediatamente começa a levantar um pé. Dou um tapa na sua perna, para pará-lo, e balanço a cabeça.

— Se você colocar o pé nessa cadeira e começar a se balançar no meu rosto, nós vamos ter um problema. Um que vai deixar uma mancha de sangue no tapete.

— Você é realmente péssima nesse negócio de ensinar — ele reclama, enquanto mexe a cabeça ao ritmo da música.

Por mais que eu odeie admitir, ele parece meio que adorável neste momento, parado na minha frente, tentando entrar na sintonia da música.

— Não pode ser assim tão difícil. É só arrancar as roupas e dançar, certo?

Balançando a cabeça em negação, abro as minhas pernas e coloco as mãos na parte de trás das suas coxas, puxando-o para ficar no meio das minhas pernas.

— Strip-tease não é apenas sobre tirar as roupas. É sobre a antecipação e saber como deixar as pessoas hipnotizadas, sobre usar o seu corpo para prender a audiência e fazê-la querer mais — explico, rapidamente tirando as mãos das suas pernas para colocá-las nas minhas coxas, antes que eu ficasse tentada a subir e pegar na sua bunda. — É sobre provocar. Pense nisso como uma preliminar. Algumas vezes, o que acontece *antes* pode ser melhor do que o *grand finale*.

Em algum momento durante a minha explicação, Eric colocou as mãos no encosto da minha cadeira e se abaixou até ficar inclinado sobre mim, com seu rosto a poucos centímetros de distância do meu. Posso sentir o cheiro da sua pele e o calor que emana do seu corpo pela camisa aberta, e tenho que engolir em seco várias vezes, porque minha garganta parecia, de repente, muito seca.

Ele dobra os cotovelos, trazendo seu corpo para ainda mais perto do meu, e seu rosto se aproxima até que sinto seus lábios acariciarem o lóbulo da minha orelha.

— Provocar e preliminar — ele fala, suavemente, e sua respiração quente faz com que a minha pele se arrepie. — Acho que consigo lidar com isso.

Minhas mãos saem das minhas coxas e agarram o assento da cadeira, enquanto Eric trilha o meu pescoço com a boca. O leve toque dos seus lábios, que mal faz contato com a minha pele, faz com que eu aperte as coxas uma na outra enquanto fecho os olhos e inclino a cabeça para trás,

TARA SIVEC

lhe dando mais acesso.

Tirando uma das mãos do encosto da cadeira, ele enlaça minha nuca ao mesmo tempo em que a ponta da sua língua brinca na minha pele. Tenho que morder o lábio para impedir que um gemido escape da minha boca.

Sua mão desliza lentamente pelo meu pescoço e segue para o meu peito, parando bem em cima do meu coração, que está batendo tão forte que tenho certeza de que ele consegue sentir. Meu peito está pesado, e minha respiração, resfolegante, mas não me importo nem um pouco se ele pode pensar que estou tentando colocar meu seio na sua mão. Porque estou. Pelo amor de Deus, quero a sua mão no meu seio.

Eric desce um pouco mais a trilha de beijos, com sua mão pairando sobre a base de um dos meus seios, acariciando a lateral e continuando a descer pelo meu corpo, até que chega no meu quadril e agarra a minha coxa nua. Sua mão é quente contra a minha pele, enquanto ele levanta a minha perna, até que meu pé está na sua coxa.

Com os lábios ainda gentilmente chupando o meu pescoço, ele segura as minhas mãos, que estão agarradas no assento da cadeira, e as leva ao seu pescoço, onde eu as enterro no seu cabelo. Ele volta a colocar as mãos no encosto da minha cadeira, e de repente, sua boca encontra um ponto no meu pescoço que eu nem sabia que existia. Seus dentes raspam gentilmente aquele ponto, e é como se ele atingisse uma terminação nervosa que está diretamente ligada com a minha vagina.

Minha perna aperta a sua coxa, puxando-o para mais perto de mim enquanto meu quadril levanta da cadeira, e então acontece: um lento gemido sai pela minha boca, e eu nem me importo.

Ele ainda está mordendo e chupando aquele ponto perfeito do meu pescoço, e sinto que estou perdendo o controle, até que estou basicamente me mexendo, me esfregando em nada, porque essa cadeira idiota está no caminho e não consigo puxar Eric para mais perto entre as minhas pernas. Agarro a sua cabeça e o pressiono tão forte no meu pescoço que não sei nem como ele está respirando, enquanto continua a me torturar com os dentes.

— Diga que eu sou melhor que Magic Mike — ele sussurra, de repente.

Solto um choramingo quando seus dentes param de tentar a pele do meu pescoço, e tento puxar a sua cabeça de volta para onde estava, mas ele não se deixa levar.

— Rá, você nem balançou a bunda para mim — murmuro, minha voz

Beije a Garota

saindo toda trêmula e meio desesperada.

— Você está excitada? Louca por mais? — Ele pergunta, suavemente, me provocando com um beijo bem em cima daquele maldito ponto no meu pescoço.

— Não posso confirmar e nem negar tal rumor — respondo, e essa tensão sexual está começando a bagunçar a porra da minha cabeça.

— Se eu deslizar a minha mão para dentro desse short minúsculo que você está vestindo, você estará molhada, Ariel?

Puta merda, deslize a sua mão lá dentro. Coloque a sua mão lá agora mesmo e diga o meu nome de novo!

— Ahm, eu não iria tão longe.

Estou tão molhada que vou precisar tirar esse short e tomar outro banho.

Ele ri contra o meu pescoço, e estou seriamente tentada a levantar a minha perna livre no meio das suas e dar uma joelhada nas suas bolas.

— Admita, eu sou muito bom nesse negócio de antecipação e preliminares — ele diz, me dando novamente aquele sorriso delicioso.

— TUDO BEM! Você é bom nisso, puta merda! Será que agora você pode parar de ser tão metido?

Antes que eu consiga piscar, suas mãos vão para a minha bunda e ele me levanta da cadeira. Enquanto me segura contra si, ele se vira e toma o meu lugar na cadeira, e logo estou sentada no seu colo, montada nas suas coxas.

Com as mãos ainda na minha bunda, ele me aperta, me deslizando no seu peito até que eu posso confirmar que ele não tem simples *negócios* dentro das calças. Ele está enorme e duro, e está roçando entre as minhas coxas, e não consigo me impedir de descer meu quadril nele e aumentar a pressão dos nossos corpos um contra o outro.

Agora é o Eric quem solta um gemido, enquanto olha nos meus olhos.

— É a sua vez, princesa. Tome o que você quiser.

Capítulo quatorze

LAMBEDOR DE BOLAS

— É a sua vez, princesa. Tome o que você quiser.

As palavras murmuradas por Eric enquanto ele olha nos meus olhos, me transformaram em uma grande energia de necessidade. De repente, ele afasta uma das mãos da minha bunda e se inclina para o lado, pegando o celular na mesinha.

— Agora não é um bom momento para fazer uma ligação — reclamo, com a frustração evidente na minha voz.

Tudo no meio das minhas pernas está latejando por ficar sentada aqui, sentindo a sua ereção contra mim, sem me mover. Eu quero me mexer, mas ele está jogando a porra do Candy Crush no celular, ou alguma merda do tipo.

— Só estou colocando uma música, para que você possa me mostrar como é que se faz — ele me diz.

Percebo que em algum momento durante as mordidinhas no pescoço, a música deve ter acabado e o barco ficou completamente em silêncio, a não ser pelo som que vinha pelas janelas abertas, com as ondas gentilmente batendo no lado do barco. Eric toca em alguma coisa na tela do celular e o joga no chão, voltando a passar os braços ao redor de mim. Um braço se mantém firme na minha cintura, enquanto com a outra mão, ele desliza pelas minhas costas, até chegar à minha nuca, e sinto sua mão agarrar meu cabelo.

A batida lenta e erótica de "My Superman", de Santigold, começa a soar pelo sistema de som, e posso jurar que sinto o baixo da música vibrar entre as minhas pernas.

Eric roça o corpo contra o meu e percebo que não é o baixo que estou sentindo, e sim, o seu pau gloriosamente duro batendo bem no meu clitóris, sobre as nossas roupas. Estou tão excitada, depois de ele ter ficado sobre mim e com a boca no meu pescoço, que sinto que o que está prestes a acontecer não demorará muito tempo. Acho que vou entrar para o recorde mundial de orgasmo mais rápido da história.

Beije a Garota

101

— Vamos, baby. Mostre-me como funciona essa coisa de dança no colo.

Eu sempre detestei quando alguém me chamava de baby. Soa tão infantil e estranho, mas aquela palavra saindo da boca do Eric, com a voz tão tensa quanto a minha, quando eu estava reclamando sobre ele brincar com o celular, é a coisa mais sensual que eu já ouvi. Consigo sentir a minha umidade no short, e quero mais.

— Como se você nunca tivesse recebido uma dança no colo antes — murmuro, segurando seus ombros e rebolando o quadril, fazendo com que nós dois gemêssemos.

— Não de você. Tenho a sensação de que esse é um caminho sem volta.

Ele agarra ainda mais o meu cabelo, fazendo com que a minha cabeça fosse para trás o bastante para que ele se inclinasse para frente na cadeira e mordesse meu pescoço. Aquela porra de terminação nervosa, que tinha ligação direta com a minha vagina, explode, e meu corpo fica tenso. Imediatamente começo a me esfregar na sua ereção, tentando me mover na batida da música, enquanto cavalgo seu pau.

— Puta merda, a maneira como você se move deveria ser ilegal — ele sussurra, no meu pescoço.

Enquanto eu continuo a rebolar o quadril no seu colo, tiro uma das minhas mãos do seu ombro e a levo até a sua nuca, agarrando seu cabelo, pressionando-o ainda mais contra o meu pescoço.

— Mais — gemo, mudando o peso em cima dele, sentindo o seu pau duro batendo bem no lugar certo.

Seu braço que está nas minhas costas, se mexe, e a mão sobe entre nós e desaparece sob a barra da minha camiseta. Ele continua a chupar e beijar meu pescoço enquanto sua mão desliza pela minha barriga, levantando a camiseta, até que está toda enrolada sobre meus seios. Ele afasta a cabeça do meu pescoço para olhar a visão, e eu olho também, observando as pontas dos dedos dele puxando para baixo o bojo do meu sutiã de renda.

Ele xinga e abaixa a cabeça, chupando meu mamilo com força.

O ar deixa completamente os meus pulmões e me roço mais forte e rebolo mais rápido contra ele, e a pulsação entre as minhas pernas está tão intensa que eu quase quero chorar. Já passou tanto tempo desde que eu tive um orgasmo que não tenha sido pela minha mão, e mesmo assim, não chegou nem aos pés. Meu ex não era exatamente o tipo de homem cavalheiro, que deixava eu gozar antes. Se acontecia, acontecia; e se não, ele se desculpava, se virava para o lado e dormia.

A língua de Eric circula meu mamilo antes de fechar a boca sobre ele e chupar ainda mais forte, e eu sei que isso será algo tão fenomenal que vou querer colocar num *outdoor*. A sensação entre as minhas pernas fica ainda mais intensa e frenética enquanto continuo a cavalgar no seu colo, e sua boca ainda está firmemente ao redor do meu mamilo. Agora as minhas duas mãos estavam na sua cabeça, segurando-a contra meu seio.

— Porra, puta merda. Não pare — choramingo, e noto minha voz soando sem fôlego, como se eu mal pudesse respirar.

Nunca senti isso antes. Minha coluna se arrepia e sinto um calor aumentar na minha barriga, e meus movimentos contra o corpo do Eric ficam mais fortes e rápidos. A fina barreira do tecido do meu short faz com que eu sinta toda a extensão dura do seu pau, enquanto tensiono minhas coxas e solto meu corpo com mais força sobre o dele.

Ele geme ao redor do meu mamilo e a vibração lança choques elétricos até o meu centro; meu orgasmo explode entre as minhas pernas enquanto rebolo no seu colo, e sinto seu aperto aumentar no meu cabelo, quando eu grito o seu nome.

Onda atrás de onda do mais intenso prazer que já senti, explodem em mim, e continuo a mexer lentamente o quadril no seu colo, até que ele afasta a boca do meu seio e cola os lábios aos meus em um beijo rápido. Ele encosta a testa na minha e fecha os olhos com força; sua mão solta meu cabelo e vai até o meu quadril, me ajudando a continuar o movimento no seu pau.

— Puta merda, não pare. Porra, eu não posso... vou gozar — ele murmura.

Passo meus braços ao redor do seu pescoço e puxo seu peito contra o meu, rebolando o quadril até que ele investe entre as minhas coxas. Seus dedos cravam na minha pele enquanto ele se pressiona em mim uma, duas vezes, me beijando sofregamente, sua língua achando o caminho para dentro da minha boca e duelando com a minha, e engulo seu gemido quando ele goza. Aprofundo o beijo, chupando sua língua ao diminuir a velocidade dos movimentos do meu corpo, até que Eric solta o seu peso na cadeira. Comigo ainda montada no seu colo, nosso beijo vai de louco e selvagem para suave e lento.

Ele me abraça apertado e me segura contra si, me beijando gentilmente por alguns minutos, até que nós dois nos afastamos para respirar.

Agora deveria vir a parte constrangedora. A parte onde riríamos desconfortáveis sobre como demos uns amassos como dois adolescentes, nos cumprimentaríamos com as mãos e seguiríamos caminhos separados.

Mas enquanto estamos sentados aqui, olhando um para o outro, não há nada constrangedor. Até que eu percebo algo pelo canto do meu olho e viro a cabeça.

— Por que ele está nos olhando? — Sussurro.

Eric vira a cabeça para ver o que estou olhando, e solta uma risada quando vê Derrick Alfredo casualmente sentado no meio do sofá, com uma perna levantada e as suas pequenas bolas completamente expostas.

— Ele deve ter gostado do que viu — Eric brinca.

Sem nunca tirar o olhar de nós, o maldito gato inclina a cabeça para baixo e começa a lamber as bolas.

Faço um barulho de nojo e escuto Eric fazendo sons de vômito.

— Ok, isso é tão errado. Derrick! Pare com isso! Pare agora, seu nojento lambedor de bolas! — Brigo, tirando a mão do ombro de Eric e apontando um dedo para o gato.

Aquele filho da mãe continua se lambendo e nos olhando, sem se importar com o mundo.

— Ariel! Ariel, você está aí?

Um grito, que vem de fora do barco, faz com que eu afaste o olhar do pesadelo no sofá e arregale os olhos para Eric, em pânico. Saio rapidamente do seu colo quando escuto passos indo em direção à escada, e puxo minha camiseta para baixo, cobrindo meus peitos.

— Querida, você está em casa?

Outro grito ecoa no ar até nós, e um Eric confuso se levanta da cadeira.

— Quem diabos é esse? — Ele pergunta, me observando correr até um espelho pendurado ao lado do sofá, para conferir meu reflexo e me certificar de que não estou com cara de orgasmo.

Eu não sei exatamente como é a cara de orgasmo, mas tenho quase certeza de que é igual à expressão no meu rosto neste exato momento.

Eric aparece atrás de mim e olho para ele pelo espelho, me virando e apontando para a sua virilha.

— Ai, meu Deus! Eu pensei que você tinha se livrado dessa coisa! — Falo, horrorizada, quando vejo que ele ainda está com a barraca armada, e uma grande área molhada na calça.

— Não é exatamente como se tivesse um botão de liga e desliga! Demora alguns minutos! — Ele argumenta, jogando as mãos ao ar. — Por que você está tão surtada? Quem diabos é esse cara?

O som de passos descendo a escada ecoa pela sala, e olho ao redor, freneticamente.

— Por que inferno não temos almofadas ou cobertas nessa porra de barco?!

Corro até o sofá e pego a única coisa que posso. Com o maldito lambedor de bolas nas mãos, vou até o Eric e o jogo nos seus braços.

— Aqui, use o Derrick.

— Use o Derrick para quê? Pelo amor de Deus, o que é que está acontecendo aqui?

Aproximando-me do Eric, faço o meu melhor para ajeitar meu coque bagunçado, que não está apenas bagunçado, depois que Eric enterrou as mãos ali. Está um completo desastre.

— Neste momento, estamos a três segundos de o meu pai chegar ao final da escada e ver o seu pau querendo dar uma de Hulk, para fora da porra da sua calça!

O rosto do Eric fica completamente branco, e sua boca se abre bem quando meu pai aparece no arco da escada. Sorrio para o meu pai e, pelo canto do olho, vejo os braços do Eric rapidamente descerem, enquanto ele posiciona o Derrick Alfredo sobre a virilha.

Capítulo quinze

C KING

— MAS QUE MERDA ESTÁ ACONTECENDO AQUI?! — Meu pai berra a plenos pulmões, parado na base da escada, com as mãos na cintura.

Vejo Eric ficar tenso perto de mim, enquanto segura Derrick tão firme no colo que me sinto mal pela maldita coisa, quando ele solta um miado não muito feliz.

Meu pai pode ser um cara bem intimidante quando quer. Ele tem em torno de um metro e oitenta e é bem musculoso, apesar de ter sessenta e cinco anos. Ele começou a ficar grisalho bem jovem, e decidiu que abraçaria essa mudança. Agora, seu cabelo está completamente branco, com o qual ele gasta um valor ridiculamente alto para fazer a manutenção, em um salão chique, e usa mais produtos capilares do que eu, para mantê-lo estilizado. Meu pai também tem o bigode completamente branco, assim como a barba, e os mantêm meticulosamente aparados e hidratados. Ele meio que se parece com o Papai Noel. Isso se o Papai Noel tivesse músculos e tatuagens nos dois antebraços, de quando ele estava no Exército.

— Pai...

— *NÃO USE ESSE TOM DE VOZ COMIGO, MOCINHA!* — Ele fala alto, cruzando os braços e afastando as pernas, enquanto olha para Eric.

— Pai... — Tento de novo, e sou imediatamente interrompida. *De novo.*

— *NEM UMA PALAVRA!*

— Essa é a única palavra que falei até agora. Pelo amor de Deus, pai, desencane — murmuro, revirando os olhos.

Depois de alguns minutos de silêncio, com o meu pai continuando a olhar para o Eric e este provavelmente a dez segundos de mijar nas calças, o rosto do meu pai se contorce em um grande sorriso, enquanto ele inclina a cabeça para trás e ri.

— Estou só tirando com a sua cara! Ah, meu, você deveria ter visto a expressão do seu rosto — meu pai ri, descruzando os braços e cruzando a sala de estar, com a mão levantada. — Michael Triton, pai da Ariel. Mas você pode me chamar de C King.

— Pai… — Gemo, enquanto Eric tira nervosamente uma das mãos do Derrick e aperta a do meu pai. — Ninguém chama você de C King.

— Todo mundo me chama de C King — ele argumenta, me olhando exasperado, enquanto aperta e chacoalha vigorosamente a mão do Eric, antes de finalmente soltá-la e se afastar.

— Sério? Quem? — Pergunto.

— As pessoas — ele dá de ombros, voltando a encarar o Eric. — C King. Significa Car King[8]. Eu sou meio que famoso.

— Ai, meu Deus… — Suspiro.

— Puta merda! Espere aí. Eu sei quem você é! — Eric fala, finalmente encontrando sua voz, depois do meu pai tê-lo assustado até meio que a morte. — Você é proprietário daquelas revendedoras de carros usados, e faz aqueles comerciais engraçados nas tardes de domingo! Ariel, por que você não me falou que o seu pai era famoso!?

Meu pai comprou seus primeiros carros usados por uma barganha, depois de se formar na escola, usando a herança que tinha recebido quando seu avô faleceu. Os negócios não estavam bem e ele quase não conseguia fechar as contas do mês, e estava a ponto de fechar a revendedora quando um dos seus amigos da escola, que tinha se formado com um diploma de filmagem, o convenceu a usar os seus últimos centavos da poupança, para fazer um comercial. A propaganda ainda vai ao ar de vez em quando, e é a coisa mais ridícula que você já viu. Eles tinham alugado cada animal de fazenda que você possa imaginar, e deixaram que eles vagassem pela revendedora enquanto meu pai estava vestido como uma vaca, com direito a úberes gigantes pendendo na sua barriga. Eu não tenho ideia do que aquilo tinha a ver com carros usados, mas as pessoas adoraram.

Clientes começaram a brotar na revendedora, só para conhecer o cara louco que fazia comerciais, o que tinha feito meu pai naturalmente achar que era um gênio e deveria continuar fazendo mais comerciais ridículos. Não demorou muito para que a notícia de que ele não era como qualquer outro vendedor, se espalhasse, porque ele era honesto. Ele não venderia para você um carro caindo aos pedaços, e depois daria de ombros quando você voltasse dizendo que o carro tinha explodido na rodovia, quando atingiu trinta quilômetros por hora. Ele vendia carros usados de boa qualidade, e se importava com os clientes. Se algo acontecesse com um dos

---

8   Car King – Rei dos Carros

carros que vendeu, ele daria um jeito. Se não conseguisse, ele lhe daria outro carro. Basicamente, os clientes continuaram voltando. E se ainda não voltaram, era garantido que voltariam.

— Pelo amor de Deus, não o encoraje — falei, balançando a cabeça para Eric.

— Você viu o comercial em que estou vestindo um macacão verde fluorescente e finjo ser um daqueles bonecos de ar? — Meu pai pergunta, animado.

Eric assente com a cabeça, e os dois falam ao mesmo tempo:

— *ESSA OFERTA É TÃO INCRÍVEL QUE EU NÃO CONSIGO FICAR QUIETO! VENHA ATÉ O TRITON MOTORS, ANTES QUE EU SAIA VOANDO!*

Com um gemido, abaixo a cabeça e pressiono a mão nos meus olhos.

Mesmo que o meu pai hoje fosse quase maluco e um piadista, quando eu era criança ele era mais como o cara que entrou aqui. Com sete filhas sob seu teto, absorventes sendo esquecidos por todos os lados, maquiagem e glitter em todas as superfícies, uma semana por mês de pura mudança de humor, já que as minhas irmãs e eu sempre tínhamos nossos períodos ao mesmo tempo, e garotos nos rondando dia e noite, ele tinha que administrar a casa como um sargento militar. Havia muitos gritos, muitas regras duras e muita espionagem, que ia desde mexer nos nossos celulares até sair de carro, vestindo roupão, atrás de nós. Essa é provavelmente uma das razões pelas quais eu me casei quando fiz dezoito anos. Eu nunca lidei muito bem com essa coisa de me dizerem o que fazer.

Ainda bem que quando ficamos todas adultas e ele tinha uma casa vazia e silenciosa, todinha para si, tinha melhorado. Uns poderiam inclusive dizer que ele tinha melhorado até demais.

— Meu nome é Eric Sailor. É um prazer conhecer você, senhor. Sério, não consigo acreditar que conheci "o" Michael Triton. Eu adorava assistir os seus comerciais na época da escola, e cair na gargalhada. Sem ofensas.

— Sem problemas, garoto. O negócio de carros usados é difícil. Você tem que ser criativo para fazer os clientes aparecerem.

Afasto a mão do rosto e me questiono se eu deveria perguntar para os dois se eles queriam uns minutos sozinhos, levando em consideração que eles não conseguiam parar de sorrir um para o outro, como dois idiotas.

— Você se importaria de dizer por que está segurando um gato virado do avesso, no seu colo? — Meu pai pergunta, inesperadamente, apontando para o Derrick Alfredo.

— Ele… ahm… gosta de calor. Sabe, já que ele não tem pelos e está sempre com frio. O calor do meu pau o deixa confortável, senhor. — Eric responde, pigarreando, nervoso.

— E eu aqui achando que você estava tentando esconder uma ereção. Eu gosto desse cara, Ariel. — Meu pai fala, batendo no ombro do Eric, antes de ir até o sofá e se sentar.

E quando eu achava que não poderia piorar…

Rapidamente, Eric coloca Derrick na cadeira onde acabamos de ter a nossa sessão de amassos, e ao menos posso ficar agradecida por meu pai não ter sentado *ali*.

— Não que eu não esteja feliz por você aparecer aqui… inesperadamente, mas, o que está acontecendo? Todo mundo está bem? — Pergunto, ao me sentar na *chaise* em frente ao meu pai.

Eric me segue, sentando tão perto de mim que nossas coxas estão se tocando, e ele coloca o braço no encosto do sofá e deixa a mão no meu ombro.

Isso é estranho. Talvez eu deveria ter sentado em uma das cadeiras. Quem olha, acha que estamos namorando ou algo assim. Espere, estamos namorando? É isso o que está acontecendo? Dar uns amassos é a mesma coisa que namorar?

— Eu só queria ver como você estava. Todos estão bem, mas as suas irmãs estão me deixando louco, como sempre — meu pai suspira e se vira para o Eric. — Nunca tenha sete filhas, Eric. É um inferno na Terra, algo que você nunca poderá imaginar.

Eric olha para mim com uma expressão chocada e murmura:

— *Sete?*

Eu apenas concordo com a cabeça.

— Todas as minhas irmãs trabalham com ele no Triton Motors, eis o motivo de ele reclamar por ficar louco — explico.

— Ainda tem uma vaga aberta para você, nas vendas, Ariel. Você sabe que eu ficarei mais do que feliz por ter você trabalhando para mim. Acho que você se sairia muito bem com as vendas.

Eric ri e eu o olho, irritada.

— Ariel, em vendas? — Agora Eric está gargalhando. — O primeiro cliente que dissesse que conseguiria um preço melhor na concorrência, ela mandaria ir se foder.

Meu pai cai na gargalhada junto a ele e assente.

— Isso é verdade. Ela tem uma maneira bem distinta de se expressar, junto a atitude que combina perfeitamente.

Beije A Garota

109

— Vocês *dois* podem ir se foder — murmuro, irritada, tirando a mão do Eric do meu ombro e cruzando os braços. — Eu já falei para você, pai, que abri uma empresa com as minhas amigas. Por mais que eu te ame, não quero trabalhar com você, isso não terminaria bem.

Meu pai estala os dedos e seu rosto se ilumina.

— Isso mesmo! As Princesas Strippers Bacanudas!

— Quase. O The Naughty Princess Club — corrijo.

— Nós deveríamos fazer um comercial com vocês tirando as roupas lá na empresa. Isso, com certeza, traria muitos clientes — meu pai brinca.

— Isso nunca vai acontecer.

— Tudo bem. Então só me diga quando você vai começar a se apresentar, para que eu possa colocar no meu calendário. Não é todo dia que a sua filha preferida tira as roupas por dinheiro. Eita, merda. Essas são palavras que eu nunca pensei que diria. Ahm, então... Diga o dia e o lugar e eu estarei lá — meu pai diz, com um sorriso.

— Isso só nunca vai acontecer, como também nunca acontecerá na casa do caralho — eu o informo.

— Ei, o pai da Belle foi assistir à primeira vez dela no Charming's — Eric fala.

É verdade. Depois que o pai da Belle a tinha expulsado de casa e que eles ficaram sem se falar por semanas, ele tentou consertar as coisas ao aparecer na primeira noite de strip dela. Ele nem era o meu pai e eu já me senti enjoada por ela.

— O pai da Belle usou uma venda que a namorada colocou nele, ficou sentado de costas para o palco e jogou dinheiro em um motociclista irritado, porque não conseguia ver nada. Ele quase levou uma surra — eu o lembro, dando outro olhar mortal, para que ele ficasse quieto.

— Tudo bem. Eric, você pode ao menos filmar? Quero colocar no e-mail de Natal e enviar para todo mundo, para que os meus primos saibam o quão bem as minhas meninas estão se saindo — meu pai fala.

— Se você ao menos pensar em fazer isso, aquela sessão de amassos que acabamos de ter será a sua última, porque vou arrancar o seu pau — sussurro, pelo canto da boca.

Colocando um sorriso no rosto, mudo de assunto antes que o meu pai tenha outra de suas ideias malucas.

— Então, você passou aqui para saber como eu estava? Não tem mais nada acontecendo?

— Bem, fui ao médico outro dia. Ele disse que eu tenho a próstata sensível ao toque — meu pai diz, casualmente. — Está tudo bem, ele disse que não é nada sério. Só uma pequena infecção, que desaparecerá com antibióticos. Você tem checado a sua próstata regularmente, Eric?

Eric tenta esconder a risada com uma tosse, mas parece mais que ele está se engasgando.

— Informação demais, pai... Pelo amor de Deus.

— Talvez eu devesse fazer um comercial com isso. Um crédito de mil dólares na troca do seu carro usado, se você tiver uma próstata sensível ao toque! — Meu pai anuncia.

— Ok, sério, eu sei que você não veio aqui para me falar da sua próstata. O que está acontecendo?

Meu pai abaixa o olhar com uma expressão de culpa, e eu sinto que estou certa. Até que ele volta a olhar para mim, com um olhar de compaixão.

— Alana me falou que o Sebastian ligou para ela procurando por você, e que ela disse onde você estava. Ela ficou com as orelhas quentes de tanto que falei, por ela ter dado a informação, mas mesmo assim a sua irmã não entendeu. Alana pensou que depois de todo esse tempo, você não teria mais problemas com aquele pedaço de merda — meu pai explica, e seu rosto muda de compaixão para uma raiva mal contida.

Eu realmente não quero falar sobre o Sebastian neste momento. Especialmente não na frente do Eric, e definitivamente não quando eu ainda estou me sentindo elétrica por conta do meu recente orgasmo.

— Está tudo bem. Ele apareceu na doca, agiu como sempre, e depois foi embora — falo rapidamente, não querendo entrar nos detalhes de como eu fui patética quando o confrontei.

— Não mesmo. — Eric diz, de repente, e seu rosto reflete a mesma expressão de raiva que o do meu pai. — Ele é um filho da puta que deveria se envergonhar por falar com alguém da maneira como falou com a Ariel. Mandei o imbecil sair da minha doca.

Ótimo. Como se eu precisasse de um lembrete de como o Eric me defendeu.

Escuto meu celular apitar com a notificação de uma nova mensagem e olho ao redor, procurando-o. O celular soa novamente e eu enfio a mão entre as almofadas, percebendo que de alguma maneira o aparelho caiu ali quando o joguei da *chaise,* antes de eu me entupir de carboidratos.

Finalmente encontro o celular, olho para a tela e vejo uma mensagem do Sebastian.

Isso só pode ser brincadeira...

> Chérie, precisamos conversar.
> Estou ligando aí. Por favor, atenda.

— Vou dizer uma coisa: melhor você do que eu, Eric. — Meu pai fala, enquanto eu continuo a olhar o meu celular, desejando que pudesse fazê-lo explodir com a força do meu olhar. — Eu teria surrado aquele merdinha do caralho.

Não, você não teria, porque essa não é a sua briga. É a MINHA.

— Acredite quando digo: precisei me segurar para não socar a cara do imbecil e jogá-lo na água. — Eric rosna.

— Eu gosto de você — meu pai fala para ele, acenando com a cabeça. — Continue fazendo o que quer que você esteja fazendo. Cuide da minha menina e se certifique de que ela está bem.

Tudo bem, agora já chega.

— *Pelo amor de Deus, ninguém precisa cuidar de mim!* — Digo, gritando. — Eu posso lutar as minhas próprias batalhas, muito obrigada. Não preciso de dois *machos alfa* agindo como se precisassem salvar a donzela.

— Ariel, eu não...

— Eu poderia tê-lo mandado se ferrar, se quisesse! — Interrompo o Eric, olhando irritada para ele. — Mas talvez eu não quisesse, você parou para pensar nisso? Talvez eu só precisasse que isso acontecesse no momento certo!

O celular toca na minha mão, e eu nem olho para o aparelho.

— Bem, vejam só, parece que é a porra do momento certo!

Com o meu olhar ainda no Eric, empurro a tela do celular e o levo até o ouvido, sem me incomodar em dizer "alô".

— Escute aqui, seu pedaço de merda dos infernos. Pare de me chamar de *chérie.* Você perdeu o direito de me chamar de *qualquer coisa,* quando se tornou um aproveitador filho da puta. Não precisamos conversar. Não tem absolutamente mais nada que eu queira conversar com você. Ouvi as suas merdas por *anos,* e você pode pegar tudo o que acha que tem a me dizer, e enfiar no cu. Ah, outra coisa, não é sensual quando você fala francês, soa mais como um babaca.

Solto o ar com um bufo quando termino de vomitar as palavras, me sentindo extremamente livre e incrível. Merda. Eu deveria ter feito isso antes. Sinto-me maravilhosamente bem.

Meu pai e o Eric me olham de boca aberta. Eu gostaria de dizer que um grande sorriso ficou no meu rosto, mas quando escuto a voz do outro lado da ligação, meu sorriso some e meu rosto fica quente, enquanto eu afasto o olhar do Eric e do meu pai e olho para o meu colo.

— Não, não, obrigada. Sim, tenho certeza de que estou completamente satisfeita com a minha atual operadora de telefone — murmuro, baixinho, para a coitada da mulher do outro lado da linha. — Tenha um bom dia, e eu realmente sinto muito. Você não soa nem um pouco como uma babaca.

Quando eu termino a ligação e finalmente levanto o olhar, vejo que tanto o Eric quanto o meu pai estão cobrindo a boca com as mãos, tentando segurar a risada.

— Me errem! Fiz isso de propósito, foi um ensaio.

Os dois não conseguem mais se conter e caem na gargalhada. Levantando-me do sofá, vou até o Derrick Alfredo, o pego no colo, e sigo para o corredor.

— Aonde você está indo com o meu gato?! — Eric me chama.

— *Vá se ferrar!* — Grito por sobre o ombro.

— Só me prometa que será boazinha com ele. Ele não vai gostar se você o chamar de babaca!

Eric ri, e o meu pai se junta a ele, enquanto levo Derrick para o meu quarto e fecho a porta, deixando que aqueles dois idiotas terminem de rir, antes que eu os mate.

Capítulo dezesseis

FEBRE DA ARRANHADURA DE GATO

— Então, aí o cara pergunta se ele pode marcar outra festa comigo, mas seria uma festa com uma única pessoa, e ele providenciaria aquelas bolas para boca e braçadeiras. — Cindy me diz.

— Ewwww, nojento! — Murmuro, segurando o telefone entre a bochecha e o ombro, enquanto ligo a torneira para lavar as mãos. — O que você fez?

Escuto o som abafado de uma buzina de carro vindo do outro lado da linha, seguido pela Cindy gritando:

— *SETA NÃO É CU, DÉ SEM MEDO, IMBECIL!* Desculpe, o que você falou?

Sorrio, fechando a torneira e secando as mãos.

— Perguntei o que você fez quando ele disse aquilo para você, — repeti a pergunta, me movendo pela cozinha do Eric e me sentando na ilha.

— Não precisei fazer nada. Nosso segurança ficou doente e não pôde ir, então PJ foi fazer as vezes. Digamos apenas que o homem recebeu um merecido soco na cara. Obviamente, precisaremos adicioná-lo à lista de clientes banidos.

Surpreendentemente, esse seria apenas o segundo cara que seria adicionado à lista negra. O primeiro tinha sido adicionado quando tirou o amigo da calça e começou a se masturbar no canto da sala de estar, enquanto a Belle estava dando uma dança no colo para alguém. Quando Cindy e Belle começaram a fazer festas, PJ e Vincent sempre as acompanhavam como seguranças, mas assim que começamos a ganhar mais dinheiro, contratamos um dos seguranças do Charming's, que queria fazer um bico para ganhar uma grana extra. Infelizmente, durante essa festa em particular, o idiota estava atrás do segurança, e o coitado não sabia o que estava acontecendo, até que o idiota começou a gemer alto. Ele foi expulso da casa antes mesmo que conseguisse colocar o pau para dentro da calça, e com os amigos jurando nunca mais falar com ele.

— Então, o que você vai fazer hoje? — Cindy pergunta.

— Acabei de limpar a caixinha de areia do Derrick Alfredo — falo para ela, enquanto o gato em questão pula para cima da ilha e se senta bem na minha frente.

Depois que o meu pai apareceu, na outra noite, e me tranquei no quarto, Derrick e eu tivemos um momento. Eu estava deitada no meio da cama, com ele ao meu lado, aí o acariciei e percebi que não parecia como se tocasse um lagarto com pele escamosa, apesar da sua aparência. Na verdade, parecia mais como se eu fizesse carinho em um pêssego quente.

— Desculpe-me, o que você acabou de dizer? — Cindy pergunta.

— Nada de mais… — Murmuro.

— Isso soa bem doméstico para mim — consigo escutar o sorriso na sua voz.

— Não é doméstico. Só é mais fácil eu ficar de olho no maldito gato dele, já que eu trabalho de casa. Só estou ajudando o Eric enquanto ele está no trabalho.

— Você quer dizer que está ajudando o seu *namorado* — ela ri.

— Ah, cale a boca.

Ela continua rindo, e eu reviro os olhos. Sim, tenho me perguntado o que diabos o Eric e eu somos um para o outro, desde aqueles amassos na outra noite. Ela está certa, mesmo que eu nunca vá admitir. Estamos agindo de maneira bem doméstica.

Eu tomo conta do gato todos os dias, mandamos mensagens um para o outro constantemente, e jantamos juntos todas as noites desde então. Isso, devo dizer, inclui carícias pesadas como sobremesa, só que sem aquele lambedor de bolas *voyeur* do Derrick, pois acho que ele já deve estar bastante entediado. Eric até mesmo me surpreendeu quando fui ao mercado outro dia, e quando voltei, encontrei cada um dos Linguados em um respectivo aquário; dos dez, cinco Eric exigiu levar para o seu barco, porque ele queria custódia compartilhada.

Eu até comprei para o maldito gato dele três suéteres da Amazon, dois dias atrás. Um chegou hoje de manhã, e imediatamente o vesti. É preto com barras cinza ao redor do pescoço e dos braços. Nas costas, também em cinza, está escrito: "Este cara adora bolas". Assim que mostrei no espelho como ele estava, o gato me deu um olhar que claramente dizia: "Vou cagar em tudo o que você ama", mas acho que agora ele está de boa.

— De acordo com a revista *Cosmo*, se vocês dividiram alguma refeição, trocaram fluidos corporais mais de uma vez, conheceram algum familiar, cuidaram um do outro, conheceram os amigos, ajudaram um ao outro nos deveres domésticos, e se você nem mesmo se incomoda de perguntar para a outra pessoa o que ela está fazendo, porque vocês dois estão juntos, é uma confirmação de que vocês são namorados. — Belle diz.

— *Eu estou na porra do viva-voz?!*

— Estamos indo para um trabalho, lembra? Foi você quem marcou no nosso calendário. Uma festa de aniversário dupla. — Cindy diz, com um suspiro. — E essa não é questão aqui. Você e o Eric fizeram todas essas coisas. Olhe só para você, sendo toda menininha com um namorado...

— Diga isso de novo e vou acabar com você.

Merda. Eu sou totalmente menininha.

— Enfim... Nós não fizemos tudo da sua lista idiota da *Cosmo*. *Eu* não cuidei *dele*. Não vou dar uma de mãe de ninguém. Não vou cuidar de *nenhum* homem. E nós não conversamos. Quer dizer, não de verdade. Não sobre coisas importantes. Eu não sei nem quantas piriguetes ele já pegou — eu continuo.

— Você realmente quer saber com quantas mulheres ele já dormiu? Essa conversa nunca termina bem. — Belle diz.

— Tá, não, eu não quero saber, mas ainda assim... Não conversamos sobre nada profundo. Contamos piada, comemos, assistimos Netflix, e ainda nem mesmo chegamos na parte pós-Netflix — eu a lembro, realmente querendo ir logo para essa parte.

— Então tenham uma conversa profunda. Abra-se para ele. Você gosta do cara, e ele gosta de você. Vocês estão namorando. É hora de crescer e deixar de ser covarde. — Cindy ordena.

— Nós não estamos namorando. Estamos... passando tempo juntos.

— Estou dizendo que você está limpando o cocô do gato dele — Cindy me lembra.

— E daí?

— E daí que você odeia gatos. E até recentemente, você odiava o Eric. Você não faria algo assim nem por *mim*. — Ela diz, com um suspiro.

— É claro que eu não faria. Se você começasse a cagar em uma caixa de areia, nós não seríamos amigas.

— Está bem, acabamos de estacionar na frente da festa. Fale com o Eric — ela diz, suavemente.

— Tudo bem, veremos. Não vou prometer nada. Além disso, olhem o calendário quando vocês terminarem. Acabei de receber dois pedidos de festa de última hora para esse final de semana, e coloquei uma na agenda

116   TARA SIVEC

de cada uma de vocês.

Escuto Belle gemer.

— Eu amo você, Ariel, mas será que poderia subir logo no palco? Preciso de um dia de folga. Vincent e eu transamos apenas seis vezes nesta semana.

— É só quarta-feira — murmuro.

— Exatamente.

— Logo, eu prometo — falo para ela, escutando os passos do Eric na escada e me sentindo um pouco mais culpada pelas minhas amigas se estressarem por minha causa. — Tenho que ir. Avisem-me por mensagem como estão indo as coisas.

Encerro a ligação e pego Derrick no colo, caminhando pela sala de estar para encontrar o Eric.

Jesus Cristo, só faltava um avental e uma taça de martíni para dar a ele.

Minha irritação some assim que o vejo surgir na escada. Nem mesmo a conversa que eu tinha acabado de ter com as minhas amigas, ou as mensagens e ligações que ainda recebo do Sebastian todos os dias, podem arruinar o arrepio de excitação que toma conta de mim toda vez que vejo o Eric. Juro, ele parece cada vez mais gostoso.

Talvez seja porque agora eu sei como é a sensação das suas mãos no meu corpo, a sensação dos seus lábios na minha pele, e como ele soa quando goza.

Dane-se a conversa… Precisamos ir para o pós-Netflix AGORA!

— O que você está fazendo de volta tão cedo? Pensei que você ia ficar fora o dia todo — falo, enquanto ele vem na minha direção sem me responder, segura meu rosto com as mãos e me dá um beijo de ficar sem fôlego. Sua língua entra na minha boca e me beija como se não tivesse me visto em dias. Aproximo-me dele, querendo sentir o seu corpo contra o meu enquanto ele chupa a minha língua na sua boca, quando um resmungo alto soa entre nós.

Eric e eu nos separamos, e eu olho culpada para o Derrick, que eu tinha esquecido que ainda estava no meu colo.

— Desculpe por isso, amiguinho — falo, enquanto acaricio atrás das suas orelhas, para que ele me perdoe e não vá para o meu barco no meio da noite e tente comer o meu rosto.

— Você comprou um suéter para ele? — Eric pergunta, surpreso, tirando o Derrick do meu colo e o virando, rindo quando vê o que está escrito.

Derrick solta um miado baixo, golpeando a pata com força na mão do Eric, deixando um arranhão ensanguentado.

— Filho da puta! — Eric grita, colocando Derrick no chão.

Os dois se olham com raiva por alguns segundos, antes de Derrick se afastar, provavelmente para ir lamber as bolas em algum lugar.

— O problema não é com você. Acho que ele está um pouco irritado por causa do suéter — digo para o Eric, segurando seu pulso e o arrastando pela cozinha.

Abro a torneira e deixo a água correr por alguns segundos, até esquentar, então coloco sua mão sob a água. Passo um pouco de detergente na minha mão e gentilmente esfrego sobre o arranhão, para limpar o sangue e qualquer outra coisa nojenta que o Derrick possa ter na pata.

Pego a toalha que deixei na bancada quando lavei as mãos, um tempinho atrás, e seco delicadamente sua mão.

— Não acho que você precise de um curativo, e tenho certeza de que não se morre de febre de arranhadura de gato — falo para ele, jogando a toalha para o lado e inspecionando sua mão. — Espere, na verdade, acho que se pode morrer, sim. Você está com as suas vacinas em dia?

Rio comigo mesma, e quando ele não me responde, levanto o olhar e o vejo me encarando.

— O que foi? — Sussurro.

— É só que... Ninguém nunca cuidou de mim antes.

Eu quero começar a xingar e a jogar coisas no chão, já que tinha acabado de dizer para a Cindy e para a Belle que eu não ia cuidar de homem algum... mas não consigo. Não com a maneira como ele está me olhando neste momento. Como se estivesse maravilhado, agradecido, como se eu fosse a melhor pessoa que já o mandou se ferrar.

Soltando sua mão antes que este momento fique ainda mais pesado, e que eu faça algo idiota como começar a chorar, dou um passo para trás, me afastando dele, e encosto o quadril na bancada.

— Você não disse por que veio mais cedo para casa — eu o lembro.

Seu rosto se ilumina com um sorriso.

— Saí mais cedo quando descobri que algo incrível está acontecendo hoje. Vista-se, nós vamos sair — ele me diz.

Olho para mim mesma e então para ele, cerrando os olhos.

— Eu estou vestida.

Quer dizer, mais ou menos. Estou vestindo uma calça vermelha de ioga, que tem uma mancha gigante de café, e uma camiseta do Eric, que eu roubei do seu guarda-roupa, embora eu definitivamente não tenha ido futricar nas coisas dele, para ver se encontrava algo estranho e pervertido, e acabei encontrando uma camiseta com o cheiro dele. Eu definitivamente não estou vestida para sair, e sim, para trabalhar em casa, completando com um coque bagunçado que já começou a cair para um lado da minha cabeça. Mas depois do pequeno e intenso momento que acabamos de ter, sinto que preciso deixar as coisas mais leves.

— Uhm… Eu… Sim, claro que você está! — Ele solta uma risada nervosa. — E você está linda, como sempre.

— Aham… — murmuro. — Tudo bem. Então vou calçar um par de Crocs e já podemos ir.

Ele arregala os olhos, horrorizado, e rapidamente tenta esconder a reação com um sorriso.

— Ótimo! — Ele diz, animado demais.

— Que bom. Então vou lá pegar os meus Crocs.

Começo a me afastar lentamente, sem nunca desviar meus olhos dos dele, até que estou a quase um metro de distância e ele finalmente não consegue mais segurar.

— Pelo amor de Deus, por favor, não me faça sair em público com você usando Crocs! Estou falando sério, você está linda, mesmo sabendo que você acha que estou mentindo. E eu não estou. Você poderia sair deste barco vestindo a porra de um saco de batatas, e ainda assim seria a mulher mais linda, não importa aonde fôssemos. Mas, por favor, se você se importa comigo, mesmo que apenas um pouco, deixe os Crocs em casa. *SAPATOS NÃO DEVERIAM TER BURACOS, ARIEL! ISSO NÃO ESTÁ CERTO! NEM UM POUCO CERTO!*

A expressão de pânico em seus olhos, quando ele grita, é o suficiente para me fazer perder o controle. Eu rio tanto que tenho que me inclinar, segurando minha cintura.

— Mas que porra?! — Eric murmura quando eu finalmente consigo me controlar e volto a me endireitar, ainda dando algumas risadas enquanto caminho na sua direção e acaricio sua bochecha.

— Estou tirando com a sua cara. Eu nunca usaria Crocs. Caramba, se recomponha, Sailor — falo para ele, balançado a cabeça, e me viro, andando na direção da escada. — Só vou tomar um banho rápido. Apareça em vinte minutos.

— Você é uma mulher malvada e diabólica, Ariel!

— Só para ter certeza de que você não esquecerá isso! — Respondo, subindo a escada.

Beije a Garota

Capítulo dezessete

EU QUERO A PORRA DO CONTO DE FADAS

— Ai, meu Deus — sussurro, observando, maravilhada, pela janela da caminhonete do Eric, enquanto ele estaciona.

— Esse é um *bom* "ai, meu Deus" ou um: *que merda você está fazendo,* "ai, meu Deus"? — Eric pergunta.

Afasto o olhar da visão à minha frente, para vê-lo me observando com um sorriso nervoso no rosto, e isso faz com que eu me sinta toda aquecida por dentro.

Vejam só, estou me sentindo toda fofa por um homem.

Espero a voz na minha cabeça me dizer para parar de ser tão fraca e patética, e não cometer o mesmo erro com um cara diferente, mas ela não aparece. Porque não tem nada parecido com o que aconteceu da outra vez. Agora é tudo novo, muito maior e melhor, mais importante. E, por incrível que pareça, romântico.

Você limpa uma caixinha de areia e agora não consegue parar de pensar nessas merdas...

— Definitivamente é um "ai, meu Deus" *bom* — falo para o Eric, pegando rapidamente a minha bolsa, abrindo a porta, e saindo da caminhonete para encontrá-lo na frente do carro. — Não acredito que você me trouxe aqui.

Um arrepio de animação toma conta do meu corpo e, se eu não estivesse em público onde alguém pudesse me ver agindo como uma idiota, eu teria dado vários pulinhos, batido as mãos e feito barulhinhos estranhos. Como uma animadora de torcida... Como uma *garota.*

Eric me trouxe em um mercado de pulgas. Eu sei, eu sei... Acabei de falar sobre ser romântico e tal, e mercado de pulgas[9] não é algo que grite corações e romance, mas é sobre *mim* que estamos falando. Eu não preciso de poemas de amor ou jantares à luz de velas, ou uma dúzia de rosas. Se você quiser me impressionar, me leve até o maior mercado de pulgas iti-

---

9 Uma espécie de feira de antiguidades.

nerante, com a maior quantidade de antiguidades que você já viu, e que só vem para a região a cada três anos.

— Quando eu estava pegando café hoje de manhã, antes de ir para o trabalho, vi um panfleto pregado no quadro de avisos da cafeteria. Pareceu-me algo de que você poderia gostar — ele me diz.

— *Poderia* gostar? Isso é o tipo de coisa que vai lhe garantir uma boa noitada.

Eu já consigo sentir o meu pescoço ficando quente e vermelho, assim que as palavras saem da minha boca. Claro, temos dado uns amassos extremamente quentes ultimamente, mas nunca passou disso, e obviamente nós nem falamos sobre isso como adultos normais, porque é ridículo. Eu não sei como essa merda funciona. Sou eu quem deveria pedir? Eu que deveria dar o primeiro passo? Eu sei que sou toda sobre ser uma mulher forte e independente, mas, às vezes, você só precisa que o cara dê a porra do primeiro passo e leia a sua mente, para que você não precise ficar perguntando tudo.

Enquanto espero um buraco se abrir no chão do estacionamento e me engolir, Eric passa o braço na minha cintura e me puxa contra si. Enquanto eu estava tomando banho mais cedo, ele tinha tirado o terno que usava para trabalhar e vestido uma calça jeans desgastada e uma camiseta cinza com manga três-quartos vermelha. Para combinar, ele adicionou um boné vermelho de beisebol e o colocou virado para trás, e enquanto olho para ele, com o meu corpo pressionado firmemente contra o dele, aquela sensação quentinha e gostosa no meu peito se transforma em um fogaréu. Mas não de uma maneira ruim, e sim, do tipo *"quero transar loucamente com você, como em um filme pornô"*.

— Essa é a sua maneira de me dizer que mercado de pulgas deixa você excitada? — Eric pergunta, sorrindo para mim, e a mão que estava descansando na base das minhas costas desce mais um pouco, se aproximando da minha bunda.

Essa é a minha maneira de dizer que VOCÊ me deixa excitada.

— Obviamente. O cheiro das cerâmicas, o som dos relógios antigos, a sensação de um vaso de porcelana nas minhas mãos... Me dá vontade de me esfregar na mesa em que estão expostos.

Viu? Eu posso ser adulta.

Eric ri, tirando o braço da minha cintura, e toda a minha esperança de transar no estacionamento some. Quer dizer, não que eu faria algo do tipo. Teoricamente.

Segurando a minha mão e entrelaçando nossos dedos, ele me puxa para a área além do estacionamento, onde corredores e corredores de barracas e mesas foram montados.

— Eu ainda não acredito que você me trouxe aqui. Este é o meu lugar preferido no mundo todo. Bem, todos os mercados de pulgas são basicamente os mesmos, mas este é o top do top dos mercados. Normalmente eu coloco um lembrete no meu celular, para saber quando será o próximo, mas acho que esqueci de fazer isso neste ano — falo para ele, ajeitando a alça da minha bolsa no ombro, ao pararmos no final da área gramada, para observarmos todas as barracas.

Porra, por que estou mentindo para ele?

Cindy e Belle disseram que eu precisava ter conversas mais profundas com o Eric, me abrir para ele, e manter tudo dentro de mim não é a maneira certa de fazer isso. Estou percebendo rapidamente que eu não quero que isso entre nós seja apenas superficial. Eu quero mais; quero confiar nele, e que seja recíproco. Isso me assusta pra caramba, mas não posso continuar vivendo no passado, apenas esperando que ele me quebre, como o Sebastian fez.

— Isso é mentira. Eu sabia que ia acontecer hoje, só não queria pensar nisso… Especialmente depois de receber um e-mail ontem à noite, dizendo que todas as minhas coisas iriam a leilão neste final de semana, e não há nada que eu possa fazer sobre isso — falo para ele, rapidamente.

— Merda, eu sou um completo idiota. Podemos ir embora. Essa foi uma ideia idiota. Eu sabia que você adorava antiguidades, e odeio o fato de você ser obrigada a deixar tudo para trás; pensei que isso deixaria você feliz. Não sabia que o leilão já estava para acontecer.

Aperto a sua mão e bato o meu ombro no seu.

— Isso me *deixa* feliz. Eu só não queria pensar nisso porque a ideia de vir aqui, quando eu não tenho mais uma loja e nem coleções para expandir, me deixa depressiva — explico. — A última vez em que estive aqui, vim para fazer compras para a loja, e sim, é meio triste que eu não possa fazer isso de novo, mas sinto falta de falar sobre antiguidades. Odeio o fato de eu ter fingido que isso não é uma grande parte da minha vida, só porque bloqueá-la era menos doloroso. Sempre vai ser uma merda eu ter perdido algo realmente importante para mim. Mas estou feliz por você ter me trazido aqui, por poder fazer isso com você.

Porra, e lá se vai o meu discurso de mulher forte e independente. Acabei de me tornar uma mulherzinha.

— Isso vai soar clichê pra caramba, então, por favor, não ria de mim. Mas também estou feliz por fazer isso com você. Eu quero saber o que é importante para você, ser parte do seu mundo. — Eric me diz.

— Você vai começar a cantar como em um musical?

— É possível. Eu posso até ter uma coreografia pronta, caso necessário.

Rio e balanço a cabeça, aumentando o aperto na sua mão e o puxando para o primeiro corredor.

— Então, como fazemos isso? Só vamos de corredor em corredor, até encontrar algo que chame a nossa atenção? — Ele pergunta, enquanto eu pego um mapa do local, de uma estante ao lado da primeira barraca.

— Jesus Cristo, não — falo para ele, estudando o pedaço de papel com o nome e o número de cada barraca, assim como um resumo dos itens que estão sendo vendidos. — Existe uma estratégia para isso. Normalmente, me asseguro de ser uma das primeiras pessoas a chegar aqui quando eles abrem, ao nascer do sol; é aí que todos os negociadores de antiguidades aparecem. Na verdade, um monte de vendas acontece ainda no estacionamento, antes mesmo de o mercado abrir, apenas depende do tipo de tesouro que você está procurando, e se é algo muito procurado pelas pessoas.

Vendo que a barraca cento e vinte e cinco tem discos de vinil e tocadores antigos, decido que é para lá que iremos primeiro, já que acho que isso não vai deixar o Eric tão entediado assim, diferentemente da barraca que tem uma extensa variedade de relógios de mesa. Algo me diz que as suas bolas apodreceriam e cairiam se eu o fizesse passar por isso.

— Como é que você sabe que algo vale dinheiro? Não quero soar como um total idiota ou algo do gênero, mas é que tudo parece lixo para mim. Quer dizer, não lixo, lixo. Só... lixo. Coisas que as pessoas encontram no sótão da avó, depois que ela morreu, e que não querem ter de lidar com essas coisas — ele fala, quando paramos na barraca dos discos.

Entrego para ele o mapa e procuro dentro da minha bolsa, uma outra, de pano, que levo comigo para todos os lugares.

— Com as minhas ferramentas de trabalho — digo para ele e levanto a minha bolsa, tirando o que tinha dentro, para que ele conferisse. — Uma lupa para joias antigas. Quando você está lidando com prata, tem de ter uma pequena impressão com a palavra *sterling* na joia, ou o número 925, que indica a presença de prata. Também é bem útil para procurar marcas dos fabricantes, assinaturas, e marcas de uso.

Beije a Garota

123

Ele pega a pequena lupa de haste preta e a levanta na frente do olho, antes de me devolvê-la.

— Depois, temos uma lanterna em forma de caneta — falo, ligando e desligando a luzinha. — Esta meio que não precisa de explicação: ajuda a ver marcas de identificação, ainda mais quando a iluminação destes mercados de pulgas não é muito boa. Mas não vamos precisar disso hoje.

Enfio a lanterninha de volta na bolsa de tecido e tiro de lá um ímã retangular preto.

— Este aqui é bem legal. O ímã ajuda a detectar prata verdadeira. A prata não atrai o ímã, como ferro e aço fazem. E a melhor ferramenta de todas...

Procuro um objeto dentro da bolsa e o levanto.

— Um celular? — Eric ri.

— Dã. Google é maravilhoso. Além disso, eu tinha um avaliador para a loja. Se eu encontrasse algo e não conseguisse nenhuma informação no Google, mandava uma foto do objeto para essa pessoa e ela me dizia se era ou não um bom achado.

Devolvo a bolsa de pano para dentro da minha bolsa, e o Eric segura de novo a minha mão, enquanto olhamos a coleção de discos de vinil. Ele até faz algumas perguntas sobre uma vitrola vintage, que tem um trompete legal como caixa de som.

É estranho ter alguém tão interessado no que estou dizendo, e que interaja com os donos das barracas, enquanto vamos para o próximo corredor. A minha família, por mais que eu a ame, não entendia a minha obsessão por coisas antigas, e por que diabos eu quereria uma loja cheia dessas coisas, como o Eric falou, que eram consideradas o lixo de alguém. E eu tinha mantido essa parte de mim escondida do Sebastian, porque sabia que ele encontraria uma maneira de estragar tudo.

Com o Eric, é difícil controlar a minha boca e manter a minha animação em um nível mínimo, porque ele realmente se importa, realmente presta atenção nas coisas que eu falo para ele, e mesmo que não seja muito a sua praia, ele escuta atento, porque sabe que é importante para mim.

Quando chegamos a uma barraca cheia de joias, ele nem pergunta, só abre a minha bolsa, pega a lupa, e começa a estudar as peças sobre a mesa, bufando, frustrado, quando não encontra nada com as marcações corretas. É adorável, cativante, e me faz pensar que eu realmente poderia amar esse homem, se abaixasse os muros ao meu redor.

— Seu mentiroso! — Eric fala de repente, me fazendo voltar à realidade ao vê-lo segurando o ímã com um colar prateado pendurado nele. — Meu ímã diz que isto aqui não é prata. Meu ímã nunca mente!

O coitado do senhor sentado em uma cadeira atrás da mesa, ao lado de uma placa que anunciava diversos colares de prata com camafeus, da era vitoriana, olha para o Eric como se ele estivesse louco, e eu não consigo segurar a risada.

— Este homem é uma fraude! Não comprem joias de prata dele! Não são de prata verdadeira! *O IMÃ DISSE!* — Eric fala alto, segurando com uma mão o pequeno ímã com o colar balançando, se virando e dizendo para as pessoas que estavam passando por ali, que também olhavam para o Eric como se ele fosse maluco.

— Coloque na corrente — digo para ele, tentando segurar a minha risada.

— Desculpe, estou ocupado agora, Ariel. Estou livrando o mercado de pulgas de uma fraude!

Estico-me e puxo o seu braço para baixo, tirando o ímã e o colar da sua mão.

— Você tem de usar na corrente — falo de novo, me virando para a mesa e colocando gentilmente o colar sobre ela.

Coloco o ímã na corrente do colar e ela não reage. Então, deslizo o ímã até o fecho e ele se levanta da mesa, grudado no ímã.

— Que tipo de feitiçaria é essa? — Eric sussurra alto, seu corpo pressionado nas minhas costas enquanto ele olha por sobre o meu ombro.

— Você estava usando o ímã no fecho, e não na prata. Fechos são suscetíveis à corrosão e podem quebrar, especialmente algo assim, tão antigo. Os compradores geralmente trocam o fecho, para que o colar ainda possa ser usado, e acaba agregando valor — explico para ele, guardando o ímã de volta na bolsa.

— Bem, isso é constrangedor... — Eric murmura, olhando para o homem atrás da mesa, se desculpando. — Sinto muito sobre isso, sou novo no mercado. Fora que não comi nada desde o café da manhã, então estou com um pouco de fome.

Afastando-nos da barraca, vamos para a área onde estão vendendo comida, o que é mais um fator para eu amar este lugar. A área em questão nada mais é do que uma longa fileira de *food trucks*, que servem tudo o que você possa imaginar.

Rapidamente concordamos em ir ao de comida mexicana, e quando eu peço dois tacos, Eric diz ao atendente que eu quero cinco, e pede dez para si mesmo, junto com quatro pedidos de batatas e molho. Se eu estivesse aqui, neste momento, com o Sebastian, ele teria dito ao atendente que eu queria um taco e teria cancelado as batatas e o molho, listando a quantidade de gordura enquanto me lembrava de que eu precisaria ir para a academia, para queimar aquele taco.

Odeio o fato de eu ainda comparar com o Sebastian tudo o que o Eric faz, mas é difícil não fazer isso. Especialmente quando o Sebastian já tinha me mandado três mensagens hoje, duas desde que chegamos aqui.

— Você é incrível. — Eric diz para mim, enquanto dá uma mordida no taco, quando nos sentamos frente a frente em uma mesa de piquenique na área dos *food trucks*.

— Por que eu engoli dois tacos antes de você conseguir terminar o primeiro?

Ele ri, comendo o resto do taco em uma bocada enorme, e então fazendo um segundo desaparecer rapidamente. Eric mastiga por alguns segundos, antes de voltar a falar.

— Porque você é tão apaixonada por todas essas coisas — ele responde, levantando o braço e apontando para as barracas. — Acho que eu nunca fui assim, tão animado por algo, em toda a minha vida. A não ser pela minha presente companhia.

Sinto minha barriga dar uma cambalhota, e a minha pele se aquece quando ele faz uma pausa para me dar um olhar ardente.

— E o que vocês fizeram com o The Naughty Princess Club... É incrível, você deveria se orgulhar. Vocês trabalharam pra caramba e criaram algo do nada, que está dando muito certo.

Sinto meu rosto corar com o elogio, mas tento esconder.

— Nós estávamos falidas, desesperadas, e fomos levadas a pensar que seríamos princesas na festa de aniversário de uma garotinha — eu o lembro.

— Mas perceberam o potencial e colocaram as mãos à obra. Não desistiram, isso é realmente incrível. Eu nunca tive de batalhar por nada na vida, recebi tudo em uma bandeja de prata, e sempre tomei por garantido. Tudo o que eu precisava fazer era pedir, e conseguia tudo o que queria. E então conheci você, e a primeira coisa que saiu da sua boca foi *me erra* — ele ri com a lembrança.

— E ainda assim, aqui estamos... De nada adiantou o *me erra*.

— Não. Dei uma olhada em você e soube que, pela primeira vez na minha vida, eu teria que dar duro para conseguir o que queria, mas que valeria cada segundo.

Jesus Cristo, esse cara é bom. Tenho certeza de que a minha calcinha deve ter se rasgado sozinha.

— Todas as crianças do bairro devem ter odiado você, quando era criança. Aposto que você era uma dessas crianças que tinha festas de aniversário temáticas, com pula-pulas e personagens fantasiados — falo, brincando.

— Na verdade, normalmente eu passava meus aniversários com a babá. Meus pais viajavam muito — ele diz, encolhendo os ombros e dando uma mordida na comida.

— Caramba, isso é deprimente. Pensei que você era próximo deles, com todo esse negócio de empresa de iate e tudo o mais.

— Eu era próximo do meu pai. Foi ele quem começou o negócio com os iates. Ele faleceu quando eu tinha dez anos, e então a minha mãe tomou as rédeas dos negócios e, sei lá, expandir a empresa se tornou a coisa mais importante no mundo para ela. Ao menos sempre pareceu isso, embora, se você perguntar, ela dirá que fez tudo por mim e para assegurar o meu futuro. — Ele pega um guardanapo, limpa a boca e o joga na mesa.

— Então, eu sei que você falou que a sua família era grega, mas o sobrenome Sailor...

Eric ri e assente com a cabeça.

— Sim, a minha família por parte de pai é grega. O sobrenome dele era Moustakas. Acho que você gostaria da minha mãe. Quando eles se casaram, ela se recusou a mudar de sobrenome e fez o meu pai usar o *dela*. Naquela época foi bem escandaloso, mas ela não se importou. Ela se recusou a mudar qualquer coisa em si mesma por um homem, não importando o quanto o amava, incluindo o seu nome. Meu pai a adorava, então fez o que ela queria. É por isso que o meu sobrenome é Sailor, e não Moustakas.

Terminamos nosso almoço e jogamos os restos no lixo, e então passamos as próximas horas caminhando lentamente pelas barracas. Quando chegamos à última do mapa, rio e aponto para um item na mesa.

— Puta merda, esse busto de cerâmica é a sua cara!

Eric pega o objeto da mesa e nós dois o observamos. O busto pintado de um homem com cabelo escuro e curto, de olhos azuis, vestindo o que poderia ser um uniforme, é aproximadamente dos anos mil e setecentos.

— Esse é o Capitão Pavlos Kotzias — o homem atrás da mesa nos conta. — Nascido na Grécia, em mil setecentos e sessenta e cinco. De acordo com alguns livros de História, ele estava em uma missão de exploração quando, em uma noite, enquanto o resto da sua tripulação estava dormindo, ouviu um canto. Alguns dizem que isso o deixou em transe, e ele se afastou do timão à procura do som. Reza a lenda que ele espiou pela amurada do navio e viu a criatura mais bonita do mundo, nadando ao lado do navio, uma sereia. Ela o tentou tanto com a sua voz que ele caiu no mar e nunca mais foi visto ou se ouviu falar dele de novo, deixando à tripulação o cargo de levar o navio em segurança para a costa. Alguns dizem que ele ainda vive no fundo do oceano com ela, e que as músicas que ela canta para ele são tão de partir o coração que fizeram com que ele nunca mais quisesse sair do lado dela.

Eric e eu olhamos atentamente para o sujeito, enquanto ele termina a história.

— Bem, isso não é *nem um pouco* deprimente — murmuro, enquanto observo Eric tirar a carteira do bolso. — O que você está fazendo?

— Você está brincando? Eu tenho que comprar isso.

Ele fica alguns minutos barganhando o preço com o vendedor, e quando finalmente fica satisfeito, Eric passa algumas notas para o homem, com um sorriso no rosto.

Quando estamos nos afastando, ele me dá o busto de cerâmica.

— Para você — ele fala.

— O quê? Por quê? Aquela foi uma história horrível, sobre um cara se matar por uma mulher que nem mesmo era real.

— Foi romântico. E você precisa refazer a sua coleção de antiguidades. Que maneira melhor de fazer isso, do que com um grande e pesado busto de cerâmica de um cara que se parece comigo, e no qual você pode dar uns beijinhos quando eu não estiver por perto? — Eric diz, dando um sorriso com aquelas covinhas nas bochechas.

— Você é ridículo. — Rio, enquanto coloco aquela coisa idiota sob o braço e Eric segura a minha mão.

Ele pode ser ridículo, mas eu meio que gostei quando ele me passou o objeto de cerâmica, em vez de dar uma de homem das cavernas para cima de mim, insistindo em carregar o busto e assumindo que a mulher aqui não poderia carregar algo nem mesmo remotamente pesado.

— E agora você é a dona orgulhosa de um busto com a minha cara.

— Você só comprou isto porque gostou de dizer a palavra busto — digo, balançando a cabeça.

— Tanto faz, você não me conhece tão bem assim.

Ele para por alguns segundos e então ri como um menino de dez anos de idade.

— Busto. Busto, busto, busto.

Ele ainda está rindo de si mesmo enquanto caminhamos pelo estacionamento.

Quando entramos na sua caminhonete, me ocorre que passamos o dia nos conhecendo melhor, e que não foi um desastre e que muito menos morri por causa disso. Não me deixou assustada, não me fez querer vomitar... Só me fez querer mais com o Eric. Eu quero tudo.

Puta merda, mas que inferno. Eu quero a porra do conto de fadas.

Capítulo dezoito

IRRITADA PRA CACETE

Perceber que me tornei o tipo de mulher pela qual passei os últimos dois anos da minha vida me irritando, fez com que eu ficasse subitamente nervosa e talvez um pouco histérica.

— Para falar a verdade, eu cozinho muito bem, só não faço isso com frequência. Especialmente depois que as coisas ficaram apertadas e eu comecei a viver à base de macarrão por um tempo. Não dá para se ter muita criatividade com miojo — resmungo, com os braços cheios de coisas que peguei na despensa, e colocando tudo na ilha da cozinha. — Além disso, ainda não tive a chance de fazer um prato aqui. Não entendo por que é tão difícil fazer uma receita de massa para uma pessoa. Você coloca o macarrão na água, mas nunca parece o suficiente, aí você coloca mais um pouco e ainda assim não parece o bastante, e então, do nada, você tem macarrão suficiente para alimentar um país inteiro.

Consigo ver, à minha direita, Eric se encostando na geladeira, com os braços cruzados, me observando ir e voltar da despensa até a ilha, enquanto falo sem parar sobre macarrão.

Assim que voltamos para o barco, Eric me deixou sozinha por alguns minutos, para resolver algumas coisas e dar uma olhada no Derrick. Isso foi um erro: me deixar sozinha, com os meus pensamentos e uma despensa cheia de carboidratos...

— Não sei o que você está com vontade de comer, mas, com certeza, posso fazer algo com isso que fique gostoso — falo para ele, me recusando a olhá-lo, então pego rapidamente o pacote que está mais perto de mim e o abro, um pouco agressiva demais, e batatinhas saem voando por toda a bancada. Rio, nervosa, ao me inclinar para pegar outra coisa. Quando abro um pacote de macarrão cabelinho de anjo e metade do conteúdo se junta às batatinhas, Eric finalmente decide fazer alguma coisa. Ou fazer as coisas piorarem, sei lá.

De repente, ele está atrás de mim, com seu peito pressionado contra as minhas costas e as suas mãos na bancada, me deixando sem saída.

— Na verdade, neste momento não estou com vontade de comida — ele fala, suavemente, ao meu ouvido, baixando a cabeça para beijar o meu pescoço.

— Ahm, ok. Podemos assistir a um filme. Ou pegar o Derrick e forçá-lo a fazer um desfile de moda com todos os suéteres dele — respondo, nervosa, e meus olhos se fecham enquanto ele continua a beijar suavemente meu pescoço, descendo para a pele do meu ombro.

— O que está se passando pela sua cabeça? — Ele pergunta entre os beijos, então o sinto afastar lentamente a alça do vestido do meu ombro e pressionar um beijo ali.

— Está uma bagunça do caramba, é melhor você nem saber — murmuro, quando ele desliza as mãos pela minha cintura e me puxa contra si.

— Estou deixando você nervosa?

Suas mãos estão na minha barriga e ele esfrega os dedos para cima e para baixo, bem perto dos meus seios, e a única coisa que ele está me fazendo ficar é com tesão.

— Nervosa? Ah, claro, como se você pudesse me deixar nervosa. Você se tem em alta conta — falo, mas fico sem fôlego quando uma das suas mãos desce pela minha barriga, pelo meu quadril, e chega na minha coxa.

As pontas dos seus dedos começam a desenhar pequenos círculos na minha pele, bem na barra do meu vestido, e tudo que eu consigo pensar é em pegar a sua mão e colocá-la sob o vestido.

— Se serve de consolo, você *me* deixa nervoso — ele sussurra no meu ouvido, antes de prender o lóbulo da minha orelha entre os dentes.

Suas palavras e o mordiscar fazem com que os meus joelhos comecem a tremer, e sou obrigada a colocar as mãos na bancada da cozinha para conseguir me equilibrar.

— Caso não tenha notado, eu meio que gosto de você — ele continua, com seus dedos ainda brincando na minha coxa, enquanto os círculos que ele está desenhando começam a ficar cada vez maiores, fazendo a saia do vestido levantar cada vez que ele subia a mão.

— Eu meio que também gosto de você. Você não é tão... irritante quanto... eu pensava... que fosse. — Tento fazer a minha voz sair sem gaguejar, mas é completamente impossível, quando aqueles dedos sobem por baixo do meu vestido e chegam à barra da minha calcinha de renda.

— O seu sarcasmo e a sua atitude irreverente me deixam de pau duro, — ele fala, baixinho, enfatizando a questão ao dobrar os joelhos e em-

Beije a Garota

purrar o quadril, até que eu possa sentir o quão duro ele está, roçando na minha bunda. — Mas a sua doçura me deixa completamente sem fôlego. Estou nervoso porque não quero estragar isso.

Puta merda...

Solto um gemido e inclino a cabeça para trás, encostando no seu ombro enquanto a mão dele sobe sob meu vestido, sua palma descansa na minha barriga, e seus dedos brincam com a barra da minha calcinha.

— Acho que usei toda a minha cota de doçura do dia. E se você disser isso para alguém e arruinar a minha fama, vou matar você enquanto dorme — falo para ele e sinto seus dedos descerem mais sob a minha calcinha, até que eu quero gritar para que ele me toque de uma vez.

Eric aumenta o aperto do braço ao redor da minha cintura, me segurando firmemente contra si, com sua mão parada na frente da minha calcinha, como se estivesse esperando que eu dissesse a palavra.

PALAVRA, PALAVRA, PALAVRA, AS MERDAS DAS PALAVRAS!

— Diga-me como você quer, Ariel. Carinhoso ou forte? — Ele sussurra, inclinando a cabeça e roçando os dentes sobre aquele ponto no meu pescoço, que deixa o pulsar entre as minhas pernas quase insuportável. Quero esfregar as minhas coxas uma na outra, para conseguir algum alívio.

— Não me importo, só mova logo a porra da sua mão!

Isso soou um pouco mais mandão do que eu queria, mas, pelo amor de Deus, homem, uma mulher não consegue aguentar tudo isso!

Antes que eu possa respirar, a sua mão desaparece sob a minha calcinha e ele enfia dois dedos dentro de mim.

— Puta merda! — Arquejo, com as duas mãos saindo da bancada, e agarrando o seu braço que está ao redor da minha cintura.

Ele leva os dedos mais para dentro, mantendo-os parados enquanto provoca meu clitóris com o dedão, esfregando gentilmente até que eu começo a choramingar e a rebolar na sua mão.

— Caramba, você é tão gostosa — ele murmura no meu pescoço, entre beijos e mordiscadas.

Minhas unhas afundam no seu braço quando ele retira os dedos lentamente de dentro de mim, antes de voltar a colocá-los no lugar. Estou ofegando e gemendo, e meu quadril está praticamente cavalgando a sua mão enquanto ele lentamente retira os dedos e volta a investir, com seu dedão nunca parando de esfregar gentilmente o meu clitóris.

Com cada movimento da sua mão no meio das minhas coxas, posso sentir cada grama de nervosismo e dúvida se afastarem cada vez mais da minha mente, até que eu não consigo mais lembrar o motivo de eu estar tão ansiosa. Ele me toca como se tivesse feito isso desde sempre, como se pudesse ler a minha mente e saber exatamente do que eu preciso. Seu dedão trabalha em mim com a quantidade exata de pressão, sem parar, sem mudar de ritmo, apenas roçando como um filho da mãe *expert* na minha vagina.

O latejar entre as minhas pernas fica cada vez mais intenso, enquanto seus dedos se movimentam ainda mais rápido em mim, até que meu quadril começa a rebolar na sua mão e gemidos ofegantes saem pela minha boca.

— Porra! Não pare, meu Deus — murmuro, sentindo o seu dedão circular ainda mais rápido no meu clitóris.

— É isso, querida — ele fala ao meu ouvido. — Solte-se e me deixe sentir você. Eu cuido de você.

Ele definitivamente cuidaria. Seu braço ao redor da minha cintura era como uma âncora, me mantendo no lugar enquanto minhas coxas começavam a tremer com o orgasmo iminente. Mas eu sei que ele não quis dizer dessa maneira. Sei que ele cuidaria *de mim*. E que fará de tudo para não estragar isso entre nós.

Nunca me senti tão segura, tão desejada ou querida. Quero mantê-lo para sempre, para que ele possa fazer e dizer essas coisas para mim todo santo dia, e me ajudar a me livrar do nervosismo e das dúvidas que pairam na minha cabeça. Esse pensamento deveria me deixar assutada, mas por incrível que pareça, acaba deixando tudo ainda mais excitante, ao saber que esta não será a última vez que ele fez com que eu me sentisse assim.

A mão do Eric entre as minhas coxas não para de se mover, esfregando e apertando, deslizando e girando, até que o meu orgasmo começa a explodir na parte baixa da minha barriga, e me sinto pulsar com a onda galopante de prazer. Meu quadril rebola ainda mais forte na sua mão, precisando disso mais do que eu preciso respirar, e cada centímetro do meu corpo está formigando de antecipação.

Posso sentir o peito do Eric ficando mais pesado com a respiração, contra as minhas costas, e o seu hálito ofegante no meu pescoço enquanto ele continua me dizendo o quão gostosa era a sensação na sua mão, o quão molhada estou, e o tesão que ele está sentindo enquanto eu gozo na sua mão. Saber que o que ele está fazendo comigo o deixa tão excitado quanto eu, me deixa louca e faz o meu corpo queimar.

O seu dedão se move ainda mais rápido sobre o meu clitóris, então levo minha mão até a sua cabeça, e agarro sua nuca enquanto cavalgo sua mão.

— Sim, sim, puta merda, sim... — gemo alto, fechando os olhos e sentindo meu corpo explodir em um orgasmo devastador.

Eric enfia os dedos o mais fundo possível dentro de mim, mais uma vez, e mantém a mão parada enquanto as ondas de prazer começam a quebrar. Sinto meu interior apertar seus dedos cada vez que um pulsar de orgasmo passa pelo meu corpo. Grito o seu nome, e tenho quase certeza de que as minhas unhas devem ter furado a pele da sua nuca, de tão forte que a minha mão o está agarrando, assim como o seu braço.

Ele não para de atiçar meu orgasmo e continua a roçar o dedão no meu clitóris, até que o meu corpo se inclina para frente e eu perco as forças nos meus braços, que agora estão esticados sobre restos de batatinhas e de macarrão.

Eric tira a mão debaixo do meu vestido e se inclina para frente, dando um beijo na minha nuca.

— O seu nervosismo foi embora? — Ele pergunta.

— Rá, não sei do que você está falando. Nervosismo? Que nervosismo? — Murmuro, sentindo a minha bochecha roçar em uma embalagem de docinhos.

Ele ri suavemente, agarra meu quadril, me afasta da bancada e me vira para ficar de frente para ele, deixando meu corpo ainda corado do orgasmo, colado ao seu. Consigo sentir que ele ainda está duro como uma pedra, e me sinto um pouco mal por fazer piada neste momento. Bolas azuis não devem ser levadas de forma leviana. Homens podem morrer dessa merda.

— Vamos lá. Vamos para o quarto transar, para nos livrarmos desse problema que está me cutucando na barriga — falo para ele, segurando sua mão e o puxando em direção ao corredor.

Ele me faz parar e me puxa de volta, de encontro ao seu corpo.

— Não, isso foi só para você. Não vamos fazer nada até que você se sinta confiante de que não vou machucar você ou que não vou estragar tudo, — ele fala, baixinho, olhando nos meus olhos.

Porra. Ele quer me FAZER chorar?

— Eu... Eu confio em você. É só que...

— É só que as vozes na sua cabeça não ficam quietas. Eu sei. Estou tentando acabar com elas — ele me diz, dando um sorriso gentil.

— Eu estou chegando lá. Como a prostituta sábia, interpretada pela Julia Roberts, disse uma vez: *as coisas ruins são mais fáceis de se acreditar.*

Eric levanta a mão e tira uma mecha de cabelo da minha testa, com as pontas dos dedos, colocando-a atrás da minha orelha.

— Então acho que preciso trabalhar mais para conseguir que coisas boas aconteçam com você.

— Bem, o que você acabou de me dar aqui, contra essa bancada, estava muito bom. Eu poderia aguentar um pouco mais daquilo... — Respondo, com um sorriso.

— Acho que posso conseguir isso. Mas antes, pegue os *cookies*, os *pretzels* e os M&M's, que eu pego o *cream cheese* da geladeira — ele me diz, e beija a ponta do meu nariz antes de se movimentar pela cozinha.

— *Cream cheese*? — Pergunto, me virando para pegar tudo o que ele queria da bancada.

— Para comermos com os *pretzels*, obviamente — ele fala, de costas para mim, abrindo a porta da geladeira.

— Ai, meu Deus, acho que gozei de novo — murmuro.

Ele ri e inclina a cabeça na direção da sala de estar.

— Venha, vamos lá para o meu barco. O Derrick precisa de um pouco de amor, e eu tenho sete episódios de *Tiny House Hunters*[10] gravados, que preciso assistir.

Assim que ele diz isso, pego todos os itens que estão nos meus braços e os jogo no chão.

— Você está tirando com a minha cara?! Você literalmente acabou de falar sobre não me machucar! — Falo, irritada.

Eric se vira, olha para mim e então para as coisas no chão, e volta o olhar para mim.

— O que está acontecendo?

— O que está acontecendo? *O QUE ESTÁ ACONTECENDO?!* Estou irritada pra cacete, Eric, é isso o que está acontecendo. Eu não consigo acreditar que você poderia me trair dessa maneira. Quem diabos são *essas pessoas* que pensam que podem morar em uma casa de vinte metros quadrados, com uma cozinha que é o dobro da sala de estar, que é o dobro do banheiro? — Reclamo, levantando as mãos para o alto. — Ah, veja só como somos hipsters e legais por querermos tudo minimalista! Eu faço roupas para cabras e ele é de uma banda de mariachi, então precisamos que você encontre uma casinha minúscula para que nós tenhamos espaço para a ba-

---

10 Tiny House Hunters – programa de televisão que acompanha pessoas à procura de casas de pequenas metragens.

teria dele, de noventa e cinco peças, e os meus seis mil novelos e dezessete moldes de cabra em madeira, e também espaço para recebermos visitas!

Inclino-me para pegar os *cookies*, os *pretzels* e os M&M's, colocando-os um por um na bancada.

— Eu adoro que a nossa mesa da cozinha também seja a escada que precisamos subir para chegar na porra da nossa cama no segundo andar, e que as crianças tenham as suas próprias camas bem na nossa frente, para que eu possa vê-las o tempo todo! — Falo, com um tom agudo e enfurecido. — Se você consegue vê-las na sua pequena casinha do caramba, elas também conseguem ver você, *SUSAN*. Elas podem ver você engolindo o pau do Jeremy, depois que vão para a cama, quando deveriam estar dormindo!

Posso ver o Eric mordendo os lábios, tentando não rir, e isso me deixa ainda mais irritada.

— Você acha que conhece um cara e então *isso* acontece — murmuro.

— Esse é o seu tipo normal de loucura, do qual você me avisou, ou mudamos para um tipo de loucura assassina? Eu devo esconder todos os objetos cortantes? — Ele ri.

— Não me deixe irritada pra chuchu, Eric — eu o aviso, me viro, pego a comida, atravesso a cozinha e passo por ele, indo em direção às escadas.

— Anotado — ele diz, vindo atrás de mim. — Você fica irritada assim por algum outro *reality show*, que eu deva saber? Você vai incendiar meu barco, se eu admitir que gosto de *The Real Housewives of Beverly Hills*?

— Vá se ferrar — rosno, subindo as escadas.

Eric solta uma gargalhada e eu suspiro.

Se ele consegue lidar com a minha loucura, parece que essa merda de contos de fadas será moleza.

Capítulo dezenove

ESTOU CHORANDO NA PORRA DE UM SHOPPING

— Pare de ficar parecendo como se estivesse com dor de barriga. Dê uma viradinha, precisamos ver o efeito total.

Cruzo os braços e olho para Cindy.

— Não vou dar uma *giradinha*. Eu não dou giradinhas, idiota — falo, entredentes. — Quando eu liguei para vocês hoje de manhã e disse que tinha algo importante para dizer, que precisávamos nos encontrar para comemorar, não achei que vocês iriam me buscar e me trazer diretamente para o inferno.

Assim que Cindy e Belle me pegaram, falei que tinha conversado com o PJ e que ele tinha marcado uma apresentação para mim hoje à noite no Charming's. Eu o fiz jurar que não diria nada para a Cindy ou para o Vincent, porque queria ser a primeira a contar para ela e para a Belle. Imediatamente me arrependi dessa decisão quando elas começaram a gritar tão alto no carro, que eu quase abri a porta e pulei. Achei que pela animação, elas me levariam a algum lugar especial, como um bar ou algo do tipo, para que pudéssemos tomar um drinque. Ou talvez a um clube de tiro, sei lá, algum lugar que eu gostasse e que não me desse vontade de enfiar um garfo enferrujado no meu olho.

Cindy balança a cabeça e bufa, se levantando da cadeira do lado de fora do provador do qual eu tinha acabado de sair, e vem na minha direção.

— O shopping não é o inferno. Todo mundo adora fazer compras.

— Todo mundo não adora fazer compras. Especialmente na porra de um shopping. Tem gente de mais e eu odeio pessoas, especialmente aquelas que pensam que toda essa iluminação e esses espelhos fazem você parecer ótima. E pelo amor de Deus, essa música que eles estão tocando, parece que fui arrastada contra a minha vontade para uma rave — reclamo.

— Em um estudo recente, apenas vinte e nove por cento das mulheres admitiram que realmente gostam de sair para comprar roupas — Belle fala.

— Vocês precisam de alguma ajuda, meninas? Estão procurando algo especial?

Uma adolescente alegre aparece na porta da área dos provadores, nos dando um sorriso alegre, que me dá vontade de dar um soco no seu pescoço.

— Não somos inválidas, Karen. Se algo não serve, somos perfeitamente capazes de ir até a arara e pegar outra coisa. E não, não estou procurando algo especial. Estou procurando por algo comum e entediante — respondo, de saco cheio.

Ela rapidamente some, e vejo que Cindy está revirando os olhos para mim.

— Por que você tem que ser tão difícil?

— Porque eu posso, e isso é culpa *sua*. Você já deveria saber que não era para me trazer para este inferno na Terra.

— Pensei que você gostasse de fazer compras. Você tem mais roupas e sapatos do que qualquer pessoa que eu conheça — ela responde, puxando a barra da blusa verde rendada, que deixa os ombros à mostra, que ela tinha-me feito provar, até que eu bato na sua mão.

— Eu adoro fazer compras *online*, onde adolescentes felizes não estão me julgando — murmuro.

— Mas você não pode provar as peças. O que você faz quando algo não serve? — Belle pergunta, olhando para mim com os olhos arregalados, como se eu tivesse acabado de dizer que gostava de chutar filhotinhos de cachorros, por pura diversão.

— Se não serve, fica no guarda-roupa para todo o sempre, tirando com a minha cara, porque devolver algo online é o tipo de merda que eu não preciso na minha vida. Ou eu deixo vocês usarem — lembro-as, pensando em todas as roupas que eu tinha comprado do tamanho errado, e que as beneficiaram quando elas não tinham uma única peça remotamente sexy no guarda-roupa.

— Só se vire e nos deixe olhar como a sua bunda está bonita nessa calça jeans — ela ordena, segurando meu braço e me forçando a virar.

— Você poderia equilibrar um copo nessa coisa! — Belle brinca, inclinando a cabeça para o lado e olhando a minha bunda. — Estou com tanta inveja. Queria ter um pouco mais na minha comissão traseira, para ficar tão bem nessas calças *skinny*.

— Ah, pelo amor de Deus. Parem de ser tão óbvias com os elogios. Quando eu disse para vocês que finalmente consegui a minha autoconfiança de volta, pelos meus próprios termos, isso não significa que eu preciso que vocês alimentem o meu ego, só para terem certeza de que não vou mudar de ideia — explico. — Eu consegui. Finalmente calei as vozes na minha cabeça e me sinto bem comigo mesma. Não sei como fiz isso ou quando aconteceu, mas finalmente me livrei das minhas inseguranças.

Belle e Cindy se olham, ambas tentando esconder os sorrisos, e eu reviro os olhos.

— Que seja. O que foi esse olhar? — Reclamo, apontando para as duas.

— Não nos entenda mal, estamos superfelizes por você estar pronta para subir no palco, e muito orgulhosas por você finalmente olhar no espelho e ver o que já víamos há tanto tempo. Mas... é sério mesmo que você está dizendo que não sabe como conseguiu a sua autoconfiança de volta? — Belle levanta as sobrancelhas, enquanto Cindy ri silenciosamente.

— Tá! Você quer que eu diga que foi por causa de todos aqueles artigos idiotas que você me enviou? Claro, vamos usar isso — falo para elas, revirando os olhos.

— É só... você sabe, o *Eric*. — Ela dá de ombros.

— O que tem o Eric? Ele não tem nada a ver com isso.

Elas nem mesmo tentam mais esconder as risadas, ambas estão com as cabeças inclinadas para trás, gargalhando.

— Ok, tudo bem. Ele me dá os melhores orgasmos que eu já tive em toda a minha vida. Ele gosta de mim e eu gosto dele. Isso não tem nada a ver com o fato de eu finalmente ter tirado a cabeça do buraco. — Volto correndo para dentro do provador, tirando a blusa e a jogando no gancho preso à parede.

Sim, estou me trocando com a porta aberta. Não tem ninguém mais aqui, de qualquer maneira. Além disso, hoje à noite vou tirar as minhas roupas em um clube lotado, então é bom eu ir me acostumando.

Belle e Cindy ficam paradas na porta do provador, me observando rebolar para tirar a calça jeans *skinny* e afastá-la aos chutes, as duas com expressões divertidas no rosto, que me deixam ainda mais irritada do que a adolescente alegrinha de minutos atrás.

— Será que deveríamos dizer para ela? — Cindy pergunta para Belle, assim que eu pego meu short jeans e o visto.

— Quero dizer, que tipo de amiga seríamos se não contássemos? — Belle pergunta. — De acordo com um artigo recente no *Lil Pick Me Up*, embora ter amigas infladoras de ego seja bom, não é muito produtivo a longo prazo. Você não quer pessoas facilitadoras, que alimentam você com mentiras e que digam todas as coisas que você quer ouvir. Se você realmente deseja crescer, mudar e ter sucesso na vida, é necessário ter amigas reais, que serão diretas com você. Sem merdas, sem palavras fofas, sem maquiar a verdade.

Cindy assente, enquanto pego a minha camiseta e a visto.

— E tudo o que queremos é que ela tenha sucesso na vida. Seria um desserviço se a deixássemos pensar que ela fez tudo por conta própria.

— Será que vocês duas podem parar de falar sobre mim, como se eu não estivesse aqui? — Reclamo, cruzando os braços e batendo o pé no chão de madeira.

— Olha, eu sou totalmente a favor do feminismo, apoiar e defender umas às outras, e não precisar que um homem nos sustente — Belle começa. — E é verdade, *você* precisa tomar as rédeas da sua vida e colocar a sua cabeça no lugar, assim como a Cindy precisou aprender a parar de ser uma pudica e se soltar, e eu a encontrar a minha sexualidade e viver minha própria vida, em vez de fazer o que o meu pai mandava. *Você* precisava se encontrar novamente e perceber que as coisas que o Sebastian disse para você eram tudo mentira, porque você é a única que tem que conviver consigo mesma, e nenhum de nós nunca saberá o que aquilo fez com você. Mas acho que você não está contando com o fato de que o Eric deu uma mãozinha, ajudando você a chegar neste momento, e merece crédito por isso. Assim como o PJ ajudou a Cindy, e o Vincent me ajudou. Está tudo bem admitir que eles nos ajudaram, e não faz com que as nossas transformações sejam menos poderosas do que foram.

— Ah, pelo amor de Deus — murmuro. — Orgasmos não são a chave para se conseguir autoconfiança. Claro, são incríveis, mas não é por isso que estou pronta para subir no palco. E sim, eu gosto do cara e ele faz com que eu me sinta aquecida e mulherzinha, e me fez uns elogios bem bons, mas cheguei aqui sozinha, sem a ajuda da porra de um homem, não importa o quão gentil e gostoso ele seja.

Penso em todo o tempo que o Eric e eu passamos juntos, me perguntando no que diabos essas duas estão pensando. Sim, ter um cara interessado em mim, e não correndo assustado para as colinas, definitivamente é um ponto a favor, mas nem fodendo ele é o responsável pelo que estou sentindo. Li todos aqueles artigos idiotas que a Belle e Cindy me mandaram. Fiz algumas mudanças na minha vida, e agora estou de volta ao meu eu normal. E é isso aí, fim da história.

— Ele literalmente foi pela lista de coisas que você deve fazer para ajudar alguém com baixa autoestima, e fez tudo o que dizia ali. Como é que você não está vendo isso? — Cindy pergunta, balançando a cabeça.

Bufo, irritada, mas ela continua:

— Ele foi com você fazer ioga com cabras.

— Ahm, na verdade ele se convidou para ir junto, só para me irritar — eu a lembro.

— Não, ele estava lhe dando apoio. Ele sabia que ioga era algo fora da sua zona de conforto e se ofereceu para ir junto, para que você não tivesse que fazer isso sozinha.

Balanço a cabeça, pego a minha bolsa e passo por elas, saindo do provador.

— Ele organizou uma noite do karaokê para você. — Belle diz, me seguindo, enquanto eu caminho rapidamente pela loja.

— Ele falou para vocês me levarem em um bar, para espairecer. Acabou que, por coincidência, estava rolando música no karaokê, e ele foi um sortudo do caramba por eu ter subido no palco sem fazer papel de idiota — resmungo, enquanto as duas praticamente correm para me alcançar.

— Ele *sabia* que você era uma boa cantora, porque já tinha escutado você cantando. O Eric especificamente encontrou um bar que teria noite de karaokê e nos falou que era para aquele que deveríamos levar você, para que pudesse subir no palco e arrasar. Ele sabia que a plateia ficaria louca assim que escutasse a sua voz, e foi o que aconteceu. Todos cantaram, bateram palmas e fizeram você se sentir como uma estrela do rock. — Cindy explica.

Meu coração começa a bater acelerado no meu peito enquanto eu continuo a caminhar pelo shopping, sem ter ideia para aonde estou indo, só sabendo que eu precisava manter as minhas pernas se movendo ou eu poderia me sentar no chão, abraçar as pernas e começar a me balançar para frente e para trás.

— Ele pediu que você o ensinasse a fazer strip-tease. — Belle fala, e estou andando tão rápido que as lojas não são mais do que borrões.

— Porque ele teve a absurda ideia de tentar ser um stripper, para a noite das mulheres que o PJ está organizando! — Argumento.

— Não tem nenhuma noite das mulheres — Cindy ri. — Quando você me falou sobre isso, não disse nada porque eu já sabia o que ele estava fazendo. O item número dois no artigo que li sobre ajudar alguém a reconstruir sua autoconfiança, era pedir conselhos e que ensinasse a fazer algo que a pessoa já saiba.

Meu coração está batendo tão rápido que acho que estou tendo um ataque cardíaco, mas continuo andando, vendo a praça de alimentação surgir à distância. O único lugar que eu gosto nos shoppings é a praça de alimentação, repleta de todos os tipos de comidas não tão saudáveis que você possa imaginar. Eu preciso de comida chinesa. E um *pretzel* macio, com *cream cheese*. E seis dezenas de *cookies* recém-feitos, do Mrs. Fields. E uma porção de queijo frito, com dois quilos de bacon tostado.

— Ele levou você ao mercado de pulgas. — Belle diz.

— Rá! — Rio alto. — Todo mundo sabe que eu adoro coisas antigas. Não tem nada de segundas intenções, ele só estava sendo legal e sabia que eu gostaria de ir lá.

Cindy segura meu braço, fazendo com que eu pare de andar.

— Itens número onze e doze da lista: demonstrar interesse em algo que a outra pessoa gosta, e reconhecê-lo pelo trabalho duro — ela diz, com um sorriso. — Ele conseguiu fazer com que você falasse sobre antiguidades e como fazer compras. Ele arregaçou as mangas e adorou, e quase entrou em uma briga com um vendedor de joias.

— E ele disse que o que você fez com o The Naughty Princess Club foi incrível, e o quão orgulhoso ele estava pelo trabalho que você fez — Belle adiciona.

Neste momento, me arrependo de ter contado para elas os detalhes de tudo o que o Eric e eu fizemos nessas últimas semanas. Tudo começa a girar e pressiono a mão no peito, imaginando se isso é o que chamam de ataque de pânico. Meu peito está ficando apertado e estou com dificuldades para respirar.

— Você acha que tem de ser essa mulher forte e independente, que pode cuidar de tudo por si mesma, mas não precisa. Você tem pessoas ao seu redor, que a amam e que querem ajudar você, especialmente o Eric. — Belle fala, acariciando minhas costas quando me inclino para frente e coloco as mãos nos joelhos, para tentar me lembrar de como respirar. — Ele conhece você, melhor do que você mesma. Até mesmo melhor do que eu e a Cindy conhecemos, já que ficamos falando que você era louca por pensar que era tudo, menos perfeita. Fizemos as coisas óbvias, falamos o que achávamos que você precisava ouvir para ajudar, e mandamos artigos de internet. Mas o Eric foi sutil, agiu silenciosamente e sem você perceber o que estava acontecendo. E veja só: você está segura de si, se sente como a antiga Ariel, e está pronta para seguir em frente, para o próximo capítulo da sua vida.

— Ele me enganou, foi isso o que ele fez. Ele me enganou!

Não sei nem por que estou tão irritada neste momento. Tudo o que sei é que estar irritada me impede de chorar. Já é ruim o suficiente eu estar na porra de um shopping, não preciso adicionar à equação eu chorar como uma menininha...

— Ele não a enganou. O Eric se importa de verdade com você, e sabia como ajudar. Seus elogios foram todos sinceros e ocasionais, em vez de bombardeá-la com eles. O cara não fez você ficar de frente para um espelho e falar sobre si mesma, porque provavelmente você o esfaquearia. — Cindy diz, com uma risada suave.

— Ele não se aproveitou do fato de que você estava frágil e vulnerável. Ele lhe deu orgasmos sem pedir nada em troca, porque queria que você se sentisse confortável com ele. Querida, ele ajudou você a conseguir o seu poder de volta.

E assim, estou chorando na porra de um shopping.

Não porque eu provei uma calça jeans que disseram que era do meu tamanho, mas que não passou nem pelas minhas coxas; não porque eu tenho estresse pós-traumático por tentar encontrar um biquíni que o sutiã não faça meus peitos parecerem como se estivessem explodindo, de tão apertado, e que me daria marcas permanentes no quadril; e não porque o contorcionismo que eu tive que fazer para conseguir entrar em uma calça de couro preta, me fez suar em lugares que eu nem sabia que poderia suar. Quase recriei a cena de *Friends,* tirando um potinho de talco de bebê da minha bolsa, que teria resultado em uma pasta de suor na minha virilha.

Estou chorando por causa de um cara. *UM CARA.* Um cara irritante, gentil, charmoso, gostoso e engraçado, que tinha detonado as paredes que construí ao meu redor, sem nem perceber.

— Aquele filho da puta, cuzão imbecil… — Fungando, me endireito e seco as lágrimas nas minhas bochechas. — Preciso de carboidratos. Neste exato momento.

Cindy e Belle sorriem para mim, entrelaçando os braços aos meus e me puxando para a praça de alimentação.

— Carboidratos, e depois vamos comprar lingeries. Precisamos encontrar algo espetacular para você usar hoje à noite, e que vai fazer a cabeça do Eric explodir — Cindy fala para mim.

— Nem a pau, já tenho lingerie suficiente em casa. Preferiria passar o resto do dia planejando a morte do Eric. — Murmuro, quando entramos na fila do *pretzel.*

Minhas duas amigas caem na gargalhada, sabendo muito bem que eu não vou matar o cara.

Estou dividida entre querer fazê-lo desmaiar de tanto transar, ou criar xingamentos para quando o ver, mais tarde.

Acho que terei que esperar e ver qual impulso ganhará a batalha.

Capítulo vinte

SEXO GRUPAL, SÓ COMIGO

— Você está estranhamente quieta nesta noite. Está nervosa? Não precisa ficar, você vai arrasar no palco — Eric diz, enquanto para no estacionamento do Charming's, e eu continuo a olhar pela janela da caminhonete dele.

— É claro que vou arrasar. Estou bonita e me sinto bem, mas isto você já sabe, não é? Claro que sim, porque você sabe de tudo. Sr. Sabichão que pensa que pode me enganar, vai achando… — Reclamo, e o observo estacionar em uma vaga atrás do clube, longe da entrada.

— Acho que perdi alguma coisa. — Eric murmura, desligando a caminhonete.

Do canto do olho, consigo vê-lo se virando para mim, com um braço sobre o volante e o outro no encosto do meu banco.

— Falei que ir ao shopping hoje não terminaria bem. Você matou alguém? Precisamos fugir do país? Fiz um investimento grande outro dia, então o dinheiro pode ficar um pouco apertado por um tempo, mas tenho certeza de que consigo arranjar passaportes falsos — ele me diz.

Posso escutar a diversão na sua voz, e isto me dá vontade de dar um soco na sua boca. Ou beijá-la.

Mas que merda! Por que ele não pode discutir comigo ou me chamar de vaca? Por que ele tem que ir na onda da minha loucura e me fazer querê-lo ainda mais, quando estou tentando continuar irritada?

— Você me fodeu por trás! — Grito, afastando o olhar da janela e virando a cabeça na sua direção, mesmo que esteja o maior breu lá fora e a iluminação dos *outdoors* não seja suficientemente forte para que ele veja o fogo nos meus olhos.

— Tenho certeza de que me lembraria disso. — Ele responde, com um sorriso.

— Pare de ser fofo quando estou tentando ficar puta com você.

— Eu não sou fofo. Eu *nunca* sou fofo — ele resmunga. — Sou gostoso, charmoso e irresistível.

Puta merda. Eu quero sair voando do meu banco e pular no seu colo.

Aperto as coxas uma na outra, para me impedir de fazer exatamente isso. Primeiro precisamos conversar, preciso ser adulta e conversar com ele, em vez de fazer birra como se fosse uma criança.

— Você é a razão por eu subir no palco hoje. Você é a razão por eu não olhar no espelho e ver tudo o que tem de errado comigo; por eu não escutar mais a voz do meu ex na minha cabeça, constantemente me dizendo que não sou boa o bastante. Eu deveria ser forte o bastante para fazer isso sozinha. Eu deveria fazer a minha vida voltar aos trilhos, *SOZINHA!* — Grito, voltando o olhar para o meu colo e piscando rapidamente, para impedir que as lágrimas que começaram a se formar nos meus olhos, caiam.

— Ei, olhe para mim. — Eric pede, suavemente.

Sua mão se levanta do encosto do banco e seus dedos erguem meu queixo, para que nossos olhares se encontrem.

— Por mais que eu queira levar o crédito por fazer você perceber o quão incrível é, não posso. Sim, eu a levei na direção correta, e dei as ferramentas necessárias para ajudar você a se lembrar. Mas aquela autoconfiança que me deixou sem fôlego na primeira vez que eu vi você, sempre esteve aí, em algum lugar dentro de você, esperando para voltar a florescer e arrasar. Sempre esteve com você, eu só a ajudei a reencontrá-la — ele me diz, acariciando minha bochecha.

— Por que você tem que ser tão adorável nisso?

Ele ri e balança a cabeça.

— O que você teria feito se eu fizesse você ficar parada na frente de um espelho e perguntasse o que você estava vendo?

— Eu teria cortado a sua garganta. E enquanto você estivesse sangrando aos meus pés, eu diria que estava vendo alguém que ama carboidratos — respondo, sarcasticamente.

— Exato, e eu teria concordado com você. Eu diria que estava vendo a mulher mais sexy que já conheci; que cada vez que estou com você, minhas mãos coçam para passear pelas suas curvas perfeitas, e que foi preciso muita força de vontade para não foder você como um animal, toda vez que ficávamos a quatro metros de distância. Diria que eu nunca mais quereria outra mulher, mais do que queria você, desde o primeiro minuto em que nos vimos; que eu nunca conheci nenhuma mulher mais linda do que você, por dentro e por fora — ele fala, suavemente. — Mas você não estaria pronta para isso. Você não era capaz de olhar para o seu reflexo e ver todas essas coisas que eu vejo. Precisei mostrar para você e provar, para que pudesse acreditar nelas. Até que você pudesse realmente ouvir o que eu estava dizendo e confiar que era tudo verdade.

Meu Deus, quero tanto ficar brava com ele, mas não consigo. Ele está certo, eu teria rido na cara dele, se tivesse feito isso comigo; eu o teria afastado e o evitado por ser tão óbvio.

Eu nunca teria deixado que ele se aproximasse tanto de mim e tocado não só a minha vida, como também o meu coração. Nunca teria tido a chance de conhecê-lo e perceber coisas sobre ele, como o Eric tinha feito comigo: que eu nunca conheci alguém tão lindo quanto ele, por dentro e por fora.

Sem parar para pensar no que estou fazendo, me levanto do banco e faço o que eu estava me impedindo de fazer alguns minutos atrás: me jogo sobre ele, agradecendo a Deus pelo fato de a caminhonete ter um console baixo. Sem bater a cabeça no teto ou em alguma coisa importante no painel, rapidamente monto no seu colo, envolvendo sua nuca com as minhas mãos e puxando seu rosto na direção do meu.

Os braços do Eric se fecham ao meu redor, me abraçando enquanto eu colocava tudo o que tinha naquele beijo forte e profundo. Agarro seu cabelo e me sento no seu colo, sentindo imediatamente o quão duro ele estava por mim, e nunca fiquei tão grata por vestir uma saia curta e casual. O tecido sobe para o alto das minhas coxas quando sento no colo do Eric, e agora não há nada nos separando, a não ser a fina renda da minha calcinha e a calça jeans dele.

Cindy estava certa, ele tinha devolvido o meu poder. E agora, me sinto tão poderosa e sexy que quero dividir isso com ele, quero mostrar como ele me faz sentir.

De repente, Eric afasta a boca da minha, com suas mãos segurando meu rosto.

— Por mais que eu esteja adorando ter você no meu colo, e esteja me matando ter que parar, se não fizermos isso, vou arrancar as suas malditas roupas e...

Suas palavras cessam imediatamente quando rebolo meu quadril, me esfregando nele. Sua ereção presa pelo tecido da calça cria uma sensação intensa de fricção entre as minhas pernas, e fico instantaneamente molhada por ele.

— Puta merda, Ariel — ele murmura, levantando o quadril para encontrar o meu.

— Você disse que não iríamos transar até que eu estivesse confiante de que você não iria me machucar ou estragar tudo — eu o lembro, parando para inclinar a cabeça e beijar o seu pescoço até o seu ouvido, mordendo o lóbulo e sorrindo comigo mesma quando sinto seu corpo tremer sob o meu.

Rebolo o quadril de novo, sentindo o volume na calça dele roçando bem no meu centro, e gemo baixinho no seu ouvido. Eric solta um xingamento, suas mãos agarram meu quadril e seus dedos cravam na minha pele, ajudando a me mover contra si.

— Eu confio em você — sussurro. — Sei que você não vai estragar isto entre nós, e não só porque você sabe que eu cortaria o seu pau fora, mas, sim, porque você acha que sou linda por fora e por dentro, porque nunca quis ninguém mais do que eu. Você não vai estragar isto porque neste momento eu quero foder loucamente com você, e tenho certeza de que você quer a mesma coisa.

Escutar o gemido rouco vibrando na sua garganta me deixa ainda mais excitada. Afasto-me dele enquanto Eric se inclina para frente, colando a boca na minha. Sua língua duela com a minha, e sua boca me beija com tanta paixão que minha mente fica totalmente tomada pelo desejo. Nossos braços e mãos se movem rapidamente, puxando e afastando nossas roupas, apenas nos afastando quando pego a camiseta do Eric e a jogo para o lado.

Continuamos a nos beijar enquanto ele agarra a parte da frente da minha saia de botão e a abre rudemente, com um único puxão, como se ela fosse feita de papel, e botões voam para todos os lados e batem na janela e nos bancos de couro ao nosso redor.

Minhas mãos descem entre as minhas pernas e rapidamente abro a sua calça, com as nossas bocas ainda grudadas uma na outra; ele levanta o quadril para me ajudar a descer a calça jeans e a cueca boxer, o suficiente para que o seu pau fique livre.

Com uma das minhas mãos ainda na sua nuca, passo a outra ao redor do seu comprimento e o aperto, enquanto deslizo a minha mão para cima e para baixo, masturbando-o com a mão, ao mesmo tempo em que ele investia o quadril entre as minhas pernas.

— Puta merda, você está me matando — Eric geme, afastando a boca de mim e encostando a testa na minha, seu olhar indo entre nós, observando o que eu estou fazendo.

Beije a Garota

147

Ele está quente e pesado na minha mão, e eu não quero mais parar de tocá-lo, mas preciso de mais. Preciso dele dentro de mim, e preciso senti-lo na minha pele.

— Vamos mesmo fazer isso no meu carro, como adolescentes, princesa? — Ele pergunta.

Paro de mover a minha mão, mas continuo segurando-o firmemente.

— Por que você sempre me chama de princesa?

Ele mantém o olhar no meu enquanto leva uma das mãos entre as minhas pernas, afastando a minha calcinha para o lado e passando as pontas dos dedos no meu centro, brincando com os dedos ao redor do meu clitóris, até que eu começo a choramingar e balançar o quadril contra a sua mão.

— Porque você é uma princesa. Uma princesa boca suja e cheia de atitude, que merece mais do que uma foda no banco da frente de um carro, no estacionamento de um clube de strip — ele fala para mim, e seus dedos se movem ainda mais rápido, até que eu quase esqueço o meu próprio nome.

— Você tem razão. Eu mereço mais do que isso, mas, neste momento em questão, eu não *quero* mais do que isto, porque não tem nada melhor do que isto, aqui e agora — digo para ele, soltando-o para que eu possa levantar o braço e segurar seu rosto entre as minhas mãos, como ele fez comigo antes. — Eu só quero você. Dentro de mim. Me fodendo no banco da frente de um carro, no estacionamento de um clube de strip.

Seus dedos ainda estão entre as minhas pernas, e eu solto um gemido de protesto quando ele olha para mim. Pergunto-me por um segundo se ele vai bater o pé sobre toda essa besteira de princesa, de que eu preciso de uma cama coberta com pétalas de rosas, velas e música tocando ao fundo.

— Tem uma caixa de camisinhas no porta-luvas. Se apresse — ele ordena, colocando dois dedos dentro de mim, fazendo com que eu arqueje, antes de me controlar e olhar para ele.

— É sério isso? Uma caixa *inteira*? Você tem, assim, por acaso, uma caixa de camisinhas no carro?

Eric ri e tento não tremer quando ele tira os dedos de dentro de mim, passa os braços ao meu redor e me segura, enquanto nos inclina para o lado, abre o porta-luvas e tira a caixa de lá, segurando-a entre nós.

— Sim, uma caixa inteira. Que, como você pode notar, não foi aberta desde que a comprei, no dia em que conheci você — ele sussurra para mim. — Não estive com ninguém desde que você entrou naquela porra de clube e me deixou nocauteado, princesa.

— Boa resposta — respondo, assentindo com a cabeça; tiro a caixa das suas mãos e a abro com tanta força, que vinte pacotinhos caem espalhados no banco.

Interrompo a risada do Eric com um beijo e escuto a sua mão batendo no banco, até que encontra uma camisinha, e o som do pacotinho sendo rasgado é quase tão erótico quanto o Eric gemendo na minha boca. Sinto suas mãos trabalharem rapidamente entre as minhas pernas, e antes que eu consiga piscar, ele está segurando o meu quadril com uma mão, e a outra está entre nós, afastando a minha calcinha para o lado e se colocando na minha entrada.

Nós nos movemos ao mesmo tempo, sem hesitação. Eu abaixo o corpo e ele levanta o quadril, entrando em mim com uma única investida.

— Puta merda — xingo, agarrando o encosto do banco atrás da cabeça do Eric, com toda a minha força.

— Caralho, você é muito gostosa — ele murmura, ficando parado para que eu possa me acostumar a tê-lo dentro de mim.

Inclino a cabeça para trás e Eric vem para frente, e sua boca vai direto para a pele do meu pescoço e descendo, enquanto começo a rebolar no seu colo. Ele está tão duro e inchado dentro de mim, e eu nunca senti nada tão incrível quanto isso. Ele cabe perfeitamente em mim, e tudo o que ele faz me deixa louca, da melhor maneira possível. Sua boca continua a descer pelo meu pescoço até a clavícula, e continua até chegar nos meus seios, então eu começo a mover meu corpo, subindo e descendo no seu comprimento.

Uma das suas mãos desliza para baixo da saia e segura a minha bunda, me ajudando nos movimentos, e a outra sobe, baixando o meu sutiã, para que ele possa circular meu mamilo com a língua.

Nunca me importei muito de ter alguém brincando com os meus seios antes, aliás, nunca prestei atenção neles nessa hora, provavelmente porque eu sempre fui autoconsciente do tamanho deles. Quando Eric fecha a boca sobre o meu mamilo, eu definitivamente presto atenção neles, e eu sei que é por causa dele. Por causa da *sua* boca, da *sua* língua, porque *ele* faz isso comigo. Ele faz *tudo* comigo.

Imediatamente começo a mexer meu quadril para cima e para baixo, agarrando seu cabelo com as mãos e puxando sua cabeça para trás, para que eu possa beijá-lo. Eric agarra a minha bunda com as duas mãos, ajudando nos meus movimentos, subindo e descendo no seu pau, fazendo com que eles sejam ainda mais rápidos e mais fortes, e nós dois estamos arfando um na boca do outro, loucos para chegarmos ao final dessa corrida.

Parte de mim quer ir mais devagar e fazer isto durar horas, mas é completamente sem sentido. Toda vez que ele levanta o quadril para cima, de encontro ao meu, sua púbis bate no meu clitóris, quase me levando diretamente a um orgasmo de ficar sem fôlego.

Estocada, batida, estocada, batida, esticada, batida...

Minhas coxas tensionam ao lado das suas pernas enquanto eu levanto e desço no seu colo, batendo nossos corpos tão forte que tenho certeza de que amanhã estarei com hematomas, mas não me importo. Quero sentir a dor no meio das minhas pernas quando andar, me lembrando deste momento. Quero ver os roxos na minha pele, para me lembrar do quão querida e bonita o Eric faz com que eu me sinta, toda vez que ele olha para mim e me toca.

Ele continua a me conduzir para os céus, estocando dentro de mim e batendo meu corpo no dele, até que eu tenho de afastar a minha boca da sua, para poder respirar, gritando seu nome quando meu orgasmo finalmente explode.

— Porra, consigo sentir você gozando. Caramba, é maravilhoso — Eric murmura, passando os dois braços ao meu redor, me abraçando contra o seu peito; seus movimentos entre as minhas pernas se tornam erráticos, enquanto ele investe o quadril ainda mais forte e rápido contra o meu.

Coloco meus braços nos seus ombros, segurando-o junto a mim, e continuo a rebolar no seu colo até que o seu orgasmo também explode; ele me agarra tão firmemente quando goza, que eu quase não consigo respirar. Eric cola o rosto ao meu pescoço, ofegando e murmurando meu nome, enquanto ainda o sinto pulsar dentro de mim. Alguns segundos depois, ele emite um gemido baixo e solta o corpo no banco. Caio sobre ele enquanto tentamos recuperar o fôlego.

Meu corpo está saciado e mole, então me acomodo no peito do Eric, encostando a bochecha no seu ombro. Seus braços ainda me abraçam firme, e nenhum de nós está pronto para fazer qualquer outra coisa no momento. Ou nunca mais. Eu poderia dormir assim, no conforto dos seus braços, sentada no seu colo, com o seu pau mágico ainda profundamente dentro de mim.

Bem quando meus olhos começam a fechar, o som de uma batida na janela embaçada da porta do passageiro faz com que o Eric dê um pulo, me levando com ele, e fazendo com que eu bata com a cabeça no teto do carro.

— Filho da puta! — Falo, esfregando a mão na parte de trás da minha cabeça.

— Merda! Desculpe! — Eric rapidamente se desculpa, e sua mão vai para cima da minha, para ajudar a aliviar a dor, enquanto ele abre uns centímetros da janela do passageiro, até que vemos PJ nos olhar com uma expressão divertida.

— E aí, crianças?! Vocês estão ocupados? — Ele pergunta.

— Vaza daqui, cuzão — Eric fala para ele, e o tom da sua voz faz com que eu ria.

— Também amo você, irmão. Enfim, tenho certeza de que vocês já terminaram aí, o que quer que estivesse acontecendo, já que o Eric sofre de ejaculação precoce. Ariel, você sobe no palco em dez minutos — PJ nos informa, dando duas batidinhas no teto do carro antes de virar e se afastar, assobiando enquanto caminha.

— *EU NÃO TENHO EJACULAÇÃO PRECOCE, SEU PEDAÇO DE MERDA!* — Eric grita para ele.

— *ISSO AÍ, FORAM PELO MENOS DEZ SEGUNDOS, SEU BUNDÃO!* — Grito também, e saio do colo do Eric; ele olha para mim enquanto arruma a calça jeans e a fecha.

— Não ouvi você reclamar desses dez segundos, quando estava gritando o meu nome — Eric murmura, ao mesmo tempo em que eu volto a me sentar no banco do passageiro e baixo o quebrassol; e então abro o espelho, olhando horrorizada quando a iluminação do carro mostra o estado do meu rosto.

— Parece que acabei de trepar no banco da frente de um carro — reclamo, tentando não entrar em pânico ao passar os dedos sob os olhos, para tentar tirar um pouco do rímel e da sombra que tinham decidido ferrar com o meu momento.

— Porque você *acabou* de trepar no banco da frente de um carro. E foi uma trepada bem satisfatória, devo dizer. E você *deveria* dizer, quando for se gabar com o PJ sobre as minhas proezas sexuais, assim que entrarmos no clube, para que eu possa recuperar um pouco da minha dignidade — ele me informa.

— Sim, sim, vou contar para todo mundo que estiver por perto, o garanhão que você é. Será que agora podemos focar em mim? Parece que eu acabei de participar de um sexo grupal! — Falo, enquanto tento dar um jeito na bagunça que está o meu cabelo, que antes eu tinha cacheado à perfeição, mas que agora parecia que eu tinha enfiado o dedo na tomada.

— Sexo grupal, só comigo. Excelente! — Eric diz, com um sorriso; fecho o espelho e balanço a cabeça para ele, então abro a porta e saio, me virando para olhá-lo.

Sabe aquele momento quando você está encolhida no sofá, assistindo a um filme de terror e sabe que algo horrível está para acontecer, mas não importa o quão rápido o seu coração está batendo ou o quão alto você está gritando para a televisão, a garota idiota nos filmes *sempre* desce as escadas até o porão, onde será capturada por um assassino maluco, falando *"Tem alguém aqui?"*, em vez de fazer algo inteligente, como berrar e sair correndo na direção oposta?

Pois então. Diga olá para a garota idiota, que neste momento tem milhares de telespectadores gritando para ela se calar e CORRER.

— Você é maluco — falo para o Eric, mantendo a porta aberta, incapaz de segurar a risada perante o seu comportamento ridículo. — Ainda bem que eu amo você.

Capítulo vinte e um

MOSTRE PARA ELES OS SEUS LUGARES ARREGAÇADOS

Estou observando o meu reflexo no espelho do camarim do clube, com uma expressão aturdida. Consegui entrar lá mantendo um firme agarre na minha camiseta rasgada e me esgueirando pelas sombras das paredes, enquanto fazia a caminhada da vergonha sem ninguém me ver. E em menos de cinco minutos, tiro a minha fantasia de dentro da bolsa, que eu tinha lembrado de levar comigo quando saí correndo da caminhonete do Eric, me visto e retoco a maquiagem.

Não há nada que eu possa fazer com relação aos olhos arregalados que me observam de volta no reflexo. Não acho que consiga ajeitar isso nem com removedor de maquiagem.

— Não tema, as suas fadas madrinhas estão aqui, e temos a sua fantasia! — Belle anuncia ao abrir a porta do camarim, entrando rapidamente com a minha antiga fantasia de princesa, pendurada em um cabide na sua mão. Cindy vem logo atrás, fechando a porta.

— Caramba, como você está gostosa! E você está com cabelo pós-sexo — Cindy comenta, apontando para o meu cabelo, que eu tinha conseguido domar em um ondulado bagunçado e que estava solto pelos meus ombros e costas.

Meu rosto fica quente de vergonha quando penso no que acabei de fazer. Não o sexo, definitivamente não o sexo. Aquilo foi ótimo. E maravilhoso. E perfeito. Claramente estou entrando em pânico com o que aconteceu depois.

Cindy se aproxima, estudando meu cabelo e balançando a cabeça, divertida.

— Como é que você conseguiu fazer perfeitamente um cabelo pós-sexo? Eu não conseguiria nem se tentasse — ela fala, enquanto Belle coloca o vestido sobre a cadeira na frente da penteadeira.

— Eu consegui o perfeito cabelo pós-sexo porque fiz um sexo perfeito na caminhonete do Eric, no estacionamento, cinco minutos atrás. E aí eu disse que o amava.

Cindy arregala os olhos e Belle se vira e começa a pular para cima e para baixo, batendo palmas.

— Ai, meu Deus! Você transou com o Eric! Em um carro! Nós nunca transamos em um carro. Preciso adicionar isso à minha lista... — Ela anuncia, animadamente.

— Você está escutando as palavras que estão saindo da sua boca?! — Grito para ela. — Eu disse que o amava!

Ai, Deus. Acho que vou vomitar.

— Achei fofo. Estou feliz por você. — Belle fala, suavemente.

— Ele estava doente? Tipo, batendo as botas, e ele disse que tinha dois meses de vida? — Cindy pergunta, juntando as mãos com uma expressão preocupada.

Ao menos ELA me entende.

— Não! — Respondo, o que faz com que ela comece a andar em círculos.

— O Derrick Alfredo morreu e você sentiu que precisava confortar o Eric? — Cindy pergunta, ainda andando em círculos.

— Não! As palavras apenas saíram, e pareceram corretas quando eu disse, mas ele não falou nada, só ficou lá sentado, olhando, chocado, para mim.

Cindy para de andar e tira o celular do bolso de trás da calça jeans, então aperta alguns botões na tela.

— O que você fez? Você riu e disse que estava apenas brincando? — Ela pergunta, ainda olhando para o celular.

— NÃO! Fechei a porta do carro e fugi da cena do crime!

— Está tudo bem, vou cuidar disso. Tudo vai ficar bem. — Cindy me assegura, ainda digitando no celular.

— Claro que tudo vai ficar bem. Você está apaixonada! — Belle canta, alegremente, sem se importar que eu esteja em pânico. — Tenho certeza de que ele também a ama, você só o pegou desprevenido e saiu correndo antes que ele pudesse dizer alguma coisa. Cindy, o que diabos você está fazendo?

Cindy levanta o olhar para Belle como se estivesse a dois segundos de dar um soco na sua cara, e na verdade é uma sensação boa ter alguém extravasando a minha raiva, para que eu pudesse me preocupar em apenas entrar em pânico.

— Estou comprando passagens de avião para ela sair do país, Belle. É isto o que ela precisa neste momento. Ela acabou de dizer *eu amo você* primeiro, e não recebeu nenhuma resposta. Ariel não é o tipo de mulher que diz essas palavras primeiro, mais que isso, ela não é o tipo de mulher que não recebe uma resposta. Vou cuidar de você, amorzinho — ela fala e para, jogando um beijo no ar.

Aceno com a cabeça para ela, rezando para lembrar onde estava o meu passaporte.

— Ah, pelo amor de Deus. Ela não vai sair do país. Isso não é o fim do mundo. Nós não acabamos de comemorar por ela ter recuperado a autoconfiança? — Belle pergunta, arrancando o celular da mão da Cindy.

— Aquilo não foi comemorar, foi tortura! — Eu a lembro.

— Mulheres são predispostas a empurrar com a barriga, a emoção de confessar o seu amor — Belle me informa, levantando o braço no ar, fora do alcance da Cindy, quando ela tentar pegar de volta o aparelho. — É um mecanismo de defesa, que nos dá tempo para termos certeza do valor do parceiro. Você já passou tempo suficiente com ele, já o avaliou e chegou à conclusão de que o ama. Não há nenhum problema nisso, e você não vai sair da porra do país por causa disso.

Mordo meu lábio inferior enquanto ela se aproxima de mim e coloca as mãos nos meus ombros.

— Você realmente quis dizer aquilo? Você realmente o ama? — Ela pergunta, suavemente.

Eu não tenho nem que pensar sobre isso e rapidamente aceno com a cabeça, assentindo.

— Então aja de tal maneira! Você já conseguiu restaurar a sua autoconfiança, e acabou de transar em um carro, no estacionamento, com o homem que ama. E se ele não se sente da mesma maneira, o que eu tenho certeza de que sente, a Cindy e eu vamos regá-lo com gasolina e jogar um fósforo aceso nele, e depois dançaremos ao redor das suas cinzas. Ela pode até mijar nelas.

Cindy sorri e se aproxima para passar um braço ao redor da minha cintura.

— Eu definitivamente mijaria nele, mas a Belle está certa. Acabei colocando a carroça na frente dos bois e entrei em modo superprotetor sem nem pensar direito. Isso é uma coisa boa, você abrir o seu coração e deixar alguém entrar de novo. Ele a faz feliz, ajuda você a ter um ótimo cabelo pós-sexo, e vou chutar que ele também lhe deu um ótimo sexo no meio do caminho — ela brinca.

— Então, ótimo. Puta merda, isso é incrível — suspiro, sentindo minhas pernas e braços tremerem como os de uma mocinha em um romance histórico.

— Bem, aí está — Belle sorri. — Quem se importa se você disse as palavrinhas mágicas primeiro? Você é uma mulher forte e independente, que fala o que tem em mente, e agora, no coração. Vamos vestir você nessa fantasia, levar essa sua bundinha sexy para o palco, e lembrá-lo de como você é amável.

Ela se afasta para pegar a fantasia que tinha colocado em cima da cadeira, e eu balanço a cabeça quando ela levanta o vestido na minha frente.

— Não vou vestir essa coisa.

— Sim, você vai. É isso o que a gente faz. Para o nosso primeiro show, cada uma de nós usa essas fantasias idiotas, que vestimos na festa de Halloween do bairro, quando nos tornamos amigas e vivemos felizes para sempre, nas terras da amizade — Belle me lembra.

É verdade, tanto Cindy quanto Belle usaram as suas respectivas fantasias de princesas sobre as roupas de strip, entrando no palco todas pomposas, com aquelas peças ridículas de cetim, e então as arrancaram e jogaram para a plateia. Claro, minha fantasia de sereia não era tão grande assim, e nem tão horrenda, mas ainda assim… Elas precisaram usar aquelas fantasias no palco para terem coragem de tirar as roupas na frente de um clube cheio de gente. Elas precisaram daqueles poucos minutos para reunir coragem e se transformarem em mulheres cheias de sensualidade e poder feminino.

— Eu não preciso disso. Eu sou absurdamente gostosa e sexy, e vou subir confiante naquele palco. Não preciso me cobrir e nem tomar coragem para essa merda. Eu vou lá e mostrarei para todos, desde o começo, que valho cada nota de dólar e assobios. *Todas* as malditas notas de dólar e assobios — falo para as minhas amigas, com um sorriso.

— Isso mesmo! — Cindy fala, animada.

— Tudo bem, vou permitir isso, mas só porque o que você está usando agora está fazendo me subir um fogo — Belle adiciona, enquanto me viro na direção da penteadeira e observo meu reflexo no espelho.

No quesito roupa de stripper, não tem nada de glitter nos mamilos e nem calcinha fio-dental, mas me sinto muito bem. Sinto-me gostosa pra caramba, e sei que a minha atitude fará todos na plateia esquecerem que eu não estou vestindo algo tão ousado, como a maioria das strippers.

Basicamente estou vestindo um maiô verde iridescente, sem alças, que abraça cada curva do meu corpo como se tivesse sido pintado em mim, com desenhos de escamas pretas cobrindo o tecido. As conchas da fantasia, onde meus seios estão levantados e quase saindo para fora, são roxas, e estou calçando stilettos com glitter roxo, com saltos de quinze centímetros, para combinar.

Junto a tudo isso, também coloquei uma meia-calça roxa, que vai até o meio da coxa e que tem a barra presa por uma sexy cinta-liga. Meus únicos acessórios são um colar que fiz com conchas brancas de vários tamanhos, e luvas com o mesmo tecido do maiô, que cobrem os meus braços e estão presas nos dedos do meio por anéis.

Sorrio para o meu reflexo enquanto passo as mãos pelo meu corpo, me sentindo uma deusa, e sem conseguir esconder a minha animação por estar a ponto de subir naquele palco.

— Tenho 'Widen Open Spaces', do Dixie Chicks, pronta para tocar assim que você chegar lá — Belle me diz, pegando um pote de glitter corporal da penteadeira, e com um pincel enorme de maquiagem, começa a passar no meu decote.

— Por favor, me diga que ela está brincando — reclamo, olhando para Cindy.

— O quê? O que tem de errado com essa música? É legal, e tem uma batida que você pode dançar de forma lenta e sensual — Belle me informa.

— Fale o nome dessa música de novo. Devagar. E pense no que a Ariel fará com as pernas naquele *pole dacing* — Cindy pede.

— Wide Open Spa[11]... Ah, ok. Entendi agora. Sim, entendo por que vocês nunca querem que eu escolha as músicas — Belle diz, timidamente, enquanto continua a colocar glitter no meu peito.

— Cindy, abra a minha bolsa e pegue meu celular. Procure a música 'My Superman', do Stantigold, na minha conta do iTunes — peço, e corro a língua pelos meus lábios, pensando na última vez em que ouvi aquela música.

— Ah, essa é boa — ela murmura, abrindo a minha bolsa.

Sim, definitivamente é. Eric e eu tivemos uma sessão de amassos com essa música tocando ao fundo. Foi uma ótima noite. E apesar do fato de eu ter dito a ele que o amava e saído correndo como uma cagona, esta noite também será uma ótima noite. E daí que ele não tinha dito, na hora, que também me amava? Sei que ele se importa comigo, mesmo que ainda não me ame, e está tudo bem. Não sou mais aquela pessoa fraca, e não vou deixar que isso me quebre ou que me faça repensar tudo o que aconteceu entre nós.

Estou de volta e pronta para arrasar naquele palco, para relembrar ao ho-

---

11 Wide Open Spaces – A autora fez um trocadilho com o nome da música, que em português fica: Lugares Bem Abertos.

mem que amo o quão incrível sou, e com esperança de voltarmos para um dos nossos barcos e repetir a performance que aconteceu no estacionamento.

— Se vocês me derem licença, tenho uma plateia para deixar excitada — falo para as minhas amigas, me afastando e indo em direção à porta do camarim, quando escuto ecoar pelo sistema de som do clube, a minha apresentação.

— *Ela vem das profundezas do oceano, para deixar vocês malucos e molhados! Uma salva de palmas para Ariel!*

— Vá lá, tigresa! — Cindy grita para mim. — Vá se balançar naquele *pole dacing* e mostre para ele os seus lugares arregaçados!

As minhas duas amigas riem histericamente e, de costas, eu lhes mostro o dedo do meio de cada mão, enquanto passo pela porta e vou para o palco, segurando com as duas mãos a cortina de veludo, e respiro profundamente.

Puta merda, eu consegui. E não morri.

Esses são os únicos pensamentos que tenho na minha cabeça quando a música termina e finalizo com uma última pose: pernas afastadas, costas coladas no *pole,* e segurando-o com uma mão acima da minha cabeça. Meu peito está pesado enquanto tento recuperar o fôlego, e a adrenalina corre tão depressa no meu sistema, que parece que vou sair do meu corpo.

Todos no clube estão de pé, gritando, assobiando e aplaudindo. Não consigo evitar que um sorriso enorme tome conta do meu rosto, ou que uma risada venha à tona. Todos estão gritando meu nome e, puta merda, tudo o que eu consigo pensar neste momento é que mal posso esperar para fazer isso de novo. Foi tão libertador, incrível e *divertido.*

Quero me dar um soco por ter demorado tanto para tomar coragem e subir neste palco, e agora aprecio Cindy e Belle mil vezes mais do que antes, porque elas foram capazes de vestir suas fantasias e fazer isto antes de mim.

Afasto meu corpo do *pole,* e meus olhos correm pela multidão até que encontro quem estou procurando. Não me permiti olhar para ele enquanto dançava, porque estava com medo de que isto me deixasse nervosa. Mas agora que terminei, tudo o que quero é pular do palco e me jogar nos seus braços.

Quando vejo Eric desviando das pessoas que ainda estão de pé e assobiando, com nada mais do que uma expressão de orgulho enquanto olha para mim, faço exatamente isso. Em vez de desaparecer por trás da cortina, vou para o lado contrário e o encontro na beirada do palco, pulando para os seus braços abertos.

Ele me segura firme, então passo minhas pernas ao redor da sua cintura e enterro meu rosto no seu pescoço, enquanto ele nos gira, me fazendo rir e sorrir e me abraçar ainda mais a ele.

Quando finalmente para de nos girar, afasto a minha cabeça para olhá-lo.

— Só quero que você saiba que não me arrependo do que disse para você, quando estávamos no estacionamento. Eu amo você pra caralho, e não me importo se você não se sente da mesma maneira, porque…

Eric interrompe a minha declaração ao colar a boca na minha. Ele me beija forte e com objetivo, e sei que neste momento não me arrependo nem um pouco da maneira como me sinto, porque ele merece ouvir isso.

Ele termina o beijo e afasta a cabeça, então eu tiro as pernas da sua cintura e ele me abaixa lentamente, até que meus pés tocam o chão, e levanta uma mão para acariciar meu rosto.

— Eu só quero que você saiba que eu também amo você pra caralho, Ariel Water — ele me diz, com um sorriso, enquanto olha nos meus olhos.

Arfo, surpresa, ainda olhando para ele, me perguntando se é possível morrer de felicidade.

— Sim, bem, só se lembre de quem falou isso antes, amigão — digo para ele, com um sorriso.

Sinto seu peito vibrar contra o meu com uma risada, então levo minhas mãos para trás da sua cabeça e o puxo para mais um beijo.

Capítulo vinte e dois

PEDAÇOS DE MERDA DE PINTO PEQUENO

— Então, como foram as coisas quando vocês chegaram em casa, ontem à noite? — Cindy pergunta, enquanto coloco o telefone ao ouvido e me espreguiço, sorrindo para o teto quando sinto doer lugares que eu nem imaginava ser possível.

— Ontem à noite, depois que chegamos do Charming's, Eric e eu celebramos nossas declarações amorosas fazendo amor deliciosamente em uma cama cheia de pétalas de rosas e à luz de velas, com Marvin Faye tocando no sistema de som do meu barco.

Ai, Jesus. Eu não consigo nem dizer isso de maneira séria. Imediatamente caio na risada, e coloco o celular no viva-voz enquanto saio da cama e observo os lençóis revirados.

— Estou brincando. Ele me fez ficar com as meias e a cinta-liga, e os stilettos roxos. Quebramos uma cadeira da cozinha, uma banqueta do bar, e então ele fez um buraco na parede do corredor, com um soco, quando chupei seu pau, seguido por ele me colocando de quatro na cama, onde trepamos até eu desmaiar. Tudo isso enquanto Nine Inch Nails tocava — digo para ela, sorrindo para a cama e desejando que ele não tivesse que sair correndo para trabalhar hoje de manhã.

— Jesus Cristo, acho que acabei de gozar — ela murmura.

— Não me diga que você e o PJ já passaram da fase da lua de mel. Vocês acabaram de se mudar — eu a lembro, jogando o celular na cama, e pego um short de algodão do gaveteiro; visto-o, assim como uma regata branca novinha, do The Naughty Princess Club, que eu tinha desenhado e que fora entregue ontem.

— Ah, não mesmo. É incrível, parece que sempre moramos juntos. Mas você sabe, tenho uma filha adolescente. Não podemos simplesmente sair quebrando os móveis quando ela está em casa — Cindy explica, e eu pego o telefone e vou para a cozinha fazer café.

— A mãe do Eric quer me conhecer amanhã. Ele me perguntou se eu iria no almoço com ele — falo rapidamente, enquanto ligo a cafeteira que o Eric tinha deixado pronta para mim, antes de sair.

— Caramba, e você está me dizendo isso só agora?! — Ela grita ao telefone.

— Estamos conversando há dez segundos, retardada, e não há duas horas. E pare de gritar, ainda não acordei — reclamo, batendo os dedos na bancada, enquanto espero pelo meu café.

— Da próxima vez, comece com isso. Quer dizer, a recapitulação do sexo foi boa, mas, puta merda, isso é grande. *GRANDE!* — Ela grita de novo.

— Não é assim tão importante — murmuro, sabendo que é, *sim,* importante, e tentando não entrar em pânico.

Quer dizer, ele já conheceu o meu pai e nenhum de nós morreu por causa disso. E os dois conversam ao telefone mais do que duas adolescentes usando *Snapchat*. Sei que ele disse que a mãe era meio distante e toda focada no trabalho, mas ele também falou que eu a adoraria. Estou tentando deixar de lado o prejulgamento por ela sempre tê-lo deixado com babás, e não ter passado os aniversários do Eric junto com ele, porque não consigo imaginar como deve ter sido perder o seu marido. E já que ele me disse que tudo o que ela tinha feito fora por amor a ele, e para assegurar o seu futuro, isso significa que ela não deve ser tão ruim assim, não é?

— Diga-me exatamente o que ela disse para ele, e não deixe nenhum detalhe de fora — Cindy ordena, quando desisto de esperar o café e rapidamente troco a jarra por uma caneca, aguardando até que esteja cheia.

Colocando a jarra de volta, bebo o máximo de café que consigo sem queimar a minha boca, sem nem me incomodar em adicionar creme e açúcar.

— Eu não escutei o que ela falou, apenas as respostas do Eric — falo para ela, me lembrando de nós dois deitados na cama, mais cedo, e de como eu tinha gemido em protesto quando o celular soou e ele se afastou de mim.

— *Tenho certeza de que ela adoraria ir comigo para o almoço, mãe, mas vou perguntar* — Eric disse, quando eu me sentei na cama e cobri meus seios com o lençol, como se a mulher do outro lado da linha pudesse me ver.

— *Sim, me certificarei de que ela saiba que você está animada por eu finalmente levar uma mulher para conhecer você, em vez de mantê-la acorrentada no porão* — ele *responde prontamente, revirando os olhos para mim, antes de continuar:* — Não, mãe, isso foi uma piada. *Eu sei que você não falou nada sobre acorrentar mulheres, e não mencionarei isto quando falar com ela. Além disso, eu não tenho mulheres acorrentadas no meu porão. Moro em um barco, não tenho um porão. Eu as mantenho acorrentadas no meu* closet.

— Sim, eu acho que sou engraçado, obrigada por notar — Eric suspira. — *E, sim, falarei para ela se vestir de acordo, mesmo que isso soe rude e pretensioso. Certo, amanhã às onze. Estou tão animado que mal posso me conter. Acho até que me mijei um pouco. Sim, isto foi outra piada. Não, eu não me molhei, como você educadamente falou. Eu ainda sei onde devo urinar. Sim, vou tentar me comportar e não envergonhar você na frente da Ariel. Então está bem, tchau.*

Cindy suspira quando eu termino de lhe contar sobre o telefonema.

— Bem, ela soa como uma esnobe. Ao menos ela falou que estava animada para conhecer você, e que não queria que ele a envergonhasse na sua frente. Isto dá a ela alguns pontos — Cindy fala. — O que você vai vestir?

— Pensei em usar tapa mamilos e fio-dental, já que não pude usá-los no Charming's ontem à noite. Você sabe, para quebrar o gelo com a mulher — digo para Cindy.

— Meu Deus do céu, nunca vi um casal mais perfeito um para o outro do que você e o Eric — ela fala, enquanto ando ao redor da ilha, apoio a minha caneca de café e passo a mão no busto de cerâmica que o Eric comprou para mim no mercado de pulgas.

Toda vez que olho para essa coisa, acabo sorrindo e me lembrando do dia que, com toda certeza, foi o momento em que percebi que estava apaixonada pelo Eric. Ele tinha devolvido uma parte de mim, ao começar a minha nova coleção de antiguidades. E mesmo que essa peça seja ridícula, significa mais para mim do que ele possa imaginar, e o quão importante é para mim ter *algo* assim no local onde moro.

— Ariel Water? Você está aí dentro?

Afasto-me da ilha quando escuto alguém chamar o meu nome, do lado de fora do barco; olho, confusa, para as escadas, e percebo uma sombra passar por elas.

— Tenho que ir, alguém acabou de chegar — falo para Cindy, prometendo retornar a ligação mais tarde, para que ela me ajude a escolher uma roupa para eu usar no almoço.

Atravesso a sala de estar, paro na base da escada e olho para cima, chocada com quem está ali.

— Ursula? Ursula do Fórum? — Pergunto, enquanto ela desce os degraus, ainda me observando.

Claro, entre, fique à vontade, não precisa esperar por um convite ou nada do tipo.

Ela está vestindo outro terninho elegante e caro, parecido com o que eu a tinha visto no outro dia, quando entreguei a papelada, e que combina perfeitamente com o cabelo grisalho e curto, que balança quando ela termina de descer a escada. Um nervosismo começa a se formar na minha barriga: — *Por que diabos ela está aqui?* — mas eu rapidamente o afasto.

Ela não teria vindo até aqui para me dar más notícias, em vez de ligar ou mandar uma mensagem. Ninguém faz isso. Mesmo alguém tão vaca quanto ela. Sinto que isso seria algo abaixo dela, e uma perda de tempo. Apenas espero que esta visita em pessoa signifique que o nosso pedido foi aprovado, e que não terei de dizer para Cindy e Belle que ferrei com tudo.

— Bem-vinda ao meu lar. Você gostaria de um pouco de café? Acabei de fazer. Quer dizer, meu namorado deixou pronto antes de sair, mas eu liguei a cafeteira, então tecnicamente fui eu que fiz — divago, com uma risada nervosa, indicando a cozinha com a cabeça, para que ela me seguisse.

Ursula ajeita no ombro a alça da sua enorme bolsa de marca, que é possível que contenha algumas cabeças decapitadas, sem nem dar um sorriso enquanto me segue pela sala de estar.

Caminho rapidamente ao redor da ilha e pego uma xícara do armário acima da cafeteira, despejando o líquido e derramando-o na minha mão quando me viro.

— Merda, porra, cacete — murmuro, chacoalhando a mão enquanto apoio a xícara na bancada, levanto o olhar e vejo a mulher me observando com nojo. — Quer dizer, caramba, que quente.

Outra risada nervosa sai da minha boca, e mentalmente me xingo e me recomponho enquanto lhe passo a xícara.

— Essa camiseta é… — Ursula finalmente diz, mas para de falar e observa a minha camiseta, apontando para ela.

É de um azul-anil e colada ao corpo, e tem o desenho de uma Cinderela sexy, com um decotão, e brincando com um colar de pérolas no pescoço. Embaixo do desenho está escrito "The Naughty Princess Club", em letra

Beije a Garota

163

cursiva e em rosa pink. Fiz cada uma de nós em um desenho sexy das nossas respectivas princesas. A da Belle era em amarelo, e a minha, em verde. Pedi uma prova apenas da camiseta da Cindy, só para ver se servia, antes de fazer o pedido completo e colocá-las à venda no nosso site, junto com canecas, ímãs e um monte de outros produtos com os mesmos modelos de imagens, pensando que seria uma ótima maneira de promover a nossa empresa, além de render um dinheiro extra.

— É fofa, não é? Não muito explícito ou inapropriado para o público em geral. Meio que como o nosso negócio — falo para ela.

E, sim, com outra maldita risada nervosa.

— Sinto informar, mas o Conselho se decidiu contra a solicitação da licença de vocês — Ursula fala, levantando o queixo.

Caramba, será que ela poderia ir com mais calma com essa merda? Talvez primeiro falar um pouco sobre o tempo? Que tipo de monstro é essa mulher?

Sinto meu estômago pesar uma tonelada, e o café que eu tinha bebido, agora ameaça sair exatamente por onde entrou, enquanto eu pressiono minha barriga com a mão e tento não gritar.

— Por favor, diga que você está brincando — sussurro, imaginando o porquê daqueles idiotas mandarem uma assistente aqui para dar a notícia, em vez de fazerem isto eles mesmos, aqueles pedaços de merda de pinto pequeno.

— Posso lhe assegurar que isso não é uma brincadeira. É apenas uma questão de você não fazer o que foi solicitado: entregar o pedido na data correta. O Conselho também decidiu que a sua empresa não se enquadra nos parâmetros da comunidade, e não traria lucros suficientes para beneficiar a comunidade, com a pequena quantidade de imposto que geraria. Muita dor de cabeça para algo que não vale a pena — a mulher fala, com absolutamente zero emoção ou qualquer traço de simpatia, enquanto fica parada na minha cozinha, estraçalhando os meus sonhos.

— Mas esse é o nosso *trabalho*. É a nossa *vida*. É assim que pagamos nossas contas e sustentamos nossas famílias. É uma maneira honesta de ganhar dinheiro, mesmo que eles não pensem assim, e não estamos fazendo nada de errado. Esse negócio está crescendo a cada dia, e gera lucro suficiente para beneficiar a comunidade. Certamente há alguma forma de apelar dessa decisão, não?

Ursula solta um suspiro irritado, e preciso de toda a minha força de vontade para não me jogar sobre ela e fazê-la tirar essa expressão do rosto, na base da porrada. Mas descer o cacete na mensageira não é um favor para mim e nem para o The Naughty Princess Club. Por mais que esteja me matando, tenho que manter a calma e a cabeça limpa, em vez de gritar obscenidades para ela.

— A próxima reunião do Conselho é no final da semana que vem. Você pode comparecer e defender o seu caso pessoalmente, mas já adianto: a decisão já foi tomada, e o Conselho sempre é firme quanto a isso. Agora, se você me der licença, tenho que ir para uma reunião.

Com isso, ela vira de costas para mim, e como se estivesse acontecendo tudo em câmera lenta, vejo a monstruosidade que ela chama de bolsa, esbarrar no busto do Eric. O objeto sai voando da bancada enquanto ela se afasta, e escuto um barulho alto de algo se estatelando e quebrando no chão.

Corro até o local do crime e arfo quando vejo o busto quebrado em milhares de pedaços sobre o tapete. Deve ter batido contra uma banqueta do bar quando caiu. E como sabe-se lá Deus quantos anos tinha, era frágil e incapaz de sair à salvo de uma queda como aquela. Caio de joelhos sobre o tapete, com meus olhos cheios de lágrimas enquanto observo aquela antiguidade ridícula, que eu estava olhando alguns minutos atrás, pensando em como era preciosa para mim e o que simbolizava: me apaixonar pelo Eric e voltar a me encontrar.

— Ah, desculpe por isso — Ursula murmura enquanto olha para mim, nem um pouco sentida pelo que aconteceu, e com um sorrisinho no rosto, como se ela soubesse exatamente o que aquilo significava para mim.

Que. Se. Foda. Nunca mais vou deixar ninguém fazer com que eu me sinta que não sou boa o bastante.

— Que horas você falou que era a reunião do Conselho? — Pergunto, afastando as lágrimas e olhando nos olhos daquela mulher maléfica, com uma expressão decidida.

— Sábado, seis da tarde — ela fala, cerrando os olhos e com uma careta, como se tivesse acabado de chupar um limão.

— Maravilha. Diga ao Conselho que estaremos lá. E não vamos aceitar essa decisão sem lutar, então é bom que aqueles pedaços de merda de pinto pequeno se preparem.

Capítulo vinte e três

ESTOU NA PORRA DO THE TWILIGHT ZONE?

— Vai ficar tudo bem. Vocês são incríveis, e tenho certeza de que serão capazes de encontrar uma saída para esse problema. Você sabe que estou ao seu lado, se precisar de ajuda com qualquer coisa — Eric me diz, assim que entra em um condomínio fechado, logo na saída da cidade. Minhas mãos começam a suar.

Não entrei muito em detalhes com ele sobre o que aconteceu ontem, com a Ursula. Eu estava muito irritada para fazer algo mais do que caminhar pela cozinha, bater as portas dos armários e murmurar todos os xingamentos que conhecia, e me entupir de *cupcakes*. Tudo o que tinha dito ao Eric era que tinha dado um problema com a nossa papelada. Pareceu errado dar para ele toda a informação, quando eu nem tinha conversado ainda com a Cindy e a Belle.

Contarei, só que antes preciso passar por este almoço. Uma crise de cada vez.

— Jesus Cristo, a sua mãe mora aqui sozinha? — Pergunto, observando de boca aberta, enquanto Eric estaciona na entrada circular de uma casa com uma enorme fachada de pedra calcária branca, com direito a uma fonte de mármore.

O teto da entrada tem uma redoma de verdade, com imagens da mitologia grega entalhadas nela. *Uma redoma.* Esta casa tem facilmente dois mil metros quadrados, e engulo em seco enquanto olho ao redor.

Sério, parece errado chamar isto de casa. É uma mansão. A porra de um palácio. Uma estrutura gigantesca de pedra, com mais janelas do que consigo contar, e uma garagem para três carros.

— Sim — Eric ri, inclinando-se e segurando a minha mão, depois de desligar o carro. — Bem, ela tem uma empregada que mora aqui, uma governanta e um caseiro, então ela nunca está realmente sozinha.

Pelo amor de Deus, estou completamente fora da minha zona de conforto.

Eu sabia que a família do Eric tinha dinheiro. Merda, eu sei que ele *tem* dinheiro, mas isto aqui é mais do que eu tinha imaginado. A varanda de entrada tem pilares de mármore. Porra de pilares de mármore! Com certeza eu não ficaria com farpas na bunda se os escalasse, como escalei os lá de casa, quando os policiais apareceram para me despejar.

Rio com o pensamento de escalar aqueles negócios, com o vestido que estou usando.

— Você está bem? — Eric pergunta, segurando a minha mão e beijando-a.

— Só estou me perguntando se estou vestida corretamente. Acho que talvez um vestido de gala e uma tiara seriam mais apropriados. Talvez um casaco de pele e um daqueles cetros — murmuro, largando a mão do Eric para sair da caminhonete.

Eric me encontra do outro lado do carro, colocando uma das suas mãos na minha cintura e acariciando minhas costas com os dedos.

— Mesmo se você estivesse usando uma das minhas camisetas, ainda assim estaria perfeita — ele diz, sorrindo para mim. — Mas tenho que dizer, este vestido está me deixando louco. Já estou pensando em arrastar você para o escritório, fazer você me chamar de senhor, e incliná-la sobre a mesa.

Minha pele se aquece com a imagem do que ele acabou de dizer, e coloco minhas mãos no seu peito. Depois de uma videochamada de uma hora, com a Cindy ontem à noite, durante a qual mostrei todas as peças de roupa que eu tinha, ela finalmente decidiu que eu deveria usar o vestido verde e preto, estilo social, que estou atualmente vestindo.

Comprei-o para usar quando estava trabalhando na minha loja, alguns anos atrás, e não toquei nele desde então. Ele se cola às curvas do meu corpo, e termina bem acima do joelho. Com uma manga pequena e curta e um decote quadrado, estou mostrando apenas um pouquinho de pele, mas nada comparado a uma atriz pornô, já que almoçar em uma mansão chique, com a mãe do Eric, não me pareceu que fosse apropriado deixar meus peitos pulando para fora. As mangas do vestido são pretas, assim como a lateral e as bainhas, enquanto o resto era de um verde-esmeralda. Cindy disse que essa era a minha cor de poder. Combinava com os meus olhos, e quando experimentei o vestido para lhe mostrar, ela pôde ver imediatamente a confiança reluzindo na minha expressão.

Eric segura a minha mão e entrelaça os dedos nos meus, e os stilettos pretos que estou calçando ecoam no chão de pedra, enquanto caminhamos

Beije a Garota

167

para a casa.

— Não fique nervosa. Minha mãe vai adorar você — ele me assegura, quando paramos na frente da enorme porta feita de cerejeira.

Enquanto me arrumava hoje pela manhã, repassei todas as coisas que Eric tinha dito sobre a mãe e que eu tinha apreciado, para tentar me sentir melhor com esse almoço. Ela é uma mulher inteligente, que mais do que quadruplicou os negócios da empresa do pai do Eric, depois que ele tinha falecido. É uma mulher de negócios que fez tudo o que podia para prover para o filho e se assegurar de que ele tivesse um futuro sólido. E claramente ela é uma mulher forte e independente, considerando que fez o pai do Eric usar o sobrenome dela. Teoricamente temos muito em comum, e sei que não tenho por que estar nervosa com este almoço.

— É claro que ela vai me adorar, eu sou incrível pra caramba — sorrio para ele, que ri e se inclina na direção da maçaneta da porta.

A porta se abre antes mesmo que ele a toque, e uma mulher de meia-idade, com os mesmos cabelos escuros que o Eric, segura a porta aberta com um sorriso no rosto. Ela tem algumas mechas grisalhas e usa o cabelo em um coque baixo. Está vestindo calças de alfaiataria pretas, uma blusa levinha, em tom pêssego, e sapatilhas, e definitivamente sinto que não preciso mais do casaco de pele e nem do cetro. Estou perfeitamente contente com o vestido que escolhi.

— Bem, quem é vivo sempre aparece. Você não liga, não escreve, não visita… Você é um merdinha egoísta e sabe disso, não é?

Eric dá uma gargalhada e eu rapidamente percebo que todo o meu nervosismo foi por nada. Já estou meio apaixonada por essa mulher.

Ele solta a minha mão e passa pela porta, pegando a mãe nos braços enquanto ela solta um gritinho, batendo no seu ombro e lhe dando um olhar sério, mesmo que esteja sorrindo para ele.

— Coloque-me no chão! Onde estão as suas maneiras? Você deixou essa pobre e linda criatura parada ali, sem nem me apresentar? O que há de errado com você? Essa não foi a educação que lhe dei!

Eric finalmente a coloca no chão, se vira para segurar a minha mão e me puxar para dentro de casa e para o seu lado, passando o braço ao redor da minha cintura.

— Melinda, essa é a minha namorada, Ariel.

Sinto meu coração dar uma cambalhota quando o escuto me apresentando como sua namorada. Não consigo evitar que um sorriso tome conta

168 TARA SIVEC

do meu rosto, e sinceramente espero que tenhamos um tempo sozinhos nessa tarde, para fugirmos para o escritório que ele falou, para que eu possa agradecê-lo apropriadamente.

Melinda me dá um sorriso gentil quando me aproximo para cumprimentá-la.

— Eric, essa mulher incrível é claramente muita areia para o seu caminhãozinho. Você a drogou? Forçou a coitada a sair com você, contra a vontade dela? Querida, pisque uma vez para sim, se você precisa de ajuda para se afastar desse galinha.

Solto uma risada nada feminina, e Eric bufa em protesto, ao meu lado.

— Ariel, essa adorável mulher sem filtro é a Melinda, minha antiga babá.

Sinto meu sorriso diminuir um pouco, enquanto aperto a sua mão.

Merda. Não é a mãe dele. Ok, tudo bem.

— Pare de me apresentar assim — Melinda reclama. — Eu administro a casa, muito obrigada. Mereci a promoção depois de criar esse ser teimoso, quando ele fugiu para a faculdade.

Melinda solta a minha mão e nos leva para o hall de entrada da casa, enquanto Eric fecha a porta. Não há nada além de mármore branco, para onde quer que eu olhe. Mármore branco na mesinha de centro, no chão, nas pequenas estátuas que eu sei que não são antigas, mas posso dizer, só de olhar, que custam mais do que ganho em um mês no The Naughty Princess Club. E claro, mais pilares de mármore que iam do chão até o teto, absurdamente alto.

Engulo em seco enquanto Melinda nos leva para o próximo cômodo, que percebo que é uma sala de estar formal. Formal como em: *Puta merda, a mãe dele almoça com a rainha, de tempos em tempos?* A mesa é feita de uma brilhante cerejeira escura, com vinte e quatro cadeiras. *Vinte e quatro.* Eu nem *conheço* vinte e quatro pessoas. Cadeiras com encostos altos dourados e estofamento de um brocado vermelho-escuro, estavam dispostas ao redor da mesa, combinando com o papel de parede. A mesa está posta com a mais fina porcelana branca, com desenhos em dourado, taças de cristal, e tantos talheres de prata, que estou começando a me sentir de novo como a Julia Roberts em *Uma Linda Mulher*, me perguntando qual garfo devo usar primeiro.

— A sua mãe está falando com o cozinheiro para se certificar de que as coisas estão como ela quer. Você sabe como ela é — Melinda fala para o Eric, revirando os olhos. — Por que vocês dois não se sentam, enquanto vou pegar algo para vocês beberem e aviso que estão aqui?

Beije A Garota

169

Eric afasta uma cadeira para mim, a dois lugares da cabeceira da mesa, onde, acredito eu, a mãe dele se sentará, e então se senta ao meu lado, à esquerda. Graças a Deus por isso. Meu nervosismo está de volta, com força total, e ter o Eric entre nós faz com que eu me sinta um pouco melhor.

Ele coloca o braço no encosto da minha cadeira e sinto seus dedos brincarem com o meu cabelo, que eu tinha estilizado em ondas suaves e deixado soltas pelas minhas costas.

— Melinda é incrível — ele fala para mim, e se inclina para acariciar meu pescoço com o nariz.

— Sim, mas você é mais.

Rio suavemente e suspiro, quando ele beija meu pescoço.

— E isso é possível? — Murmuro, fechando os olhos quando o sinto morder delicadamente a pele do meu pescoço.

— Caramba, só quero arrancar esse seu vestido e fodê-la até desmaiarmos — ele sussurra, beijando o caminho até a minha orelha.

Pelo amor de Deus, ele é incrível. Com apenas o toque dos seus lábios e algumas palavras, meu nervosismo tinha desaparecido, dando lugar ao desejo. Provavelmente não é a melhor coisa para se sentir quando estou a ponto de conhecer a sua mãe, mas é melhor do que sentir como se fosse vomitar.

— Desculpe, estou interrompendo alguma coisa?

Eric se afasta do meu pescoço, com um suspiro, e eu abro os olhos, arfando quando vejo o rosto familiar à minha frente, parado atrás da cadeira da cabeceira da mesa, olhando para Eric e eu com uma expressão azeda.

Estou na porra do The Twilight Zone[12]*?!*

— É bom ver você também, mãe. Essa é a minha namorada, Ariel.

Não tenho a mesma sensação maravilhosa quando ele me chama de namorada, como quando aconteceu minutos atrás com a Melinda. Neste momento, sinto uma bola incandescente de pavor na boca do estômago, queimando por dentro.

— Ariel, essa é a minha mãe. Ursula Sailor.

Eu não deveria ter abaixado a minha guarda. Eu deveria saber que o outro sapato sempre estaria pendurado por aí, esperando para cair. E claro que não é um sapato lindo, delicado, e com glitter. É a porra de uma bota de combate, me dando um chute bem no meio da bunda.

---

12 **The Twilight Zone –** Aqui no Brasil, a série de televisão recebeu o nome de 'Além da Imaginação', que apresenta histórias de ficção científica, suspense, fantasia e terror.

Capítulo vinte e quatro

VÁ SE FERRAR, BOTA DE COMBATE

Isto é apenas um sonho. A qualquer momento vou acordar, coberta de suor e arfando, e vou rir, porque foi só um terrível pesadelo.

Belisco-me sob à mesa, e quando não me encontro debaixo dos cobertores na minha cama no barco, começo a imaginar que talvez morri em algum momento dos últimos quinze minutos e estou no inferno. Talvez eu tenha tropeçado ao descer a escada, batido a cabeça nos degraus e sangrado até morrer, antes que alguém pudesse me salvar. Talvez o lustre do hall de entrada tenha se soltado e caído em cima de mim, me dando um traumatismo craniano. Ou talvez a Ursula tenha me dado uma facada nas costas, quando entrou na sala de jantar e viu o filho de chamego comigo à mesa.

Isso seria até mais crível do que qualquer outra coisa, já que parece que me sinto como se ela tivesse me dado a porra de uma facada nas costas, enquanto estou aqui ouvindo-a conversar com Eric sobre o que está acontecendo na Sailor Yachting, agindo como se nunca tivesse me visto antes, como se não tivesse olhado para mim, de nariz empinado, nas duas vezes em que a encontrei.

Fingindo como se não tivesse ido ontem até o meu barco e arruinado tudo pelo que Cindy, Belle e eu trabalhamos tão duro, sem se importar minimamente. Como se não soubesse exatamente quem eu era, mesmo morando no maldito barco do filho dela. E ela quebrou o busto de cerâmica do Eric. Quando aconteceu, imaginei que tivesse sido um acidente, mas agora vejo que não foi bem assim.

Eric ainda está com a mão sobre o encosto da minha cadeira, e seus dedos ainda brincam com o meu cabelo enquanto conversa com Ursula. Ele tinha se afastado de mim e não tem ideia do quão em pânico estou. Não tem ideia do quanto quero afastar a cadeira da mesa, me levantar, apontar o dedo para a mãe dele e gritar: *AHÁ! SUA VACA CONIVENTE!*

Ursula olha para mim de vez em quando enquanto eles conversam, e tem a mesma expressão de quando o gato come um canário, cheia de si mesma. Eu não sei o que diabos ela está aprontando.

Por que ela não disse para o Eric que nos conhecemos, quando ele nos apresentou? E mais, por que *eu* não falei? Posso facilmente culpar o choque, mas qual era a desculpa dela? Toda aquela baboseira com ele ao telefone ontem, sobre estar animada para me conhecer, que merda foi aquela?

A campainha toca repentinamente, com um som longo e chique, e Ursula olha para mim e sorri, o que faz o meu sangue gelar.

— Parece que o nosso outro convidado chegou. Se vocês me derem licença... — ela fala e desaparece, indo para o hall de entrada.

— Ai, merda — Eric murmura. — Já vou me desculpando: ela provavelmente convidou o prefeito ou o governador, ou alguma merda dessas, para tentar impressionar você.

— O... o prefeito? — Pergunto, quando escuto uma risada vinda do hall.

— Sim, ele foi para a faculdade com o meu pai. Nossas famílias são amigas desde que eu consigo me lembrar. É um cara legal, mas entediante pra cacete — Eric diz.

Puta merda. PUTA MERDA!

No outro dia, lá no Fórum, falei para a Ursula que o PJ era amigo do prefeito, e que, com certeza, ficaria feliz em apoiar o The Naughty Princess Club. O detector de mentiras diz: *ISSO É UMA MENTIRA!*

Ursula não é apenas amiga do cara, como tenho certeza de que secretamente ela deve ter dado boas risadas quando contei aquela mentira, para tentar provar a ela que temos amigos nos postos altos da sociedade.

Enquanto coloco um sorriso falso no rosto, meu nível de pânico chega à estratosfera.

Alguns segundos depois, o som de saltos ecoando pelo chão de mármore faz Eric se virar na cadeira; já eu, observo os talheres à minha frente, imaginando se seria melhor espetar a Ursula com um garfo ou se eu deveria me dar uma facada, para acabar de vez com esta agonia.

— Filha da puta... — Eric sussurra, rapidamente tirando o braço do encosto da minha cadeira e segurando a minha mão por baixo da mesa.

Ele entrelaça os dedos nos meus enquanto coloca nossas mãos unidas sobre a mesa.

— Prometo que vou recompensar você por isso. O que você quiser, é seu. Quer a sua própria fazenda, para aulas de ioga com cabras? Comprarei uma para você. Eu já estava planejando repor o busto quebrado, que você deixou cair, mas se você quiser cem deles, mandarei fazer. Porra, encomendo duzentos. Você quer uma fábrica de *Pringles*? Feito. Sério, faça uma lista. Será tudo seu.

Sim, falei para o Eric que *eu* tinha batido no maldito busto e o quebrado, nem me pergunte por quê. E outra, sobre o que ele estava falando?

— Eric, querido. Veja quem decidiu voltar para casa — Ursula anuncia ao entrar na sala de jantar, com a mão no cotovelo de uma mulher de mais ou menos a minha idade.

Mas não é apenas qualquer mulher. Ela era linda, de longos e reluzentes cabelos negros, pele bronzeada, lábios cheios e em forma de coração, maçãs do rosto perfeitas, enormes olhos verdes coroados por longos cílios escuros, e sem um grama de gordura no corpo. Ela está usando um vestido azul-claro solto, com um cinto de cetim ao redor da minúscula cintura, e Ursula se inclina para ela quando se aproximam da cadeira do Eric.

Eric solta um suspiro não muito contente, que só eu posso ouvir, e se levanta.

— Eric! Ai, meu Deus, é ótimo ver você. Lindo como sempre — a mulher fala, colocando as mãos nos ombros dele.

— Vanessa, é bom ver você de novo — ele responde enquanto ela beija o ar, em vez de as bochechas dele, com suas mãos ainda no mesmo lugar, ficando perto demais do Eric.

Parece que encontrei uma nova vítima para espetar com o garfo.

Eric se livra das mãos dela e se vira para mim com um sorriso, que faz o meu próprio sorriso não parecer tão forçado.

— Ariel, essa é Vanessa Kostopoulos. Vanessa, essa é o amor da minha vida, Ariel.

Ah, ele definitivamente vai conseguir uma boa trepada, antes mesmo de voltarmos para o barco.

Não que eu precisasse que ele adicionasse isso ao me apresentar, já que eu consigo lidar com essa piriguete se ela tiver alguma ideia. Mas, com certeza, não faz mal.

— Adorável conhecer você, Aria — Vanessa diz; o sorriso que ela me dá nem chega a mover a sua feição, como quando ela estava falando com o Eric.

— É *Ariel* — a corrijo. — Sabe, como a princesa.

Dou um sorriso enorme enquanto a vejo ir para o outro lado da mesa, e Eric se engasga com uma risada, se inclinando para beijar a minha cabeça antes de voltar a se sentar.

Assim que Ursula se senta na cabeceira da mesa, e Vanessa se senta do outro lado, na frente do Eric, ele se inclina e segura novamente a minha mão, dando um apertãozinho, e apoia as nossas mãos unidas na sua coxa, sob a mesa.

Ninguém fala enquanto o cozinheiro e alguns garçons entram na sala de jantar por uma porta vai e vem, carregando pratos que colocam à nossa frente, em cima dos pratos que já estavam postos.

Pratos em cima de pratos. Caramba, pessoas ricas são ridículas.

Olho para o que acabaram de colocar na minha frente, rezando para que voltassem com mais comida. Quando alguns segundos se passaram e ninguém mais passou pela porta, e todos começaram a pegar os talheres de prata, percebo que eu estava errada. *Isso* é o inferno.

O menor omelete que eu já tinha visto, com algum tipo de folha verde, está em um canto do prato; ao lado, há três pedaços de melão cortados em forma de rosas, e bem no meio do prato estão duas couves-de-bruxelas com um pouco de manteiga derretida e pedaços de bacon em cima delas. O prato todo tinha algum tipo de desenho chique ao redor da comida, usando um molho verde que eu imagino que seja feito com algum vegetal.

Onde está o pão? E o bacon crocante? Onde estão os biscoitos e os molhos? E os donuts? Não tem nem sinal de carboidrato, e acho que meu estômago está começando a corroer.

— Iremos em um *drive-thru* do Taco Bell quando formos para casa, não se preocupe — Eric fala, se inclinando para sussurrar no meu ouvido.

Viro a cabeça e o vejo sorrindo para mim.

— Essa é possivelmente a coisa mais sexy que você já disse para mim — sussurro de volta.

— Vanessa e Eric foram juntos para a universidade de Yale — Ursula fala. Eric e eu nos afastamos enquanto cutucávamos aquela merda saudável nos nossos pratos, com os garfos. — Ariel, onde foi mesmo que você disse que estudou?

Caramba, definitivamente não em uma dessas universidades de primeira.

— Eu não disse que fui para a universidade. A menos que você conte a escola de chutes na bunda, nesta aí eu só tirei nota dez — falo para ela, com um sorriso meigo.

Eric ainda está segurando fortemente a minha mão na sua coxa, e me dá outro apertãozinho para me acalmar.

— Você e a Ariel têm algo em comum, mãe. Lembra que te contei que ela era uma empresária, assim como as suas duas amigas? A ideia que ela teve é brilhante, e esse novo negócio está crescendo muito rápido, é incrível. Vocês duas provavelmente teriam muito o que conversar sobre isso, dividir ideias e tudo o mais — Eric diz.

— É uma empresa de strip-tease, não é? Você tira as suas roupas por dinheiro e dança para outros homens? — Ursula fala, sem nem se preocupar em esconder o seu julgamento. — Eu não sei como você é capaz de aguentar algo assim, Eric. Ter a sua namorada fazendo esse tipo de coisa, com outros homens.

Aperto o garfo com tanta força que estou surpresa por ele não ter se quebrado ao meio. Eric começa a abrir a boca, com certeza para me defender, mas o interrompo.

— Eric é um homem muito confiante. Ele sabe que não tem com o que se preocupar, porque eu sempre volto para casa, para ele, no final do dia. E não é tão indecente quanto parece. Fazemos festas para pessoas, na privacidade das suas casas. Dançamos para elas, mostramos um pouco de pele, e ganhamos muito dinheiro. Além disso, me corrija se eu estiver errada, mas o seu filho não é sócio em um clube de strip-tease? — Pergunto, enquanto enfio o garfo em um pedaço de fruta e o levo até a boca.

— Eric fez um investimento que tem sido muito vantajoso para ele. Isto não significa que eu aprove esse tipo de negócios — Ursula responde, se voltando para o filho e me ignorando completamente. — Eric, você sabia que ofereceram para a Vanessa uma posição de sócia em um escritório de advocacia na cidade? Vinte e oito anos, e já é sócia. Seus pais devem estar tão orgulhosos. Não consigo acreditar que você ainda esteja solteira. Eric, por que vocês terminaram?

Ursula sorri para Vanessa, que está começando a parecer nervosa.

Pelo amor de Deus, eu estou bem aqui!

— Nós nunca namoramos, mãe — Eric responde, apertando novamente a minha mão.

— Apenas amizade, Ursula. Eric é um homem incrível, mas sempre foi um bom amigo — Vanessa adiciona, olhando para mim. — Ariel, adorei a ideia do seu negócio. Parece divertido e único.

Bem, talvez eu não precise espetar a mulher, no final das contas.

— Com certeza é divertido, especialmente por eu fazer isso com as minhas duas melhores amigas. E é como o Eric disse, está crescendo bem rápido e dando um lucro bom. Bem, por ora. Parece que tivemos um pequeno problema com a papelada, recentemente — adiciono, olhando para Ursula.

— Com certeza isso vai se resolver — Eric me assegura, se virando para olhar para a mãe. — Espere um minuto. Você ainda está na presidência do Conselho dos Diretores da cidade, não é? Talvez você pudesse ajudar a Ariel e as amigas com essa merda.

E é aí que a minha ficha cai. Sou uma idiota. É *claro* que ela está no Conselho. E não apenas isso, como é a *presidente* do maldito Conselho. Eu sabia que tinha algo de estranho em mandar uma assistente para dar uma notícia em pessoa, e deveria ter confiado nos meus instintos.

Vá se ferrar, bota de combate. Vou colocar você no meu pé para dar um chute em alguém.

— Olhe o linguajar, Eric, por favor. Estamos na mesa de jantar — Ursula reclama. — O Conselho está muito ocupado no momento. Tenho certeza de que Ariel será capaz de resolver as coisas por si mesma, se ela é tão brilhante como você diz.

Bato o garfo na mesa com tanta força, que os cristais chegam a tremer.

— Sim, bem, parece que alguém resolveu colocar empecilhos, por algum motivo idiota — solto uma risada completamente forçada. — Algum nariz empinado que acha que é melhor do que nós, e que nem olha direito para os outros. Na verdade, é bem patético até aonde as pessoas vão, só porque estão dispostas a provar algo.

Ursula cerra os olhos, mas agora também parece estar um pouco nervosa. Ela claramente não quer que o Eric saiba que estou falando *dela*. Que *ela* é a razão pela qual a nossa empresa pode fechar.

— Se você quiser, eu ficaria contente em dar uma olhada no seu caso, *pro bono* — Vanessa oferece, fazendo com que eu tenha vontade de rodear a mesa e abraçar o seu corpo alto e magro.

— Ah, você não gostaria de perder o seu tempo com o problema de um pequeno negócio, quando você tem indústrias multimilionárias para lidar, Vanessa — Ursula fala para ela.

— Jesus, mãe, chega — Eric murmura.

— Desculpe, não quis que soasse tão rude. Claro que não seria uma perda de tempo. Tenho certeza de que é muito importante para você, fazer o que pode para se assegurar de que tudo dê certo — Ursula responde, e sinto meu estômago voltar a pesar.

O resto do almoço continua tão desconfortável quanto começou: Ursula falando sobre todos os louros de Vanessa, enquanto a mulher parecia preferir estar em outro lugar, menos naquela mesa.

Entre na fila, meu bem.

Enquanto os pratos são retirados, tão rápido quanto vieram, Ursula segura a mão da Vanessa e a acaricia.

— O seu carro ainda está fazendo aquele som estranho quando você liga o motor? — Ursula pergunta.

— Ahm, sim. Mas está tudo bem, amanhã eu vou levá-lo na oficina.

— Que absurdo! Eric costumava mexer nos nossos carros quando era adolescente, sempre desmontando as coisas para ver como elas funcionavam. Querido, por que você não vai lá fora com a Vanessa, para ver se consegue descobrir qual é o problema, para que o mecânico não tire vantagem da pobre garota?

É sério isso? Ela está insinuando que a Vanessa não é inteligente o suficiente para saber quando um mecânico a está levando na conversa? Que insulto!

— Não precisa. Está tudo bem, Ursula. O carro ainda está funcionando bem. Não tem necessidade de o Eric se incomodar — Vanessa insiste.

— Não é problema algum, não é, Eric? Além disso, Ariel e eu teríamos a chance de nos conhecermos um pouco melhor. Para conversarmos sobre negócios.

Eric olha para mim com uma expressão questionadora, e meu coração grita para que eu diga que, sob circunstância alguma, ele deve me deixar sozinha com essa mulher cruel. Mas me recuso a fazer isso, a deixar que ela pense que eu tenho medo dela, ou que pode me intimidar.

— Está tudo bem. Vá lá ver o carro, se sujar de graxa e dar uma de homem — digo para ele, com um sorriso.

Ele olha para mim por mais alguns segundos, para ter certeza de que estou falando sério, e quando se assegura de que ficarei bem, se levanta da cadeira e me dá um beijo na bochecha, antes de se afastar da mesa.

Vanessa olha para mim, pedindo desculpas, e vai junto com o Eric em direção ao hall de entrada, falando baixinho enquanto a porta abre e fecha.

Assim que estamos sozinhas, levanto as mãos e começo a aplaudir, enquanto olho para Ursula.

— Bravo. Ótima performance. Agora, vamos cortar essa merda — falo para ela, colocando os cotovelos na mesa e me inclinando na sua direção. — Você sabia quem eu era, o tempo todo. Você negou a nossa solicitação só porque estou namorando o seu filho?

— Eu sabia quem você era, no dia em que entrou no Fórum e vi o endereço do barco do meu filho nos seus papéis. Ah, por falar nisso, não é a *sua* casa. A nossa *família* é dona daquele barco, da qual você não faz parte. Não sei que tipo de caçadora de fortunas você é, mas não vai conseguir nada — Ursula me informa.

Inclino a cabeça para trás e solto uma gargalhada, dando um suspiro quando paro.

— Meu Deus, e eu aqui pensando que nós tínhamos algo em comum, já que somos empresárias e fazemos o que podemos para nos firmar em um mundo onde um homem pensa que só porque tem um pênis, é mais inteligente do que nós, e que deveria ganhar mais dinheiro — respondo. — Eu não sou uma caçadora de fortunas. Eu trabalho muito, e mereço cada centavo que ganho. Sinto muito se você não gosta do que eu faço, mas não é nada ilegal, e tenho muito orgulho disso. Assim como o seu filho.

Agora é a vez da Ursula rir, e o som faz a minha pele arrepiar.

— Você acha que ele ainda estaria orgulhoso se soubesse que está dormindo com uma mulher casada? — Ela pergunta.

— Eu sou divorciada há dois anos. Você vai ter que encontrar outra coisa para apelar.

— Você realmente acha que eu deixaria uma *qualquer* entrar na vida do meu único filho, e não fazer o meu dever de casa? Pensei que você era *brilhante,* — ela ri.

— Do que diabos você está falando?

Minha voz sai trêmula, mesmo que eu esteja tentando, ao máximo, controlá-la.

— Sabe uma das maravilhas de ser a presidente do Conselho da cidade? Você ter acesso a todos os tipos de documentos, inclusive os ilegais, — ela fala, maravilhada. — Os papéis do seu divórcio nunca foram propriamente preenchidos. Imagine só, outro problema com você, de documentação. Você assinou e fez o que deveria fazer, mas parece que o seu ex... quer dizer, que o seu *marido*... não fez a parte dele. É uma pena, na verdade. Aos olhos da lei, vocês ainda estão casados.

Tudo o que consigo escutar é um zunido nos meus ouvidos, do sangue correndo pela minha cabeça, me deixando tonta. Sinto como se fosse cair da cadeira a qualquer momento.

Era por isso que o Sebastian estava me ligando e mandando mensagens, dizendo que precisávamos conversar? Ele sabia disso? Puta merda, eu tenho pagado pensão para aquele pedaço de merda, todo esse tempo. Como é que um erro desses acontece?

Estou tão ocupada, tentando não desmaiar e pensar em todas as maneiras com que vou matar o Sebastian, que não percebo que Ursula saiu da sua cadeira e se sentou na que o Eric tinha deixado vazia. Ela está bem ao meu lado, se inclinando na minha direção. Engulo em seco.

— Não vou deixar que o nome do meu filho, da minha *família*, seja sujo por uma puta que nunca será boa o bastante para ele. Também não permitirei que você arruíne a vida e os negócios dele, quando se espalhar a notícia de que ele tem um caso com uma mulher casada. Então, está na hora de você decidir, Ariel. O que é mais importante para você? Esse seu negócio, ou a felicidade e a reputação do meu filho? — Ela pergunta, baixinho.

Isto não pode estar acontecendo. Por favor, Deus, me diga que isto não está acontecendo.

— Posso mudar de ideia sobre esse seu clube. Você e as suas amigas, apareçam na reunião do Conselho na próxima semana. Vou me assegurar de colocar esse assunto como prioridade; você defender o seu caso será meramente formalidade, e voto a favor de reverter a decisão negativa, dizendo que foi um erro. Nesta hora, na semana que vem, você terá a licença que precisa para continuar trabalhando na cidade — ela me diz.

— Deixe-me adivinhar… Tem uma condição — sussurro.

— Claro que tem uma condição. Estamos falando de negócios, no final das contas. Você não consegue algo assim, de graça. Reverto a decisão negativa do Conselho na reunião, onde todos concordarão comigo, e você fica longe do meu filho. Ele deveria estar com alguém como a Vanessa. Alguém com cultura, com estudo, que tenha a herança grega, igual a ele, e que valha o homem que ele é. Você ficar com ele não trará mais do que dor e vergonha, até que ele finalmente coloque a cabeça no lugar e deixe você. E então, onde você estará? Sozinha e quebrada. Faça a escolha certa, Ariel.

Você consegue escutar isso? É o som da bota de combate saindo do meu pé e batendo com tudo na minha bunda.

Capítulo vinte e cinco

AMANHÃ SERÁ UMA MERDA

No caminho de volta para os barcos, depois do almoço, me senti como um animal enjaulado querendo estraçalhar os bancos de couro da caminhonete do Eric, e quebrar a janela para sair dali. Eu estava com tanta raiva, e a pior parte era que eu nem podia contar para o Eric. Como você diz para um homem que a mãe dele é uma vaca mentirosa e manipuladora, que chamou você de puta e que está tentando chantageá-la? É óbvio que eles não são próximos, mas, ainda assim, é a mãe dele. A mulher que lhe deu à luz, cuidou dele (com a ajuda de uma babá), e proveu por ele. Partiria o seu coração.

Então, coloquei um sorriso no rosto e afastei as suas constantes desculpas pela mãe ter sido rude, e como ele não acreditava que ela tivesse convidado a Vanessa e tentado dar uma de cupido na minha frente. Ri e disse para ele que aquilo era ridículo e que não importava, que eu era uma mulher forte, que não se intimidava tão facilmente, e que não deixaria a mãe dele me amedrontar. Falei que eu era boa o bastante para ele, e que a opinião dela não me incomodava.

Quando chegamos em casa e Eric teve que ir trabalhar, percebi o quanto eu realmente me importava. Sei, sem sombra de dúvidas, que sou boa o bastante para ele, que posso lhe dar o tipo de amor que ele sempre mereceu, e fazer isso tão bem que viraria a sua cabeça todo dia que ele passasse comigo. Ainda acredito que estou à sua altura e do amor que ele me dá, tendo ou não cultura, estudo, ou que tenha a mesma herança que ele.

Sei que se eu me sentasse com o Eric e contasse tudo o que a sua mãe fez e disse para mim hoje, ele a mandaria para o inferno, cortaria os laços e nunca mais falaria com ela. Sei que ele ficaria ao meu lado e me apoiaria, e que acharia ridículo que eu ainda fosse tecnicamente casada — algo que *será* corrigido assim que possível — e que isso não afetaria em nada a sua reputação ou os seus negócios. Posso ver isso perfeitamente na minha cabeça: seu sorriso e as suas bochechas com covinhas, enquanto ele balança a cabeça para mim, dizendo que eu não conseguiria me livrar dele assim tão fácil, e que o meu status civil não mudaria nada disso.

Sentada no meio da minha cama, olho para o celular na minha mão, relendo as mensagens que Cindy e Belle tinham enviado hoje, e que eu ainda não tinha respondido.

> Cindy: Como foi o almoço? Aquela elitista de nariz empinado se apaixonou pelo seu charme? Se não foi assim, vou matá-la. LIGUE-ME!

> Belle: Ei, adivinhe só?! Aprendi a fazer um Salty Chihuahua hoje. É com tequila, delicioso, e estou adicionando ao cardápio do nosso futuro The Naughty Princess Drinking Club. Outra coisa, esse agora é o seu novo apelido. Porque você é doce e salgada, e é uma irritante mordedora de canelas.

> Cindy: Cara. CARA. Acabamos de conseguir um cliente empresarial. Puta merda. Isso é grande. Eles querem tudo: festas de Natal, festas de aniversário dos funcionários, festas de lançamento, encontros de trabalho. É uma empresa de brinquedos eróticos. Pergunto-me se vamos ganhar coisas grátis... LIGUE-ME!

> Belle: Acabei de marcar o local para o meu casamento. E antes que você pergunte, não, não vou fazer você ser uma madrinha e usar um horrível vestido de tafetá, com mangas bufantes e um laço gigante na bunda. Sem madrinhas. Será apenas uma reunião pequena e íntima, com comida mexicana. Uhhhmmmm, agora me deu fome. Vincent está puto comigo porque paguei tudo sem falar com ele. Estou com a bufunfa, meu amor. Meu casamento será um bafo.

> Belle: Desculpe. Tivemos um grupo de adolescentes visitando a biblioteca nessa tarde. Adolescentes são estranhos. E amedrontadores. Você sabia que de acordo com o Instituto Nacional de Abuso de Drogas, adolescentes usam, com frequência, gírias para falar sobre drogas, para que os seus pais não saibam? Puta merda. Minha última mensagem para você soa como se eu estivesse usando cocaína. Apague essas mensagens imediatamente, até que eu possa fazer uma pesquisa mais detalhada.

Beije a Garota

> Cindy: Precisamos conversar sobre quem vai fazer todo o trabalho administrativo, agora que você subiu no palco e deu um banho na Belle e em mim. Estou pensando que deveríamos contratar um gerente de negócios para tomar conta de toda essa merda, porque... são muitas contas. Vamos sair para tomar uns drinques amanhã à noite e conversar. Belle acabou de me mandar uma mensagem sobre um Salty Chimpanzé ou algo assim, que precisamos provar. ME LIGA, SUA VACA!

O que é mais importante para você? Esse seu negócio, ou a felicidade e a reputação do meu filho?

As palavras ficam girando na minha mente enquanto eu engulo o choro, mandando mensagens para Cindy e Belle, dizendo que ligarei amanhã e contarei tudo.

Sei que a reputação do Eric sobreviveria ao escândalo de eu ainda ser casada, afinal, não estamos mais nos anos cinquenta. Mas, e esse negócio? Não posso desapontar minhas amigas dessa maneira, dizendo que escolhi um homem em vez delas, quando começamos o The Naughty Princess Club pela única razão de sermos solteiras, sem ninguém para nos ajudar, em um mundo majoritariamente masculino, tentando encontrar uma maneira de não nos afogarmos em problemas. E conseguimos. Por incrível que pareça, conseguimos. Superamos os obstáculos e começamos um negócio que foi um sucesso desde o primeiro dia, e continua a crescer cada vez mais, sem a ajuda de ninguém mais.

Como é que eu poderia tirar isso delas? O The Naughty Princess Club é como cada uma de nós se encontrou e quem deveríamos ser. É como nós aprendemos a ser mulheres fortes e independentes, e que poderíamos fazer o que quiséssemos, se nos uníssemos, onde nos ajudamos e apoiamos, em vez de uma sabotar a outra para ganhos pessoais.

— Princesa, você está em casa?

Coloco meu celular na mesinha de cabeceira quando escuto a voz do Eric vinda da sala de estar, depois abro meu aplicativo de música e volto para o meio da cama. Afasto as lágrimas e coloco um sorriso no rosto quando ele entra no quarto, parando quando me vê.

— Jesus amado... Estou em um filme pornô? Tem dois seres depilados na cama.

Estou totalmente nua e rio, apesar da ansiedade queimando no meu estômago, então me inclino para acariciar a cabeça do Derrick Alfredo e me apoio em um cotovelo.

— Apenas um desses seres depilados vai dar bons momentos para você nesta noite, Sailor — falo para ele, afastando a mão da cabeça do Derrick e chamando o Eric com um dedo.

Ele tira o paletó, a gravata, a camisa social e a calça, em um piscar de olhos, e logo engatinha pela cama, cobrindo o meu corpo com o seu. Enlaço sua cintura com as minhas pernas e o puxo para mim, memorizando a sensação do seu peso e o quão perfeitamente o seu corpo se encaixa ao meu.

— Que merda é essa que está tocando no seu celular? — Eric pergunta, com um sorriso, apoiando seu peso nos cotovelos ao lado da minha cabeça, enquanto deslizo as mãos pelo seu torso e as coloco na nuca, puxando-o para ainda mais perto.

— Ei, é Pink, não fale mal. Ela pode cantar rock ou algo mais doce. Nós vamos de doce hoje — falo para ele, tirando uma das minhas mãos da sua nuca e acariciando sua bochecha.

Não falo para ele que o nome da música é "The Great Escape", e nem que quando escuto a letra da canção, posso imaginá-lo dizendo-a para mim; que ele não vai me deixar escapar, que não vai me perder dessa maneira.

— Vejo que também temos velas — ele fala, sorrindo para mim, e o cintilar das velas que espalhei pelo quarto faz seus olhos brilharem.

Sim, eu coloquei música lenta e velas, e vamos fazer amor. Não me julgue, ele merece isso. Ele merece saber que neste exato momento, tudo entre nós é real. Ele precisa conseguir olhar para este momento e lembrar que significou algo, mesmo que eu o tenha arruinado.

— Só não faça nenhum movimento brusco ou o Derrick vai sair voando da cama, cair em uma das velas e botar fogo no barco — aviso.

Ele ri e puxo sua cabeça na direção da minha, interrompendo sua risada com um beijo. Neste momento, não consigo escutar a sua risada, não consigo lidar com os arrepios que ela sempre me dá, sabendo que nunca mais vou sentir isto de novo.

Coloco todo meu coração e alma neste beijo, envolvo a sua ereção com a mão e a levo para a minha entrada. Sua boca nunca deixa a minha enquanto ele lentamente me preenche, entrando completamente em mim, até que a minha garganta se fecha com a emoção, e eu o beijo ainda mais forte.

Ele passa os braços embaixo do meu corpo, me puxando para mais perto, ao mesmo tempo em que envolvo seus ombros e o aperto o mais forte que consigo, enquanto ele se movimenta sobre mim, memorizando tudo o que estou sentindo neste momento. O cheiro do seu perfume, o calor da sua pele roçando na minha, sua respiração contra a minha bochecha, quando ele inclina a cabeça para aprofundar o beijo, as batidas do seu coração, retumbando contra o meu peito.

Levanto o quadril para encontrar o dele, com a fisgada do desejo explodindo entre as minhas coxas, não importando quanto medo eu esteja sentindo ou o caos que esteja na minha mente, por causa *dele*. Por causa da maneira como ele me toca, como me beija, como se move sobre mim com investidas gentis, fazendo com que eu me pergunte se existirá algum momento na minha vida no qual eu não o queira.

Aperto meus pés contra a sua bunda, instigando-o a ir ainda mais fundo, fazendo com que ele invista ainda mais em mim. Sua púbis bate perfeitamente naquele lugar entre as minhas pernas, várias e várias vezes, enquanto ele se move dentro de mim com estocadas lentas, até que estou gemendo durante o beijo, movendo meu quadril ainda mais rápido, precisando que aquela liberação corresse sobre mim e fizesse meu cérebro se desligar, para que eu pudesse aproveitar isto e o Eric, gravando este momento e esta sensação para sempre na minha memória.

Meu orgasmo me atinge rápido e forte, então afasto minha boca da sua para inclinar minha cabeça para trás e arquear minhas costas, gritando seu nome enquanto gozo. Ele começa a se mover mais rápido entre as minhas pernas e então enterra o rosto no meu pescoço, chamando meu nome e pulsando dentro de mim.

Sinto seu corpo se soltar sobre o meu, e percebo que em algum momento a música tinha acabado, e agora apenas o som da água batendo no barco e das nossas respirações pesadas, preenchia o quarto. Quero manter meus braços e pernas ao redor dele e não deixar este momento acabar, mas Eric se afasta de mim, sem saber o que está acontecendo na minha cabeça. Observo-o andar pelo quarto, apagando as velas, e a escuridão tomando conta, e então ele volta para cama, colocando as cobertas por cima de nós dois antes de se deitar atrás de mim, passando os braços na minha cintura e me puxando contra si.

— Se ficarmos bem quietos e não nos movermos, acho que Derrick dormirá sem lamber as bolas hoje — Eric sussurra no meu ouvido.

Rio, silenciosamente, enquanto ele beija a minha nuca e descansa a cabeça no travesseiro atrás de mim. Fechando os olhos, repasso tudo o que acabou de acontecer entre nós, apenas me segurando nas lembranças mais um pouquinho, porque amanhã… amanhã será uma merda.

Capítulo vinte e seis

VOCÊ É FODA, CARA

— Saí na calada da noite, enquanto ele estava dormindo, como uma covarde. Como uma ninja, juntei as minhas coisas silenciosamente, enquanto ele estava desmaiado, provavelmente sonhando, feliz, com o incrível sexo que tínhamos acabado de fazer. E não foi nem como uma ninja legal. Uma ninja que chora ao fazer cinco viagens para o carro, com todas as suas coisas, que bate o dedão em três tábuas diferentes, e que precisou escrever um bilhete de despedida dezessete vezes, porque escrever a palavra *infelizmente,* às três da manhã, é muito difícil — divago, enfiando outra colher de sorvete dentro da boca.

— Olhem isso. *OLHEM ISSO!* O nome é capivara e eu quero uma. É como o cruzamento de um hamster e uma marmota. Digam para a minha mãe que eu quero uma.

Uma gota de sorvete escorre pelo meu queixo enquanto levo outra colherada à boca, olhando para a filha da Cindy, Anastasia, quando ela me mostra uma foto no celular.

— Estou no meio de uma crise monumental, e você está falando sobre um maldito rato? Você é péssima para dar conselhos — reclamo.

— Tenho quatorze anos, e me distraio facilmente com coisas brilhantes. Além disso, você está no nosso sofá, comendo a nossa comida, e chorando há dois dias. Você está me entediando. Ao menos, troque o disco. Grite, quebre ou coloque fogo em alguma coisa — ela diz, dando de ombros. — Eu toparia uma dessas.

Alcançando uma latinha de *Pringles* ao meu lado no sofá, encho uma mão de batatinhas e coloco no meu sorvete, olhando para a Anastasia o tempo todo.

— Voltamos, e trouxemos bebida!

Seguro a colher no ar e volto a baixá-la, escutando o barulho de sacolas quando Cindy e Belle passam pela porta atrás de mim.

— Bem na hora certa. Vou querer uma batida de álcool com batatinha

— anuncio.

Belle dá a volta no sofá e tira o pote de sorvete das minhas mãos.

— Ei! — Grito, frustrada.

Cindy então pega as cinco latinhas vazias de *Pringles,* assim como a que eu tinha acabado de abrir, e as coloca debaixo dos braços. Ela começa a se afastar, mas então se vira e arranca a colher da minha mão.

— Chega de comer para compensar seus sentimentos — ela me informa, apontando para mim com a colher. — Olhe só para você. Olhe só! Tem sorvete por toda a sua camiseta, e farelo de batatinha no seu colo. Pelo amor de Deus, tem *cream cheese* no seu cabelo? Você prometeu que tomaria banho e voltaria a ser humana, quando saímos. Essa não é você, Ariel. Você não fica triste, você fica puta.

Belle balança a cabeça, concordando, tirando a colher da mão da Cindy e a mergulhando no meu sorvete de batatinha... Traidora!

— De acordo com um artigo do *New York Times,* na maioria das vezes as mulheres escolhem ficarem tristes a com raiva, porque parece que é mais refinado e também mais altruísta, como se você escondesse a dor dentro de si, em vez de fazer com que outra pessoa lide, como se fosse um trauma contundente. — Belle fala, antes de pegar outra colherada.

— Ahhhh, alguém falou trauma contundente? — Anastasia se senta na banqueta à minha frente. — Se ela for bater em alguém com um objeto pesado, preciso ver. É justo, depois de ficar de babá.

Rosno para a adolescente idiota, mas a ideia de pegar uma barra de ferro e fazer estrago no rosto de alguém, faz com que eu comece a me sentir um pouco melhor.

— O que a Belle está tentando dizer é que você não é o tipo de mulher que fica sentada, se afogando nos infortúnios da vida, só porque não quer ofender ninguém por ficar irritada — Cindy fala. — Você tem o direito de se sentir assim. Todas nós estamos putas com essa situação. Demos alguns dias para você se sentir miserável porque, honestamente, você precisava disso, e não a culpamos. Mas agora acabou. Chega de chorar. Está na hora de ficar puta e de dar o troco.

Quando apareci aqui quase quatro horas da manhã, depois que deixei o Eric, soube que não conseguiria contar a história mais do que uma vez. Enquanto Cindy colocava um cobertor ao meu redor e se sentava comigo no sofá, ela ligou para Belle e a convocou imediatamente. Passei a próxima hora contando tudo o que eu deveria ter contado há muito tempo: que eu tinha me atrasado para entregar a documentação; que achava que a Ursula era só uma assistente esnobe, que trabalhava no Fórum; que ela apareceu na minha casa e me disse que a nossa solicitação tinha sido negada; que ela é a mãe do Eric, e que basicamente me chantageou para sair da vida do filho dela.

Dizer que elas ficaram lívidas era afirmar o óbvio. Belle ficou tão brava que não conseguia nem falar das suas estatísticas, e começou a gritar xingamentos a plenos pulmões. Cindy acordou PJ e perguntou se ele seria o nosso motorista de fuga, porque ela estava pronta para irmos à casa da Ursula, para pichar *Vaca Manipuladora* por toda a fachada branca da casa. Ele se virou e voltou a dormir, dizendo que tinha uma jarra com dinheiro para fiança, na garagem. Claramente, PJ já está acostumado com as nossas loucuras.

Cindy e Belle estão certas. Essa não sou eu, ficar sentada chorando e sentindo pena de mim mesma... Eu só não sei mais o que fazer. Sinto tanta falta do Eric que chega a ser uma dor física no meu peito, e o fato de ele não parar de me mandar mensagens só está tornando tudo pior.

Como se soubesse que estou pensando nisso, meu telefone soa com uma notificação de mensagem.

Cindy o pega antes que eu consiga, sorrindo e então rindo, quando lê a mensagem.

— O que foi? — Sussurro.

— Diz *'Volte para casa. Derrick Alfredo sente sua falta. Ele se recusa a lamber as bolas, até que você volte. Está em greve de lambeção de bolas. É patético. Ele acabou de levantar a perna e lamber o ar.'* E mandou uma foto das bolas do Derrick.

Ela vira o celular para me mostrar, e claro, lá está aquele bicho horrível, que parece estar do avesso, com a perna levantada, olhando para a câmera, com as bolas completamente expostas.

Rio, mesmo que isto só me faça ter mais vontade de ir para a cozinha e pegar mais comida.

Desde que acordou naquela manhã e encontrou o meu bilhete, Eric tem me mandado mensagens com merdas aleatórias como essa. Em nenhum momento disse algo com raiva ou de forma maldosa, e deveria ter feito isto, já que falei para ele, no bilhete, que depois de muito considerar, infelizmente, não achei que nós daríamos certo. Dei uma desculpa esfarrapada dizendo que estar com um homem estava atrapalhando os nossos negócios, e que eu estava acomodada por passar muito tempo com ele, e que não teria tempo para um relacionamento no momento, porque eu precisava me focar no The Naughty Princess Club. Falei também que me importava com ele, mas não podia mais estar ali, e que precisava de espaço, e para que ele não entrasse em contato comigo.

É claro que ele não me escutou.

A primeira mensagem dele para mim, dizia: *"Boa tentativa"*. A segunda: *"Eu sei onde você está, e que está tendo uma overdose de carboidratos sem mim"*. Gritei com Cindy por causa disso, quando ela me olhou com uma expressão culpada, após eu ler a mensagem em voz alta. Ela disse que Eric ligou para ela só para ter certeza de que eu estava segura, e ela não pôde mentir para ele.

— Precisamos fazer uma lista — Cindy anuncia de repente, me passando o celular, enquanto vai até a cozinha e pega um pequeno bloco de notas da sua bolsa, junto com uma caneta.

Santo Deus, ela nunca vai ser capaz de se livrar dessa coisa de planejar tudo, não importa o quanto tente.

— Voto para que o primeiro item da lista seja que a Ariel volte para o Eric e conte tudo para ele. — Belle fala.

— Negativo. Você sabe por que não posso fazer isso. Não vou colocar o Eric no meio disso e arruinar o relacionamento dele com a mãe — eu a lembro, levantando a mão quando ela volta a abrir a boca. — E não vou namorá-lo em segredo e esperar que ela nunca descubra. Pare com essa ideia de namoro secreto, Belle. Não vai acontecer.

— Gosto da sua linha de pensamento, Belle, e definitivamente vamos colocar isso na lista, quer ela queira ou não, mas a primeira coisa que a Ariel precisa fazer é arrancar as bolas do Sebastian. Fiz algumas ligações, umas pesquisas, e descobri que ele está hospedado no hotel Hilton, na cidade — Cindy diz para mim, enquanto rabisca no bloco de notas.

Pela primeira vez desde que deixei o Eric, meu coração começa a bater novamente. Eu sei, eu sei, a porra do meu coração não parou realmente de bater quando abandonei o cara, caso contrário eu estaria morta. É uma figura de linguagem, porque realmente *parece* que não está batendo quando não estou com ele.

A ideia de confrontar o Sebastian é finalmente algo que eu posso contemplar, e que começa a me tirar dessa letargia.

— Aquele filho da mãe está ficando no *Hilton?* Aqueles quartos custam tipo, mais de duzentos dólares a diária, e ele está lá há semanas. O maldito está usando o meu dinheiro da pensão, para ficar em um hotel cinco estrelas! — Grito ao me levantar do sofá. — Uma pensão que nem era devida, já que ele nunca preencheu a porra do divórcio! Aquele filho da puta de pinto pequeno!

Pelo canto do olho, vejo Anastasia apontar o celular dela na minha direção.

— O que você está fazendo?

— Estou colocando isso no *Snapchat*. Meus seguidores adoram quando você fica fula. Agora mesmo eles estão chocados. Você é foda, cara — ela responde, digitando rapidamente no celular.

— Você está usando drogas? *Chocados* é sinônimo de maconha? — Belle pergunta, séria.

— Eu pareço eufórica neste momento, como se estivesse usando drogas? — Anastasia responde com uma pergunta.

— Pessoal, foco! — Cindy ordena, batendo a caneta no bloco de notas. — Ok, aqui está o que temos. Número um: dar uma surra no Sebastian. Número dois: fazer com que ele assine imediatamente o divórcio, e ameaçar cortar as bolas dele fora, se ele não devolver cada centavo que você deu para ele, de pensão, nesses últimos dois anos. Número três: montar um plano para a reunião do Conselho, para que eles revertam a decisão, enquanto expomos a Ursula por ser a rainha dos paus no cu, e também tentar não arruinar o relacionamento dela com o filho, mesmo achando que já esteja arruinado, porque ela não o merece. Número quatro: reconciliar-se com Eric, para que você viva feliz para sempre com ele, e saia do meu sofá e pare de dar material para o *Snapchat* da minha filha.

Caminhei de um lado para o outro na frente do sofá, enquanto Cindy lia o bloco de notas, mas agora paro de andar para olhar para ela.

— Você se esqueceu do número cinco: beber a maior quantidade de álcool que conseguir, e ficar trêbada, para que tudo isso não pareça completamente impossível — falo para ela.

— Ah, isso já estava implícito, não achei que fosse necessário designar um número — Cindy encolhe os ombros. — O que também não precisa de um número é você tomar um banho, para tirar essa nhaca de desespero e arrependimento.

— E seja rápida — Belle ordena. — Temos que fazer uma visita no Hilton, e uma surra para dar. Isto vai fazer você voltar aos trilhos!

— É HOJE! — Anastasia fala, enquanto saio correndo da sala e desapareço no corredor.

Capítulo vinte e sete

EU SÓ QUERO QUE ELE SE MIJE NAS CALÇAS

— Seja firme, olhe nos olhos dele e não dê para trás. — Cindy repassa os passos comigo, quando saímos do seu carro na frente do hotel. Ela dá as chaves do carro para o manobrista e então se vira para a filha, que está na parte de trás do carro. — Anastasia, coloque a barra de ferro no porta-malas agora.

Anastasia revira os olhos e joga a barra no porta-malas, onde cai com um som seco, e então fecha a porta e se aproxima de nós.

— Por que você me deixou vir, se não vai rolar nenhum banho de sangue? — Anastasia reclama.

— Porque é uma boa lição para você aprender. Ariel está se defendendo de um valentão e vai fazer isto com calma, de uma maneira concisa, usando as palavras e não os punhos — Cindy a informa.

— De acordo com a revista *Forbes*, pessoas em relacionamentos abusivos toleram ser tratadas de maneiras que as deixam machucadas, frustradas, ressentidas e subestimadas. Pode não parecer demais, mas com o tempo, ensinamos como as pessoas devem nos tratar. É por isso que os valentões miram nos mais fracos, porque sabem que sairão impunes. No fim, aguentamos até um determinado ponto. Não toleraremos as merdas dele, Ariel — Belle me diz, enquanto nós quatro passamos pela porta giratória.

Elas conversaram comigo durante todo o caminho até aqui, me encorajando, e por mais que eu aprecie o que elas estavam fazendo, eu não precisava de mais conselhos. Tenho conselhos saindo até pela minha bunda, neste momento.

Não vou me abater, como na última vez em que vi esse imbecil. Ele me pegou de guarda baixa naquele dia, e eu ainda estava tentando retomar a minha autoconfiança. Mas agora estou pronta, e tão puta pelo que ele fez comigo, que de maneira alguma aquela Ariel Abatida aparecerá hoje.

Além disso, desculpe a sinceridade, estou maravilhosa. Depois que tomei um banho e lavei o desespero e arrependimento do meu corpo, assim como o sorvete, as batatinhas e o *cream cheese*, tirei de uma das minhas caixas, que estão empilhadas na sala de estar da Cindy, o vestido mais apertado que tenho. Um tubinho roxo, que deixa os ombros de fora e que molda meu corpo perfeitamente, com mangas compridas, e que termina bem acima do joelho. Combinei com os stilettos roxos que usei quando dancei no Charming's.

Sebastian nunca tinha gostado das minhas curvas. Bem, hoje ele terá uma bela visão, e vai desejar que tivesse prestado mais atenção nelas. Deixei meu cabelo com ondas grandes e então o prendi em um rabo de cavalo, para deixar os ombros à vista, outra coisa que o Sebastian não gostava. Para ele, meu corpo todo era grande, mas por algum motivo, meus ombros eram muito ossudos.

Ele. Que. Se. Foda.

— *O QUE SIGNIFICA ISSO, MOCINHA?*

Meus pés param assim que entramos no lobby do hotel, quando escuto meu pai do outro lado do ambiente.

— Mas que merda...? — Murmuro, indo até ele e dando um olhar de desculpas para as pessoas que estavam sentadas nos sofás e as que esperavam na fila da recepção, e que estavam olhando amedrontadas para o meu pai.

— Pai, o que você está fazendo, e por que está berrando no meio do Hilton? — Pergunto e o puxo para um abraço.

— Estava praticando a minha voz de pai bravo. Parece que você nem me conhece — ele reclama, se afastando. — As meninas me chamaram como reforço. Estou tentando acertar o timbre da minha voz, para que o Sebastian se mije na calça.

Ele se vira para o homem sentado em uma cadeira, a alguns metros de nós.

— Diga, meu jovem. Se eu gritasse assim, a uns centímetros da sua cara, você se mijaria?

Seguro o braço do meu pai e o afasto do pobre homem.

— Pai, eu não preciso de reforço. Você não vai entrar na minha briga hoje — falo para ele, firmemente.

— Posso ao menos rosnar para ele? Franzir o lábio e ameaçá-lo com o olhar? Eu só quero que ele se mije nas calças. Só um pouquinho — ele diz, levantando a mão e deixando o dedão e o dedo indicador a centímetros de distância.

— Tudo bem, vou permitir que você rosne para ele, mas é só isso. Você vai ficar atrás e quieto, entendeu? — Olho para as meninas. — Isso também serve para vocês. Nem. Uma. Palavra. Tenho tudo sob controle, ok? Como Cindy disse, vou ficar calma e apenas falar com ele, e deixar as coisas claras.

Meu pai e Anastasia suspiram, exasperados, mas todos acenam com a cabeça, concordando, e seguimos para os elevadores.

Hoje mais cedo, mandei uma mensagem para o Sebastian, falando que estava pronta para conversar, e ele respondeu imediatamente, informando o número do quarto. O idiota acha que me daria a notícia de uma forma delicada, com alguma história, e que serei fraca e patética e o perdoarei pelo que ele tinha feito. O idiota não conheceu a Ariel Autoconfiante. Não haverá perdão para essa merda.

Quando chegamos ao andar dele, lidero o caminho pelo corredor até o quarto, lembrando a todos que ficassem de boca fechada e que isso seria uma conversa civilizada entre o Sebastian e eu, sem gritos, sem socos, sem chutes, ou irmos parar atrás das grades.

Eles param a alguns metros de distância, quando bato à porta. Respiro profundamente para me acalmar e seco as mãos na saia do meu vestido. Alguns segundos depois, escuto a porta destrancar.

Assim que ela se abre e vejo Sebastian parado ali, com um sorriso no rosto, levo meu braço para trás e solto meu punho no seu nariz.

— Puta merda! — Anastasia grita atrás de mim.

— Olhe a boca! — Cindy briga com ela, enquanto Sebastian começa a gritar, com as mãos no nariz, que agora está jorrando sangue.

— *SEU FILHO DA PUTA!* — Grito, socando seu peito e o empurrando com toda minha força.

Ele cai para trás, de bunda no chão, então caminho e paro no meio das suas pernas, com as mãos na cintura, olhando para ele.

— Eu não *acredito* que amei você um dia, seu pedaço de merda!

— Ariel, por favor, se acalme! — Ele diz, com a voz abafada, as mãos ainda cobrindo metade do rosto e sangue escorrendo entre os dedos.

— Desculpe, mas você acabou de dizer para eu me acalmar? — Pergunto, colocando a perna para trás, enquanto olho para o colo dele. — Posso pedir a opinião dos jurados? Todos ouvimos que ele disse para eu me acalmar?

— Eu escutei — Belle diz, atrás de mim.

— Eu também — Cindy adiciona.

— Não acredito que você me fez deixar a barra de ferro no carro — Anastasia reclama.

— Grrrrrrrrr — meu pai rosna, ameaçadoramente.

Sebastian tira rapidamente as mãos ensanguentadas do nariz, para cobrir os países baixos, olhando para mim com medo.

— Assumo que você já saiba — ele fala e eu desço o pé. Ele se encolhe quando meu sapato para bem na junção das suas coxas.

— Ah, você quer dizer com relação ao fato de nunca ter assinado a porra da papelada do nosso divórcio, e que eu paguei *milhares e milhares* de dólares de pensão, tantos dólares que eu tive que vender a minha loja e perder a minha casa? Sim, fiquei sabendo, seu imbecil. Você tem um minuto para se explicar, ou vou deixar a Anastasia voltar ao carro para pegar a barra de ferro — falo para ele, apontando por sobre o ombro. — Ela é uma adolescente com uma péssima TPM. Tenho certeza de que ela deve ter muita agressividade para extravasar. Além disso, ela é menor de idade, então vai sair dessa só com um aviso.

— Esta é a melhor saída da vida. Mãe, posso ter aulas em casa? — Ansatasia pergunta.

— Foi um erro, Ariel, eu juro! — Sebastian implora, tirando as mãos da virilha para voltar a colocá-las no nariz, que não parava de sangrar. — Só percebi que não tinha preenchido corretamente os papéis quando perdi o emprego no cruzeiro, e um dos meus amigos, que é advogado, sugeriu que eu deveria pedir pensão, só para eu me manter por uns meses, até conseguir outro emprego. Apareceu uma ótima oportunidade, que eu não podia deixar passar, e sabia que você estava indo bem e... meu amigo falsificou os papéis da pensão quando descobriu que o divórcio nunca tinha sido finalizado. E então a oportunidade de negócio não deu certo e... Eu precisava de dinheiro para viver! O que eu deveria fazer?!

Imediatamente levantei meu pé e o desci na sua virilha.

Todos atrás de mim soltaram um "ai" coletivo.

Sebastian uiva de dor, rolando para o lado e se curvando na posição fetal, com as mãos entre as pernas.

— *VOCÊ DEVERIA TER ENCONTRADO A PORRA DE UM TRABALHO, COMO QUALQUER ADULTO, SEU PEDAÇO DE MERDA!* — Grito. — *PERDI TUDO POR SUA CAUSA! TUDO!*

Caminho ao seu redor e me abaixo para ficar na sua altura.

— Você passou anos me destruindo e fazendo com que eu me sentisse como um nada. Eu finalmente me libertei de você, finalmente encontrei a minha voz e algo que amo, e você faz isso de novo. Você me destruiu e me deixou sem nada. Bem, adivinhe só, meu caro? Agora é a sua vez. Eu também tenho uma amiga advogada. Você vai me devolver cada centavo que recebeu de mim, ou vou botar a sua bunda para apodrecer na porra da cadeia, seu pedaço de merda do caralho. Um francês fraco e patético na prisão? Aposto que os meninos vão adorar tomar banho com você — falo para ele, com um sorriso.

Vanessa e eu ainda não somos exatamente amigas, mas Sebastian não precisa saber disso.

Ele me olha com os olhos arregalados, e assente com a cabeça, rapidamente.

— Eu prometo. Vou devolver tudo. Faço um cheque e levo para você amanhã. Estou saindo com alguém agora; na verdade, vamos nos casar logo, e é por isso que eu estava tentando entrar em contato com você. Ela é bem rica, e quer que isso termine o mais rápido possível, para que não se torne um problema — Sebastian explica.

— Caramba, você é nojento. A sua noiva sabe que você é um merda?

— Não se preocupe, posso mandar para ela os meus vídeos do *Snapchat* — Anastasia anuncia.

Volto a me levantar, balançando a cabeça para o suspiro patético que o Sebastian solta, caído no chão, com medo nos olhos e sangue em todo o rosto. Dando as costas para ele, começo a me afastar, quando meu pai segura meu braço e me para.

— É só isso? Você vai deixá-lo assim?

— Acho que já terminei aqui.

Meu pai ri suavemente, passa por mim e se abaixa para olhar para Sebastian. Ele franze o lábio, cerra os olhos e rosna, antes de voltar a se levantar. De repente, o rosto do meu pai se ilumina com um enorme sorriso, enquanto aponta para o meio das pernas do Sebastian, onde uma grande mancha molhada começa a aparecer.

— É, eu ainda manjo das coisas — meu pai fala, estufando o peito e caminhando na minha direção, colocando um braço ao redor do meu ombro. — Vamos para casa, Punhos de Ferro.

Saímos do quarto do Sebastian, deixando-o caído no chão, todo ensanguentado e mijado. Mesmo que a violência nunca seja a resposta, tenho que admitir que me senti ótima batendo em alguém que passou anos fazendo da minha vida um inferno.

Capítulo vinte e oito

ABATEDOURO

Para o desapontamento do meu pai, nos despedimos dele no lobby do hotel e o mandamos para o trabalho. Tenho certeza de que ele estava mais no pico de adrenalina do que eu, e não parava de falar sobre sairmos para celebrar, sugerindo que fôssemos para o Charming's.

Em primeiro lugar, nem a pau eu quero chegar com o meu pai perto de um clube de strip. Em segundo, de maneira nenhuma quero chegar perto do Charming's e correr o risco de encontrar o Eric. E terceiro, um clube de strip no meio do dia? Isso é algo que você nunca poderá deixar de ver.

Tudo bem que o PJ não contrata nada menos do que o melhor em termo de dançarinas, mas só em pensar no tipo de clientes que estariam em um clube de strip de tarde, no meio da semana, me dá vontade de limpar meus olhos com água sanitária.

Depois que o meu pai foi embora, resmungando que pensava que strippers eram mais divertidas e que não conseguia acreditar que ninguém queria comemorar o fato de ele ter feito o Sebastian mijar nas calças, com apenas um olhar, voltamos para a casa da Cindy. No momento, estou com a minha mão repousando em gelo, e bebendo uma taça de vinho no sofá dela.

Sim, estou bebericando uma taça de Moscato gelado, em vez de tomar direto do gargalo, mesmo que eu queira muito fazer isso. Cindy me disse que eu estava de castigo e que não permitiria que eu desse mais munição para o *Snapchat* da Anastasia, o que significa que ficar bêbada, claramente estava fora dos planos.

Agora que a adrenalina por dar uma surra em Sebastian e dizer poucas e boas para ele, deixou o meu corpo, volto a me sentir… *blah*. Sinto falta do Eric, mas tanta falta que quero me enrolar em posição fetal e voltar a ficar sem banho e a cheirar a desespero e arrependimento, enquanto enfio uma latinha de *Pringles* goela abaixo. Meu primeiro pensamento, quando saí do quarto do hotel, foi que eu mal conseguia esperar para contar para o Eric. Cheguei até mesmo a pegar o celular para mandar uma mensagem para ele,

Beije a Garota

195

mas eu não podia fazer isso. Que tipo de ideia isso passaria? Eu o tinha deixado e dito que era porque ele era muita distração. Na mente dele, eu devo estar ocupada, me focando no The Naughty Princess Clube, e não em um homem. Não torna nada fácil o fato de ele não ter me mandado nenhuma mensagem nas últimas horas, com uma foto das bolas do Derrick.

Não que receber mensagens do Eric faça as coisas mais fáceis, mas, pelo menos, elas colocavam um sorriso no meu rosto por alguns momentos. Ele tem me mandado mensagens praticamente a cada hora, desde que fui embora.

Este é o máximo de tempo que ele passou sem me enviar *algo*, e agora estou começando a me perguntar se ele finalmente percebeu que nada do que ele disser, faria com que eu mudasse de ideia. Se ele finalmente percebeu que eu não valho a pena todo esse trabalho e súplica, isto faz com que o meu coração se quebre em milhares de pedaços, mais uma vez.

Ser responsável e tentar fazer a coisa certa tem o mesmo gosto de bolas de cabra. E não estou falando das cabras da ioga, porque aquelas eram cabra pequenininhas. Estou falando daquelas mutantes, gigantescas cabras das montanhas.

— Precisamos encontrar uma maneira de fazer com que ela confesse durante a reunião do Conselho — Cindy sugere.

Continuo olhando para a minha taça de vinho, enquanto Belle e Cindy se sentam uma do lado da outra no sofá à minha frente, tentando pensar em ideias para a reunião.

— Ela nunca vai cair em qualquer armadilha que montemos — falo para elas, dando um suspiro. — Ela é uma vaca, mas é esperta. Estou dizendo para vocês, só precisamos ir lá com toda a pompa, apresentar os fatos, conseguir a aprovação e ir embora.

Posso ver, pela cara das meninas, que elas não concordam comigo, mas o que mais podemos fazer? Talvez algo para depois da reunião do Conselho e da nossa aprovação, mas, por ora, precisamos jogar pelas regras da Ursula. Já perdemos dinheiro esta semana, pois tive de cancelar todas as festas e programas até que saia a nossa licença. Conseguimos fazer algumas coisas temporariamente sem a licença, porque a nossa cidade tem uma lei que indica o valor mínimo que uma empresa pode fazer, antes de ser necessária uma licença.

Nunca esperamos passar do valor mínimo tão rápido, e depois da negativa, recebemos uma carta avisando que estávamos proibidas de continuar trabalhando. Não vou colocar tudo em risco só porque quero acabar com a Ursula, pois isso poderia vir a ser um tiro no pé.

A campainha toca, me salvando de ter que explicar para as meninas, mais uma vez, porque não devemos gastar tempo tentando encontrar uma maneira de fazer a Ursula pagar pelo que fez.

Cindy sai da sala para atender a porta, voltando alguns minutos depois com uma pequena caixa branca, que tinha um laço vermelho de cetim, e a entrega para mim.

Olho para ela, interrogativamente, e ela apenas encolhe os ombros.

— Não sei. Um entregador acabou de deixar aqui e disse que é para você.

Apoio a taça de vinho e o saco de gelo na mesa à minha frente, cuidadosamente desfazendo o laço e tirando a tampa da caixa, para encontrar uma chave em cima de uma almofadinha. Tiro a chave e vejo um cartão de visitas com apenas um endereço e o número cento e cinquenta.

— O que é isso? De quem é? — Belle pergunta, levantando do sofá e se aproximando de mim.

— Não sei, é só um endereço — digo a ela, virando o cartão de visitas, mas o outro lado estava em branco, e na caixinha também não havia nada que indicasse quem enviou e para que é.

— Ahhhh, uma caça ao tesouro! — Belle fala, animada. — Vocês sabiam que a maior caça ao tesouro do mundo, registrada pelo Guinness, teve mais de três mil participantes, e foi em comemoração ao aniversário de cento e cinquenta anos do Canadá? Os participantes precisaram completar cento e cinquenta tarefas pela cidade de Ottawa, incluindo um questionário com mais de trinta e uma mil imagens no Instagram, com a hashtag find150. Ai, meu Deus! Vejam! Tem o número cento e cinquenta no cartão. Talvez alguém tenha convidado você para comemorar o aniversário do Canadá. Uhul, Canadá!

Balanço a cabeça para ela e me levanto do sofá.

— Ter um noivo canadense deixou você maluca, Belle. Tenho quase certeza de que o Canadá não convida pessoas ao acaso, para comemorar a história do país.

— Bem, eu ficaria feliz com uma folga. Quem está a fim de uma viagem de carro? — Cindy pergunta, pegando o cartão da minha mão, enquanto eu giro a chave entre os dedos.

— Isso é ridículo. Vamos até um endereço qualquer, escrito em um cartão, quando não temos ideia de onde é ou para que serve a chave? E se um assassino em série mandou isso para nos levar até o seu abatedouro? — Pergunto.

— PJ me deu uma arma de choque, para manter na minha bolsa, e está totalmente carregada, — Cindy comenta, pegando a bolsa do sofá e tirando as chaves do carro.

— E você acabou de dar um soco nas fuças de um cara, e um chute nas bolas dele — Belle adiciona. — Vincent tem me ensinado uns movimentos de autodefesa, recentemente. Ficaremos bem.

— Ele realmente ensinou movimentos de autodefesa, ou vocês só lutam pelados? — Pergunto, sentindo meu coração partir mais um pouquinho, desejando poder lutar pelada com o Eric, neste momento.

— Que seja, vocês não sabem de nada da minha vida. Vincent é incrivelmente forte. Tenho que usar um monte de força muscular para virá-lo e segurá-lo — Belle argumenta.

— Tudo bem, vamos lá. Ao menos, o abatedouro será uma distração — suspiro, pegando a minha bolsa do sofá, e seguimos para o que provavelmente será uma morte horrenda e prematura.

— Viu? Não é um abatedouro — Cindy fala, alegre, quando o GPS avisa que chegamos ao nosso destino. Dirigimos pelo estacionamento até que vemos o número cento e cinquenta, e ela para o carro.

— Ah, não. Tenho certeza de que não há nada sinistro ou estranho nesse depósito — murmuro, olhando para a porta da garagem, de metal, na frente da qual estacionamos. — A polícia nunca invadiu um desses lugares para encontrar partes de corpos em sacos, e *coolers* cheios de órgãos.

Cindy desliga o motor, saímos do carro e caminhamos lentamente em direção à porta da garagem, que estava com um cadeado ao chão, mantendo-a fechada.

Um som alto e elétrico me faz pular, então viro e vejo Cindy com a arma de choque em mãos.

— Só quero estar preparada. Tenho certeza de que não vou precisar disso. Abra — ela me diz, afastando as pernas e apontando a arma para a porta.

Revirando os olhos, me agacho e coloco a chave na fechadura, surpresa quando ela gira facilmente e a tranca se abre. Não sei por que, mas tinha certeza de que seria uma brincadeira ou algo do tipo; que chegaríamos aqui e a chave não funcionaria. Retiro o cadeado do gancho de metal, coloco-o no chão, e Belle se aproxima para ajudar a levantar a porta.

As roldanas no teto ajudam, e a porta facilmente termina de abrir. Assim que a luz do sol ilumina o interior escuro, minha garganta imediatamente se aperta, com a emoção, e meus olhos se enchem de lágrimas.

— Caramba. Eu meio que esperava que um homem mascarado aparecesse, com uma serra elétrica. Nunca consegui usar a arma de choque em uma pessoa de verdade — Cindy reclama, enquanto eu entro na garagem, com o coração trovejando no meu peito.

— Isso teria sido tão divertido. Especialmente se o pai da Ariel estivesse aqui. A maioria dessas armas libera cinquenta mil volts de eletricidade, o que faz os músculos do seu corpo tensionarem e convulsionarem incontrolavelmente, geralmente fazendo com que a pessoa se molhe. O sr. Triton teria adorado ver outra pessoa se mijando nas calças hoje — Belle diz, com uma risada.

Mal escuto o que elas dizem, enquanto olho ao redor da garagem, e a primeira lágrima desce pela minha bochecha.

— As minhas coisas — murmuro, com uma voz engasgada, olhando para tudo o que costumava preencher cada centímetro da minha casa.

— Tem certeza de que são as suas? Pensei que tivessem sido vendidas em um leilão, algumas semanas atrás. Elas teriam sido vendidas, peça por peça, para centenas de pessoas diferentes, não? Seria quase impossível uma única pessoa comprar o lote todo — Cindy diz, parando ao meu lado.

Tudo o que consigo fazer é assentir, ao mesmo tempo em que continuo olhando ao redor. Percebo que para a maioria das pessoas, tudo isso pareceria um monte de coisas sem importância. E quem sabe se essas são realmente as minhas coisas, ou se são toneladas de antiguidades de outras pessoas, que foram guardadas nesta garagem?

Mas eu reconheceria as *minhas* antiguidades em qualquer lugar. Eu olhava para elas e as tocava todos os dias, passava horas e horas pesquisando sobre cada relógio de parede, saleiros e pimenteiros, jogos de chá, pinturas, mesinhas de centro, armários, caixas de joias, e cada objeto que neste momento ocupa todo o espaço desta garagem. Eu reconheço as minhas coisas quando as vejo.

Agora as minhas lágrimas estão caindo com tanta rapidez que eu mal consigo ver a aquarela de porcelana branca Haviland Limoges, com dese-

Beije a Garota

199

nhos de rosas e ouro pintados à mão, datada de mil e oitocentos, e que costumava ficar do lado da pia do meu banheiro, enquanto eu a pego e a abraço.

— Ei, tem um bilhete aqui, com o seu nome — Belle diz, fazendo com que eu desvie meu olhar maravilhado; eu a observo passar por mim e se esgueirar entre uma cadeira de estilo vitoriano, que estava na frente da porta, e um armário que ficava na minha sala, que ainda tem toda a minha coleção de saleiros e pimenteiros.

Ela abre a porta de vidro do armário e então pega um pedaço de papel dobrado ao meio, que estava apoiado na prateleira do meio, e passa para mim.

Secando as lágrimas que tomam conta do meu rosto, abro o papel, ainda abraçando a aquarela.

Quando vejo o que está escrito, não consigo conter um som torturado, que escapa da minha boca, e agora as lágrimas estão caindo tão rápidas que não sei se algum dia pararei de chorar.

Cindy aparece atrás de mim e lê em voz alta, por sobre o meu ombro.

Você nunca deveria ter perdido algo tão importante para você, então estou devolvendo todas essas coisas para a sua verdadeira dona. Uma das coisas mais incríveis em você é que você sabe apreciar a beleza das coisas únicas, que outras pessoas incrivelmente idiotas não veriam valor algum.

Como eu.

Você é a mais rara antiguidade que eu já vi, e quero passar o resto da minha vida me assegurando de que você saiba o quão perfeitamente imperfeita e única você é. E não, não estou falando da sua idade. Espere. Talvez esteja. Se eu chamar você de velha, você vai ficar irritada o bastante para voltar para casa?

Com amor,

Eric.

Maldito.

— Merda. Agora eu estou chorando — Belle reclama, fungando, enquanto passa os dedos sob os olhos.

Cindy passa os braços ao redor dos meus ombros e me abraça forte por trás, e eu continuo olhando o bilhete nas minhas mãos.

— O que você quer fazer? — Ela pergunta, suavemente.

Ainda agarrada ao pedaço de papel, seco o nariz com a parte de trás da minha mão.

Eu sei o que *quero*. Quero entrar no carro da Cindy e fazê-la ultrapassar todos os limites de velocidade, para que eu possa ir para o barco. Quero contar ao Eric tudo o que aconteceu e o tipo horrível de pessoa que é a mãe dele, e implorar para que me perdoe por tê-lo deixado. Mas não posso fazer isso. Tenho que ser forte. Faltam apenas alguns dias para a reunião do Conselho. Posso ser forte por mais uns dias. Tenho que fazer o possível para salvar o The Naughty Princess Club, mesmo que isso signifique negar ao meu coração o que ele mais quer.

— Estou pouco me lixando que ainda é de dia. Preciso ficar bêbada — falo para elas, saindo do abraço da Cindy e voltando para o carro, ainda carregando a aquarela e o papel.

Capítulo vinte e nove

MANTENHA O SEU PÊNIS LONGE DO CABELO DELA

— Estou me sentindo escandalosa por estar aqui, e tão contente por vocês terem me convidado! — Vanessa fala para nós, enquanto observa a dançarina no palco, com olhos arregalados e inocentes.

— Cale a boca e beba o seu coquetel fru-fru de champanhe — murmuro, virando uma dose de tequila e batendo com o copo na mesa.

Senhoras e senhores, agora entramos na parte bêbada e irritada da noite. Por favor, retornem as suas mesinhas à posição original, endireitem os assentos e se preparem para a queda.

— Merda, me desculpe, estou com um humor do cão, e agindo como uma vaca. O problema não é com você, é comigo — falo para Vanessa, olhando nervosamente por sobre o ombro, para a área do bar, ainda com medo de que o Eric aparecesse.

Sim, estou no Charming's, e sim, Cindy e Belle me convenceram a mandar uma mensagem para a Vanessa, no Facebook, a convidando para sair conosco hoje à noite. Cindy me prometeu que o Eric estava fora da cidade, a negócios, o dia todo, e que não viria ao clube. E considerando que eu disse ao Sebastian que tinha uma amiga advogada, achei que conhecer a Vanessa um pouco melhor, poderia ser bom. Eu realmente não esperava adorar a magricela, mas aqui estamos.

— Está tudo bem — Vanessa me assegura, tomando um gole da sua bebida feita com champanhe e suco de cranberry. — Eu fui uma vaca quando nos vimos pela primeira vez, e foi completamente desnecessário. Você tem toda razão para estar de mau humor, e não a culpo por isso.

Assim que Vanessa se sentou à mesa que reservamos, bem ao lado do bar e longe o bastante do palco, para que ainda pudéssemos ver as dançarinas, mas calmo o bastante para conversar, ela se desculpou pela maneira como tinha se comportado quando nos conhecemos, na casa da mãe do Eric. Ursula tinha dito uma história de merda sobre como o filho estava namorando alguém que só estava atrás do seu dinheiro, e que não se importava com ele, e que estava apenas o usando para se aproveitar.

Vanessa disse que em dez segundos me vendo interagir com o Eric, soube que Ursula tinha lhe contado um monte de mentiras, e que percebeu que estava sendo manipulada. Escutá-la nos dizer que nunca tinha visto o Eric olhando para alguém da maneira como me olhava naquele dia, e como ele não parou de falar sobre como eu era incrível, quando eles foram para o lado de fora, ver o carro dela, deveria ter-me feito chorar de ficar com o nariz escorrendo, mas depois de chorar o dia todo, desde o depósito até a casa da Cindy, já não tenho mais lágrimas para derramar. Agora estou puta. Puta porque fui forçada a abrir mão do cara que me olhava da mesma maneria como eu olhava para comida mexicana.

— Então, o que você acha do divórcio da Ariel? Ela consegue resolver isso rápido? — Cindy pergunta.

Vanessa desliza pela mesa, a pasta que entregamos para ela alguns minutos atrás. Fiel à sua palavra, Sebastian tinha enviado um cheque à casa da Cindy, enquanto estávamos no depósito, com mais dez mil extras, assim como uma cópia dos documentos do divórcio que, desta vez, finalmente tinha assinado, e registrado com a data de hoje, para provar que tinha sido oficializado.

Acho que ele não estava mentindo quando disse que tinha conseguido uma noiva rica. Espero que ela seja esperta e perceba a merda que ele é, antes do casamento; caso contrário, ela merece aquele filho da mãe, e que os dois possam viver felizes para sempre.

— Com certeza. Está tudo certinho. Normalmente, demora uns sessenta dias para ser processado, mas amanhã vou ligar para o juiz e ver se podemos apressar, considerando as circunstâncias. Minha família é amiga da dele, e estudei com a sua filha, então isso não deve ser um problema — Vanessa explica.

— Preciso apenas dizer que realmente me assusta, ver vocês duas sentadas lado a lado — Belle comenta, olhando para nós,

— Do que você está falando? — Murmuro, acenando para a garçonete e pedindo outra rodada de tequila, e outro drinque de mulherzinha para Vanessa.

— Eu sei, é esquisito, né? Agora eu sei por que a Ursula me pediu para ir ao almoço e pensou que eu poderia atrair o Eric — Vanessa ri.

— O termo *doppelgänger* foi criado em mil setecentos e noventa e seis, por um escritor alemão chamado Johann Paul Richter. De acordo com a cultura germânica, um *doppelgänger* é alguém muito parecido, ou uma cópia exata de outra pessoa, geralmente referenciados como o irmão gêmeo mal-

Beije a Garota

vado de alguém — Belle recita. — Só precisamos descobrir qual de vocês duas é a malvada.

— Ariel! — Todas na mesa falam juntas, enquanto eu me pergunto se alguém colocou alguma droga na minha tequila.

— Vocês estão drogadas? Do que diabos vocês estão falando? — Pergunto de novo.

— Sério? Você não notou? — Cindy questiona. — Você e a Vanessa são tão parecidas que poderiam ser gêmeas, só que ela tem uma pele mais bronzeada e cabelo escuro. Talvez vocês sejam primas distantes ou algo assim. Isso não seria legal?

Balanço a cabeça enquanto observo a Vanessa. Ela tem lábios cheios, grandes olhos verdes, cintura pequena e pernas longas, e tenho certeza de que todas na mesa devem ter fumado alguma coisa quando foram ao banheiro.

— Ela é tipo, manequim trinta e seis. Se virar de lado, é capaz de desaparecer. A minha bunda tem um próprio código postal — murmuro, e imediatamente viro a dose de tequila que a garçonete serviu.

— Você é a versão Jessica Rabbit dela. — Belle encolhe os ombros. — O mesmo cabelo comprido e volumoso, mesmos olhos cor de esmeralda, mesmas maçãs do rosto e lábios carnudos.

Estudo Vanessa ainda mais, e ela olha para mim. Fico arrepiada quando do finalmente noto a semelhança, e então me xingo por ter ficado com um pouco de ciúmes dela, na primeira vez em que a vi, porque pensei que ela era tão perfeita, e eu, nem de perto. Somos parecidas, a não ser pelo meu cabelo ser vermelho, e o dela, de um castanho escuro, isso sem falar nas minhas curvas abundantes. Vou colocar a culpa em um momento de dúvida da minha autoconfiança quando a conheci, por causa do meu nervosismo naquele dia, ao conhecer a mãe do Eric.

Não consigo acreditar que aquela vaca pensou que poderia colocar alguém que se parecesse comigo, na frente do Eric, e assumiria que ele era tão superficial a ponto de se importar apenas com um rosto bonito, e não com o que há por dentro. Não que a Vanessa não seja um ser humano incrível e que tenha uma ótima personalidade, mas ela não é *eu*. E Ursula deveria ser mais esperta do que isso, deveria conhecer o filho que tem. Mais uma vez, volto a me sentir com raiva pelo fato de que não posso fazer nada com ela, no momento.

— Sei que ainda não nos conhecemos muito bem, mas eu realmente gosto de você, Ariel — Vanessa me diz. — Gostei do que vi no Eric, quando testemunhei vocês dois juntos. Não é justo que você se sinta obrigada a abrir mão disso. Acredite em mim quando digo que o Eric entenderá, se você explicar tudo para ele. E, honestamente, tenho certeza de que ele já sabe.

Toda a tequila que bebi ameaça voltar, então rapidamente tenho que voltar a engoli-la.

— Querida, você o deixou no dia seguinte em que conheceu a mãe dele. O cara não é um idiota — Cindy fala, suavemente.

— Se ele descobrir por si mesmo, não há nada que eu possa fazer, mas não serei eu quem irá machucá-lo dessa forma. Não vou ser a pessoa que abriu um abismo entre ele e a mãe. Não serei a mulher que faz algo assim com o homem que ama, e o fazer escolher entre nós duas. Não posso ser a responsável por arruinar o único laço familiar que ele tem — falo para elas, de maneira inflexível, piscando para afastar as lágrimas que pensei nem ter mais.

Todas na mesa ficam em silêncio por alguns minutos, e agradeço por elas não tentarem argumentar mais. Estou tão emocionalmente exausta por causa desses últimos dias, que tenho medo de não ter mais energia para dar a atenção necessária à reunião do Conselho.

Cindy chama a garçonete de volta à nossa mesa e pede que traga toda a garrafa de tequila. Passamos as próximas horas bebendo dose atrás de dose, até que tudo se torna um borrão. A última coisa de que me lembro, antes de desmaiar de cara em uma tigela de aperitivos, é de ver a Vanessa no palco, rodeada de strippers, com a blusa para fora da saia lápis, girando o paletó do terninho acima da cabeça, como um helicóptero, e batendo a mão na bunda de uma stripper.

— *Essa é uma ideia maravilhosa. Você é tão linda e inteligente. Deveríamos nos beijar.*

— *Caramba, Belle, pare de me beijar. Temos coisas importantes para* dizer... *Para* cozer... *Para* trazer...

— *Acho que o que você está tentando dizer é "para fazer".*

— PARE DE ME DIZER O QUE FAZER, PJ! TENHO MERDAS IMPORTANTES PARA DAZER!

— *Meus dentes estão estranhos. Eu ainda tenho dentes, Vincent?*

— *Você ainda tem dentes, querida.*

— *Alguém tem que ir com essas duas. Não podemos colocá-las em um Uber e rezar para que cheguem bem. Voto no Vincent. Acho que ele sabe lidar melhor com vômitos.*

— *Nem a pau. Eu voto no PJ. Foi ele que encorajou essa merda que, gostaria de reiterar, só para ficar registrado, acho uma ideia de jerico, e que nunca funciona.*

— *Ninguém vai vomitar. Lidamos muito bem com bebida. Esqueça, acho que vou vomitar. Deixe só eu botar os bofes pra fora, e então podemos ir. PJ, segure meu cabelo.*

— *Puta merda. Juro por Deus que se alguém vomitar no meu colo, vai pagar muito caro.*

Não sei o que está acontecendo ou onde estou, mas todas essas vozes altas na minha cabeça estão acabando com o meu clima. Tenho certeza de que bebi tequila de mais e agora estou alucinando, porque posso jurar que escuto a voz do Eric no meio desta bagunça.

— *Você vai com a Ariel, nós vamos de Uber. E se assegure de tirar os pintos do cabelo e do rosto dela. Pintos. PINTOS! Ai, meu Deus, por que eu não consigo dizer pintos?!*

— *Eu vou com ela. Não sejam presos. E pode deixar que vou tirar todos os APERITIVOS do cabelo e do rosto dela.*

E aí está de novo! Definitivamente, estou alucinando. Isto é muito melhor do que aquela outra vez, quando experimentei ácido, no último ano da escola, e comecei a chorar e me escondi debaixo da mesa, porque tinha um urso polar na minha frente, tentando me comer. Sei disso porque o urso polar falou comigo naquela noite e disse que queria me comer. Ele tinha uma voz bem gentil, e fiquei surpresa por ele querer fazer algo tão malvado.

De repente, sinto que estou sendo levantada no ar. Meu desejo era poder abrir os olhos, mas parece que alguém passou cola neles. Aconchego-me no calor de quem quer que esteja me segurando, e quando respiro, o cheiro é tão bom que, por alguma razão, me dá vontade de chorar.

— Você tem o mesmo cheiro que o Eric. Mas sei que você não é o Eric, porque eu terminei com ele e agora ele me odeia. Você vai comer o meu rosto, sr. Urso Polar? Você é tão macio e quentinho e gostoso de abraçar — murmuro, enquanto passo os braços pelo pescoço do urso polar, imaginando por que ele não tem pelo. — Não posso acreditar que alguém tenha depilado você. Isso é um abismo… abolido… ABDOMINAL! Acho que estou bêbada.

O urso polar ri, e sinto minha pele se arrepiar quando escuto o som, mesmo que eu não esteja com frio, porque ele está irradiando calor, com seus braços firmes ao meu redor.

Acho que dormi, mas talvez tenha morrido de envenenamento por álcool. A esse ponto, quem sabe? Sinto meu corpo ser colocado em uma nuvem macia e fofa, e então mais nuvens são colocadas nos meus ombros, até que estou aninhada no meio delas e suspiro, contente. Tento abrir os olhos, mas tudo o que vejo é escuridão, e quando ela começa a girar e eu a sentir vontade de vomitar, fecho bem os olhos e enfio meu rosto na nuvem.

Sinto algo suave e úmido na minha têmpora, e tenho quase certeza de que um anjo acabou de me beijar, o que faz com que eu sorria.

— Vamos lá, princesa — o anjo sussurra no meu ouvido.

É, definitivamente estou morta e, com certeza, isto é o paraíso, porque aquele anjo soou exatamente como o Eric. Mas o paraíso não deveria deixar você triste, e quando todo aquele calor e cheiro gostosos desaparecem, tudo o que eu quero fazer é chorar.

Capítulo trinta

POSSO BEIJAR A GAROTA?

— E como vocês podem ver nas planilhas à sua frente, a expectativa de crescimento do The Naughty Princess Club nos próximos seis meses chega a ser desconcertante para uma empresa nova, e traria muito dinheiro de impostos para a cidade.

Minha perna balança nervosamente, então pressiono minha mão no joelho para fazê-la parar, enquanto escuto Cindy falar para o Conselho, a alguns metros de distância, de pé à frente de um púlpito, como uma professora no meio da sala. Belle se inclina ao meu lado e segura a minha mão, dando um apertãozinho, enquanto vemos Cindy continuar a virar folhas e mais folhas de papéis à sua frente, e explicando porquê seria benéfico para o Conselho nos conceder a licença.

O Conselho se resume a quinze pessoas, e estão todas sentadas atrás de uma longa mesa de um lado da sala. Nenhuma delas parecia remotamente interessada no que Cindy estava falando pelos últimos quarenta minutos e, honestamente, não posso culpá-los.

Ela está fazendo um trabalho incrível discorrendo sobre todos os números que juntei nos últimos dias, depois da nossa noite de bebedeira no Charming's.

Imprimi tudo para ela, que está explicando todos os gráficos e escalas que eu tinha feito e colocado tudo junto em pastas, para os membros do Conselho, mas ela estava apenas recitando fatos. *Eu* estou entediada, e é a *nossa* empresa que está em jogo.

Ontem decidimos que seria Cindy quem falaria na frente do Conselho, já que ela tinha toda uma experiência com a Comissão de Eventos, com a Associação dos Moradores do bairro, e o trabalho voluntário que ela participou durante seu casamento, e sabia como comandar e ser profissional na frente de uma plateia.

Olho para Ursula, sentada bem no centro da mesa, e a encontro me observando com um ar de irritação, como se ela não esperasse que nós viéssemos hoje. Como se eu a tivesse desafiado e escolhido o filho dela, em vez das minhas amigas e do nosso negócio. Eu não entendo. Era isso o que ela queria. Fiz exatamente o que ela mandou, e tenho a sensação de que isso não importava, que ela ainda ia negar a nossa licença, mesmo depois do inferno que passei. É bem possível que ela nos tenha dito para vir nesta reunião do Conselho só para nos fazer implorar, para que ela pudesse nos humilhar na frente de todos.

E quando eu digo todos, quero dizer *todos*, pois tenho certeza de que estas reuniões nunca tiveram tanta plateia. Parece que a cidade toda está aqui hoje, para nos apoiar, e sei que é porque a Belle mandou um e-mail para todos os clientes da biblioteca, pedindo seu apoio. E aqui estão eles. Metade deles está usando camisetas do The Naughty Princess Club, que devem ter ido correndo comprar no site. Até mesmo dois membros do Conselho as estão usando, e isto me faz sorrir, mesmo que a Ursula ainda esteja olhando para mim enquanto Cindy fala.

Além de tudo isso, Eric está aqui. Só sei disso porque Belle se virou e o viu sentado ao fundo da sala. Estou me segurando para não me virar na cadeira e procurá-lo. Não posso olhar para ele agora, ou então ficarei tentada a pular da minha cadeira e correr para ele. Só de saber que ele está tão perto que eu poderia tocá-lo, mas não posso, faz com que eu me sinta doente.

Afasto o olhar de Ursula para observar a mim mesma, e balanço a cabeça sem acreditar. Estou usando o mesmo vestido verde e preto que usei no almoço com ela, porque pensei que faria com que eu me sentisse mais forte e poderosa. Queria que ela me *visse* e se *lembrasse* de que eu não aceitaria ser manipulada e não me acovardaria, e ainda assim, o que estou fazendo? Estou deixando que uma mulher me manipule, e definitivamente me acovardando, ao deixar que Cindy fosse a nossa porta-voz.

Posso ver, no sorriso de Ursula, que nada disso importa. Ela sabe que tem as melhores cartas no jogo, e que definitivamente tem a palavra final sobre o nosso futuro.

Cindy vira outra folha, instruindo os membros do Conselho a fazerem o mesmo, e começa a falar sobre mais taxas, então fico tão irritada que tenho vontade de arrancar os cabelos.

Fatos e planilhas, fatos e planilhas… Não é disto que se trata. É sobre lutar pelo que queremos, lutar pelo que trabalhamos tão duro para conseguir, e não deixar que alguém nos tire isso. Não aguento mais, não consigo mais ficar sentada aqui, fingindo que tudo isto está certo.

— Isto é ridículo — falo alto, interrompendo Cindy.

Ela se vira e lhe dou um olhar que pede desculpas. Em vez de cerrar os olhos para mim, ela sorri e assente.

— Desculpe? — Ursula fala, quando me levanto.

— Eu disse que isto é ridículo — falo ainda mais alto, e o murmúrio de vozes vindas da plateia enche a sala; então saio do meu lugar e vou para o lado da Cindy.

— Já era hora de você acordar para a vida. Eu mesma já estava quase cochilando — ela sussurra, piscando para mim antes de se afastar e se sentar na cadeira que eu tinha acabado de deixar vazia, ao lado da Belle.

Pigarreando e tentando acalmar o meu estômago, coloco as mãos no púlpito e me inclino para o microfone.

— Eu sei que você não tem a intenção de aprovar a nossa licença. Não importa se recebermos a aprovação do próprio presidente dos Estados Unidos, você só vai ficar aí, sentada atrás dessa mesa, e agir como se fosse melhor do que nós, só porque não aprova o que fazemos — falo para ela.

Ela suspira e cruza os braços enquanto se recosta na cadeira, com aquela expressão idiota no rosto, como se dissesse que estou certa.

— Começamos o The Naughty Princess Club porque estávamos desesperadas. Porque éramos três mulheres solteiras que estavam procurando os últimos centavos da conta bancária, e sem ideia de como sobreviver, como colocar comida na mesa ou como pagar as nossas contas — explico, afastando o olhar de Ursula para olhar nos olhos de cada pessoa naquela mesa. — Não estamos sendo justamente julgadas porque a presidente do seu Conselho está enojada pelo que a nossa empresa faz, e acha que será vergonhoso para a comunidade.

Mesmo que todo o meu ser esteja gritando para que eu conte para eles como ela me chantageou, para que eles saibam que tipo de pessoa ela é, não vou fazer isso. Ainda mais com o Eric sentado ao fundo da sala. Já é ruim o suficiente eu estar na frente da mãe dele em um evento público, então não quero envergonhá-lo ainda mais ao expor o tipo horrendo de pessoa que lhe deu à luz. Não é como se eu tivesse uma prova sólida das ameaças dela.

— Você está tentando nos dizer que um negócio onde se tiram as roupas por dinheiro, é algo limpo e de se orgulhar? — Ursula ri.

— Não, estou tentando lhe lembrar que há uma razão para você ter feito o seu marido usar o seu sobrenome, quando se casou com ele — falo para ela, observando-a cerrar os olhos porque trouxe a batalha para o campo da sua vida pessoal. — Se você tem um sonho, deve persegui-lo. Não importa o que é, e certamente não importa se você é homem ou mulher. Ainda assim, por sermos mulheres, somos julgadas por decisões que fizemos e o tipo de negócios que temos. E se fossem três homens aqui na frente de vocês hoje, querendo uma licença para uma empresa do mesmo tipo que a nossa, vocês ao menos piscariam ao pedido? Pensariam que eles eram promíscuos por fazerem uma carreira nesse ramo? Vocês os julgariam pelas escolhas que fizeram? Você fez o seu marido usar o seu sobrenome porque se recusou a perder a sua identidade. Você quis criar um nome por *si mesma*, não usando o nome dele para abrir portas. Nós três perdemos nossas identidades por causa de homens. Fomos silenciadas e enfraquecidas porque homens nos disseram que não poderíamos fazer nada. Homens nos fizeram acreditar que não éramos boas ou inteligentes o bastante, para ter sucesso sem a ajuda deles. O ex-marido da Cindy a via como uma dona de casa; alguém que cozinhasse suas refeições, criasse sua filha e mantivesse a casa em ordem e brilhando. O pai da Belle usava a culpa e a perda da esposa para mantê-la em casa, deixando-a com medo de ter a sua própria vida. E o meu ex não fez nada mais do que me colocar para baixo e me fazer sentir vergonha da minha aparência e de quem eu era, porque não me encaixava nos padrões de como uma mulher deveria ser ou agir.

Vejo algumas mulheres do Conselho assentirem com a cabeça, o que me deu uma boa dose de confiança.

— Mulheres foram *objetificadas* por séculos — Ursula fala, arrogantemente, inclinando-se para frente e colocando os braços na mesa. — Você ter uma empresa desse tipo, perpetua a questão e é um desserviço para o movimento feminista. Francamente, é realmente de causar nojo. Vocês estão vendendo os seus corpos, provando que os homens têm direito de ver as mulheres como nada mais do que seres sexuais.

Fecho minhas mãos em punhos e respiro profundamente antes de responder.

— Não, somos *donas* dos nossos corpos, *donas* da nossa sexualidade. Decidimos quando e como, porquê e para quê. Apenas nós. Ninguém mais vai tirar proveito de nós ou nos usar. Ninguém vai nos forçar a fazer esse trabalho. Nós temos o poder. Tivemos a ideia e fomos atrás. Criamos um sólido plano de negócios, incluímos novas ideias que fazem nossa empresa crescer a cada dia, e tem sido um sucesso. Você não pode negar que é um sucesso e que fizemos algo inédito. Três mulheres solteiras que não tinham nada a perder, começaram um negócio único e de sucesso. Isto deveria ser comemorado, caramba, e não diminuído! — Exclamo alto, batendo meu punho no púlpito.

A sala toda explode em aplausos e assobios. Belle e Cindy se levantam e se aproximam, me rodeando, enquanto Ursula pega o martelo da mesa e começa a batê-lo na madeira, ordenando que todos ficassem quietos.

Quando a sala finalmente volta a ficar em silêncio, outro membro do Conselho, que estava sentado em um dos cantos da mesa, diz que já ouviu o bastante e que era hora de votar. Belle, Cindy e eu batemos nossas mãos enquanto eles se reúnem à mesa. Mas meu coração afunda quando apenas três membros votam a favor de restabelecer a nossa licença.

Ursula sorri para mim e balanço a cabeça, incapaz de acreditar no que está acontecendo.

— Você só pode estar de brincadeira — murmuro, observando-a terminar a reunião e começar a se levantar da cadeira.

— Plano B? — Belle pergunta, se inclinando para frente e olhando para mim e para Cindy.

— Plano B, querida — Cindy responde, com uma piscadinha, e Belle tira o celular do bolso.

— O que vocês estão fazendo? — Pergunto, enquanto vejo Belle digitar rapidamente na tela do celular.

— Você realmente achou que não teríamos uma carta na manga? — Belle ri, antes de se inclinar para o microfone. — Com licença! Senhores e senhoras do juri!

Os membros do Conselho param quando Belle grita ao microfone, com sua voz ecoando pela sala.

— Antes de vocês irem, gostaríamos de submeter a prova A! — Ela grita.

— Você está ao microfone, não precisa gritar. E isto aqui não é um tribunal, lerda — Cindy murmura.

— Cale a boca e me deixe fazer a minha mágica — Belle responde, afastando-se da mesa para se dirigir à plateia. — Ei, Eric! Tudo bem para você se eu colocar isso para tocar?

Fico de boca aberta e me viro, então meus olhos finalmente encontram o Eric, que agora está de pé ao fundo da sala, encostado na parede, casualmente, com os braços cruzados e com aquele lindo sorriso com covinhas no rosto.

Seus olhos encontram os meus, e depois de não vê-lo por uma semana, meus joelhos quase cedem. Ele responde para Belle, sem tirar os olhos de mim.

— Faça o que tem que fazer, princesa, por mim tudo bem. Vamos terminar logo esta merda, para irmos para *casa*.

Mesmo que ele esteja respondendo para a Belle, eu sei... *eu sei* que ele está falando comigo. Não sei o que está acontecendo ou o que está para acontecer, mas algumas lembranças um tanto borradas, da noite em que ficamos bêbadas no Charming's, começam a voltar à minha mente. Algo com Cindy e Belle bêbadas e uma viagem de Uber, e ser beijada por um anjo que soava e cheirava como o Eric.

Belle sorri para ele e então se vira para mim, pega a minha mão e a aperta.

— Pronto, temos a permissão dele. Agora você sabe que ele está de boa com o plano e que não vai odiar você ou culpá-la, por ficar no meio dele e da mãe. Essa vaca vai se ferrar — ela sussurra, antes de se voltar novamente para os membros do Conselho.

Engulo, nervosa, virando junto com ela, mesmo que eu queira continuar olhando para o Eric. Belle segura o celular junto ao microfone e toca em um botão, então, de repente, a voz da Cindy soa pelo sistema de som da sala.

— *Acabei de vomitar nos arbustos da Ursula! Rápido, tire uma foto!*

— Opa, botão errado. — Belle ri, e o resto da sala se junta a ela, enquanto Cindy segura a cabeça com as mãos e suspira.

Rapidamente, Belle coloca a gravação mais para frente, voltando a segurar o celular junto ao microfone. Desta vez, é a voz da Ursula que soa.

— *O que diabos vocês estão fazendo na minha propriedade?*

— *Estamos aqui para falar para você sobre o nosso Senhor e Salvador: Jesus Cristo!*

A sala toda ri novamente e Belle me dá um olhar divertido, ainda segurando o celular, enquanto a gravação continua rodando.

— *Vocês têm cinco segundos para saírem daqui, ou então vou ligar para a polícia.*

— *Dane-se a polícia! Quer dizer, com certeza eles são pessoas adoráveis. O que quero dizer é que se danem você e esse seu nariz empinado! Quem diabos você acha que é, tentando chantagear a Ariel? Você realmente achou que poderia forçá-la a se afastar do seu filho, o amor da porra da vida dela, falando que ela tinha que escolher entre ele e o The Naughty Princess Club?*

— *Funcionou, não foi? Aquele lixo mostrou o que era, e o meu filho está finalmente livre da má influência dela. Aquela puta se deu mal. Vocês realmente pensaram que eu deixaria que uma empresa como a de vocês, profane a minha cidade? Vocês não são nada além de mulheres idiotas e promíscuas.*

Todos na sala arfam, incluindo eu, enquanto observo o rosto da Ursula ficar tão vermelho que acho que pode explodir.

— *Sua mentirosa maldita! Você disse para a Ariel que tudo o que ela tinha que fazer era terminar com o Eric, e então ir à reunião do Conselho e defender o nosso caso, que você imediatamente reverteria a negativa! Tanto faz, sua vaca. Nós ainda iremos à reunião, e todos ficarão do nosso lado, porque nós somos incríveis, e você não! Como você se atreve! Como. Você. Se. Atreve! Credo, acho que vou vomitar de novo.*

A sala ri novamente, e me endireito para observar Ursula se afundar cada vez mais na cadeira, enquanto os outros membros do Conselho lhe dão olhares de raiva, balançando as cabeças.

— *Você tem ideia de quem eu sou? Sou a PRESIDENTE daquele Conselho, e proprietária da maior empresa desta comunidade, que traz milhões de dólares em investimentos. Aqueles idiotas me adoram e fazem o que eu digo. Vocês podem ir em frente e aparecer na reunião, mas tudo o que farão será se envergonharem ainda mais. Agora, saiam da minha propriedade, suas putas bêbadas!*

— *Vá se ferrar! Talvez, se agisse como uma puta bêbada de vez em quando, você não seria essa vaca julgadora, de nariz empinado! PJ, vamos para casa. Essa puta bêbada quer chupar o seu...*

Cindy se aproxima rapidamente e arranca o celular da mão da Belle, desligando e o jogando no púlpito.

— Acho que eles já ouviram o bastante — ela fala, pigarreando nervosamente.

Imediatamente a sala vai à loucura novamente, com gritos, assobios e pedidos para que Ursula fosse expulsa do Conselho. De repente, alguém começa a entoar o canto "Naughty Princess" e todos se juntam, fazendo Cindy, Belle e eu rirmos, enquanto nos viramos para ver todos sorrindo e torcendo por nós.

Um dos membros bate com o martelo na mesa, repetidamente, pedindo silêncio, e depois de alguns minutos, a sala volta à quietude.

— Acho que já ouvimos o suficiente. Em nome do Conselho, eu gostaria de pedir desculpas pelo tratamento que vocês receberam. Não aceitaremos que nossos empresários sejam intimidados ou chantageados. O que vocês alcançaram com a empresa de vocês, em tão pouco tempo, é sim, motivo de comemoração, e merece ser reconhecido. Como o presidente temporário do Conselho, já que a nossa *antiga* presidente pode pegar as coisas dela e sair daqui — o homem fala, olhando para Ursula —, eu, por meio deste, aprovo sua licença comercial, e desejo nada além de contínuo sucesso.

Com isso, ele bate o martelo novamente na mesa, e anuncia o término da reunião.

O rugido das pessoas na sala é ensurdecedor, e Cindy, Belle e eu começamos a gritar, abraçar e a pular, animadamente.

— Eu amo vocês, suas bêbadas filhas da mãe! — Falo para elas, sem me envergonhar de que estou chorando em público, enquanto abraço as minhas melhores amigas.

— Não consigo acreditar que metade da cidade sabe que fui para casa e chupei o pau do PJ — Cindy reclama.

— Você desligou antes de dizer *pau*. Tenho certeza de que eles pensaram que você fosse dizer *pirulito* — Belle lhe assegura.

De repente, sinto dois braços passando ao redor da minha cintura, e o cheiro do perfume que eu tenho sonhado há semanas. Belle e Cindy me soltam com um sorriso, e me viro nos braços do Eric para encontrá-lo sorrindo para mim.

— Estou absurdamente orgulhoso de você — ele me diz, encostando a testa na minha.

— Sinto muito pela sua mãe. Odeio que isso tenha acontecido com você, que teve que ver e ouvir aquilo — digo a ele, tentando ao máximo não chorar de novo.

— Não se atreva a se desculpar pelo que ela fez com você. Com a gente. Falei para você que ela e eu nunca tivemos uma relação próxima, e não sinto *nem um pouco* por termos feito isso. Sinto muito que ela tenha feito você passar por isso. E estou puto por você não ter me contado, assim que saímos da casa dela naquele dia, mas entendo por que você não disse nada.

— Não acredito que você está aqui. Eu terminei com você — falo, sem jeito, para ele.

Ele ri, aumentando o aperto dos seus braços ao meu redor, puxando meu corpo contra o seu.

— Não terminou.

— Sim, com certeza terminei — argumento. — Deixei um bilhete para você. Empacotei as minhas coisas e fui embora.

— Você precisava de espaço. Eu entendo. Garotas precisam de espaço às vezes — ele encolhe os ombros.

— Você acabou de me chamar de *garota*? — Murmuro, perplexa.

— Espere, você *não* é uma garota? Bem, merda. Quer dizer, eu sei que você tem as minhas bolas na sua bolsa, desde o dia em que a conheci, mas achei que você não era um cara.

Seus olhos descem pelo meu rosto e vão direto para os meus peitos, e ele lambe os lábios.

— Pare de me foder com os olhos, em público — reclamo.

— Será que, então, finalmente, podemos ir para casa, para que eu possa foder você da maneira correta? — Ele pergunta, com um sorriso.

— Você é ridículo — balanço a cabeça para ele, incapaz de parar o sorriso, que até então estava contido no canto da minha boca, deixando que tome conta do meu rosto.

— E eu amo você — ele fala, suavemente.

— É, você dá para o gasto. Acho que podemos ir para casa agora. Sinto falta do Derrick Alfredo e das bolas dele — falo para ele. — Então, o seu barco ou o meu?

O sorriso do Eric diminui e eu tenho um momento de pânico, imaginando se ele realmente me odeia pelo que aconteceu aqui nesta noite. Ele tira os braços da minha cintura e dá um passo para trás, passando as mãos nervosamente pelo cabelo.

— Ok, então, eu tenho uma coisa para contar para você. Prometa que não vai perder a cabeça — ele implora, fazendo uma pausa muito longa.

— Pelo amor de Deus, eu já estou perdendo a cabeça! Fale logo!

Ele fecha os olhos e respira profundamente algumas vezes, antes de abrir os olhos e me olhar sério.

— Ariel. Vendi o seu barco para que eu pudesse comprar as suas antiguidades de volta. E então vendi o *meu* barco quando descobri o que a minha mãe tinha feito a você, porque eu realmente nunca me importei com os negócios da família, e honestamente, não quero ter nada a ver com ela neste momento. Além disso, uma das cláusulas da herança que o meu pai deixou, era que eu tinha de ter trinta anos *e* estar casado com uma mulher que a minha mãe tivesse aprovado, antes de poder tocar no dinheiro. Caso contrário, eu perderia tudo.

Ele solta um suspiro profundo e aliviado quando termina, e eu olho, confusa, para ele.

— Ok...? — Respondo, ainda imaginando por que ele está me dizendo tudo isso e esperando que eu perca a cabeça.

— Pelo amor de Deus, Ariel! Você não entendeu? Estou pobre! — Ele lamenta.

A expressão de desespero no seu rosto me faz rir, o que faz Eric olhar para mim antes de se inclinar para frente e apoiar as mãos nos joelhos.

— Porra. Estou tendo um ataque cardíaco. Ligue para a emergência — ele arqueja enquanto fala.

— Ah, pelo amor de Deus — reviro os olhos e acaricio as suas costas. — Você não está pobre. Só... não é mais multimilionário.

— *ESSA É A DEFINIÇÃO DE POBRE!* — Ele fala, em pânico, ainda respirando pesadamente, até que começo a me preocupar que ele realmente acabe tendo um ataque cardíaco.

Seguro o seu braço e o endireito novamente, passando meus braços ao redor da sua cintura.

— Pare de ser um bebê chorão. Acabei de receber um cheque bem gordo do pedaço de merda que, agora posso dizer, é o meu *ex*-marido. E agora que o The Naughty Princess está de volta à ativa, nadaremos na grana. Não se preocupe, amorzinho. Vou cuidar de você — sorrio para o Eric, enquanto ele segura meu rosto com as mãos.

— Ótimo. Posso chamar você de *sugar momma*[13]? — Ele pergunta, lentamente aproximando o rosto do meu.

— Não se você quiser acordar, amanhã, com as bolas ainda no lugar correto.

— Posso beijar a garota agora? — Ele sussurra.

— Você é tão meloso. E não, você não pode me beijar. Sou eu que estou no comando. *Eu vou beijar você.*

Eric ri e eu fico na ponta dos pés, interrompendo a sua risada com meus lábios.

---

13 Sugar Momma – mulheres que bancam seus companheiros, sejam eles seus maridos, namorados ou ficantes. Versão feminina do termo 'Sugar Daddy'.

Epílogo

> CINDY

Três meses depois...

— PJ! NÃO CONSIGO ENCONTRAR MEU SAPATO! — Grito, procurando na pilha de calçados que joguei no chão do nosso *closet*. — *VOCÊ VIU AQUELE MEU SAPATO BRILHANTE? SABE, AQUELE QUE USEI NAQUELA NOITE EM QUE VOCÊ DEU UM SOCO NA CARA DO BRIAN? AQUELE QUE CAIU DO MEU PÉ E VOCÊ PENSOU QUE SERIA IDIOTA E FOFO FICAR DE JOELHOS, PARA ME AJUDAR A COLOCAR DE VOLTA?!*

Bufo quando não consigo encontrar o maldito sapato, então levanto e saio mancando para a porta do *closet*, já que só estou usando um sapato brilhante.

— Você quer dizer este sapato?

Abro a boca, estupefata, quando vejo PJ se ajoelhando na minha frente, no meio do quarto, segurando o sapato que faltava. Dou um passo na sua direção e arfo ao ver um belo anel de diamante, com corte princesa, em cima do sapato.

— Ai, meu Deus — murmuro, sentindo lágrimas encherem meus olhos, enquanto cubro a boca com a mão.

— Cynthia, eu amo você. Mais do que pensei que pudesse amar alguém. Amo você desde o momento em que te peguei no colo, enquanto você desmaiava no jardim, e ainda mais quando você apareceu no meu clube de strip, vestida com aquele terninho medonho — ele me diz, com um sorriso.

— Cale a boca. Aquele terninho era da Ann Taylor e caía superbem — murmuro, entre as lágrimas.

— Amei cada momento em que vi você se tornar esta empresária forte, sexy e incrível que é hoje, e amo que eu possa tirar proveito desse seu negócio quando você volta para casa, para mim, à noite — ele fala, dando uma piscadinha.

— Ecaaaaa, informação demais! — Anastasia reclama.

Olho por sobre o ombro do PJ e a vejo sentada na beirada da nossa cama, com o rosto escondido pelo celular. Reviro os olhos e volto a olhar para o PJ.

— Case comigo. Deixe-me passar o resto da minha vida provando para você que contos de fadas realmente podem se tornar realidade.

— Se eu disser que sim, você vai me chamar de sra. Prince Charming? — Pergunto, enquanto ele pega o anel e joga o sapato para o lado.

— Do que você quiser, amor — ele ri, e desliza o anel pelo meu dedo.

— Olhe só para você, já agindo como um marido.

Inclino-me na sua direção para beijá-lo, mas ele coloca o dedo sobre os meus lábios.

— Segure esse pensamento. E esse beijo — ele diz para mim, enquanto coloca a mão no bolso da frente da calça e se vira, de joelhos, na direção da Anastasia. — Anastasia, você me daria a honra de ser o seu padrasto? — PJ pergunta para minha filha, levantando um anel para que ela veja.

— Cara, isso é uma joia negra? — Ela pergunta, olhando para o anel, jogando o celular na cama.

— É uma ônix — PJ confirma, assentindo com a cabeça.

— Como a minha alma — ela suspira, feliz.

— Você promete me deixar pegar uma arma e ameaçar qualquer garoto que bater à nossa porta para te levar em um encontro? Promete conversar comigo se tiver algum problema que você não possa dizer à sua mãe? Que vai me deixar colocar você de castigo se algum dia fizer escolhas idiotas, contanto que a sua mãe esteja de acordo com a punição, da qual vou dar para trás depois de duas horas, porque não quero que você me odeie? Promete que vai me deixar chutar a bunda do garoto que quebrar o seu coração? Que não vai rir de mim quando você for para a faculdade e eu chorar como um bebê? Se você prometer todas essas coisas, então eu prometo que serei o melhor padrasto do mundo, e que vou cuidar muito bem de você e da sua mãe — PJ termina.

Anastasia olha para mim, e eu mal consigo enxergá-la com tantas lágrimas surgindo nos meus olhos e rolando pelo meu rosto. Mas, felizmente, não sou a única que está emocionada. Observo minha filha sorrir para mim e secar as próprias lágrimas enquanto assente para o PJ, e ele coloca o anel no dedo da mão direita dela.

— Você é tão nerd — ela diz, revirando os olhos, mesmo enquanto funga e seca mais lágrimas, que desciam pelas suas bochechas.

Ela se levanta e se inclina para beijar a bochecha do PJ, antes de vir até mim e passar os braços ao redor da minha cintura. Dou um beijo no topo da sua cabeça.

— Você tem a minha permissão. Acho que você pode se casar com esse cara. Mas, se você me obrigar a usar um vestido rosa de dama de honra, vou matar você enquanto estiver dormindo.

Com isso, ela se afasta e sai do quarto.

PJ se levanta do chão e se aproxima, levantando-me no ar.

— Eu amo tanto você, Princeton James Charming — digo, enquanto passo os braços ao redor dos seus ombros e o puxo para mais perto.

— Eu amo você mais, Cindy Ella. O que você acha de nos casarmos na virada do ano, no badalar da meia-noite? — Ele pergunta, abaixando meu corpo até meus pés tocarem o chão.

— Acho que soa exatamente como um perfeito final de um conto de fadas.

BELLE

Seis meses depois...

— Quando foi que você disse que você e o seu esposo começaram a morar juntos? — O oficial do Serviço de Imigração e Naturalização dos Estados Unidos nos pergunta.

Já estamos aqui há duas horas, respondendo a tantas perguntas que me sinto como se fosse esquecer o meu próprio nome. Respondemos de tudo, desde quais eram as nossas datas de aniversário até quando foi o nosso terceiro encontro, e também os modelos dos nossos carros e em quais bancos temos contas. Mas este é um grande dia. Um dia importante. Mais importante até mesmo do que o dia do nosso casamento, que foi um dia espetacular, alguns meses atrás, se posso dizer.

Este é o dia em que Vincent, com sorte, receberá a sua cidadania americana, e não teremos que nos preocupar por ele possivelmente ser enviado de volta para o Canadá. Quer dizer, eu iria com ele, se esta situação acontecesse, mas espero que não aconteça. Meus negócios, minha biblioteca, meus amigos e o meu pai estão aqui.

— Bem, essa é uma história engraçada — falo para o homem, que não ri e claramente não acha nada engraçado. — Ele meio que me sequestrou da biblioteca onde trabalho e me forçou a morar com ele por alguns meses, depois de nos conhecermos no clube de strip onde ele trabalha.

— Jesus — Vincent murmura, da cadeira ao meu lado, já que nós dois estamos de frente para o oficial, do outro lado da mesa. — Eu não a sequestrei. Gentilmente, pedi que fosse para casa comigo, já que ela estava morando na biblioteca e não tinha para aonde ir.

— Tanto faz — murmuro, acenando a mão para o meu marido. — Eu pensei que você fosse um assassino em série, até que chegamos na sua casa, no meio da floresta. E mesmo assim foi assustador, porque estava preocupada que se eu gritasse, ninguém escutaria.

Seguro a mão do Vincent e me viro para o oficial, com um sorriso.

— É um chalé bem bonito, no meio do nada, com a biblioteca mais linda que você já viu. Você sabia que menos de vinte por cento da população têm uma biblioteca em casa? Que absurdo.

O homem nem pisca, ele só abaixa o olhar para os documentos à sua frente e escreve algo rapidamente, antes de ir para a próxima pergunta.

— Você e o seu esposo saíram de lua de mel? Se sim, para aonde foram? — Ele pergunta.

— Flórida — Vincent responde, com uma voz monótona, e eu reviro os olhos.

— Fomos para Key West. Vincent me levou para visitar a casa do Ernest Hemingway. Ela foi construída em mil oitocentos e cinquenta e um, e Ernest se mudou para lá em mil novecentos e trinta e um. A casa ainda tem a mesma mobília que ele e a família usaram. É fascinante — digo ao homem, com um sorriso sonhador, relembrando o nosso passeio pela casa e a sensação de tocar nas coisas que Hemingway deve ter tocado.

E de todos os toques que fizemos quando voltamos para o hotel. E na praia. E no banheiro de um restaurante.

— Isso foi tudo o que vocês fizeram na lua de mel? — O oficial pergunta, com uma voz entediada.

— Sim — respondo, ao mesmo tempo em que Vincent diz: — Não!

— Era a nossa lua de mel. Fizemos muito sexo, até mesmo tentamos coisas novas — informo, com um sorriso, ao oficial.

— Jesus — Vincent murmura de novo, enquanto continuo:

— Você sabia que mais de vinte por cento das mulheres entre vinte e trinta e nove anos, reportaram ter feito sexo no último ano? — Pergunto.

Vincent geme, e o oficial tenta abafar uma risada. Ele rapidamente pega um copo de água, que estava na sua mesa, e bebe.

— O mesmo vale para os homens. Se você tem curiosidade com algo, deveria tentar. É muito erótico quando se está com a pessoa certa. Eu poderia mandar alguns artigos para você. É importante conhecer os fatos e saber como se manter seguro ao experimentar certas coisas — digo para ele, dando uma risada.

— Acho que já terminamos aqui — o oficial diz, colocando o copo de água vazio de volta na mesa, e rapidamente se levantando.

— Ai, merda. Estraguei tudo? — Rio novamente, relembrando o sexo oral que fiz no Vincent, no caminho para cá, para acalmá-lo, mesmo sabendo que eu não deveria rir neste momento, mas qual é! Estou fora da minha zona de conforto.

Não é culpa minha se tudo faz com que eu pense em sexo. Meu pai, abençoado seja, se mudou para a nossa casa algumas semanas atrás, e não é exatamente muito divertido tentar transar quando ele está no outro lado do corredor, então temos que ser criativos.

Meu pai vendeu a casa dele e vai se casar com a mãe do PJ, Luanne, no mês que vem. Então eles compraram uma casa juntos, para que pudessem começar essa nova jornada.

Meu pai planejou morar lá até que a da Luanne fosse vendida, mas um cano estourou, e no momento a casa está passando por reformas. De repente, tenho muito mais apreciação pelo meu pai, e sei como deve ter sido enervante para ele quando eu estava morando na sua casa. Não sei quantas vezes o peguei entrando silenciosamente, de madrugada, com o cheiro do perfume dela na roupa, e com um sorriso bobo no rosto. Ou quantas vezes fiquei acordada até tarde, andando de um lado para o outro na sala, quando ele disse que estaria em casa às onze, e só chegava depois das duas da manhã.

Criar um pai desafiador é tão difícil...

— Vincent Adams, a sua solicitação para se tornar um cidadão dos Estados Unidos está aprovada. Por favor, assegure-se de que a sua esposa não me mande nenhum artigo sobre sexo anal — o oficial diz, dando a volta na mesa, apertando as nossas mãos e nos parabenizando, antes de sair rapidamente da sala.

Pulo da minha cadeira enquanto Vincent se levanta, jogando-me nos seus braços.

— Conseguimos! Passamos no teste! Falei para você que tudo ficaria bem — falo para ele, enlaçando sua cintura com as pernas, enquanto ele me levanta ainda mais nos seus braços e balança a cabeça.

— O que eu vou fazer com você? — Ele ri.

— Leve-me para casa, para que possamos transar na biblioteca. Espere. Esqueça. Meu pai está em casa. Vamos para a minha biblioteca, fechá-la por algumas horas, e transar entre as estantes — digo, levantando as sobrancelhas.

— Já disse, ultimamente, que estou feliz por tê-la sequestrado e a forçado a morar comigo, e pedido para você se casar comigo? — Vincent pergunta.

— Rá! *Viu?* Você me sequestrou! Mas não, você não me disse isso ultimamente. Não desde o café da manhã. Há umas... seis horas. Estamos casados há cinco meses, e você já está se transformando em um marido entediante e não muito romântico — suspiro.

— Você acha que eles revogarão a minha cidadania se eu te foder na mesa desse cara, neste momento? — Vincent pergunta.

— Por mais adorável que soe, é melhor não corrermos o risco. Você está ranzinza demais para o Canadá te aceitar de volta — falo para ele, com um sorriso. — Estou tão contente por ter deitado na cama com a fera...

Vincent levanta a mão e acaricia minha bochecha.

— E eu estou tão contente por ter me apaixonado por uma bibliotecária nerd e tímida, que virou meu mundo de cabeça para baixo.

ARIEL

Dez meses depois...

— Essa merda só pode ser brincadeira... — resmungo, olhando para o aquário no meio da sala de estar do nosso iate. — Quando concordei em comprar um iate com você, para morarmos juntos, não incluía você avacalhando os meus peixes!

Eric ri, sentado no sofá, enquanto eu subo em uma cadeira e coloco a mão na água daquele aquário ridiculamente grande, que toma conta de metade de uma das paredes da nossa sala de estar. Sei que um relacionamento tem a ver com comprometimento, e realmente não faz sentido ter dez aquários sobre a bancada, mas ainda assim não acho que os Linguados gostem da sua nova casa. Especialmente quando eu chego em casa todos os dias e vejo que o Eric colocou outra decoração no fundo, como esse baú de tesouros idiota em cima das pedras.

Tiro a caixa de cerâmica do aquário e me viro em cima da cadeira, balançando o braço para secá-lo, então encontro o Eric de joelhos ao pé de onde estou.

— Que porra você está fazendo?! — Grito, enquanto ele pega o baú de tesouros da minha mão e tira a tampa.

Dentro da pequena caixa há o mais lindo anel de diamantes, com corte princesa, rodeado de esmeraldas. Eric tira o anel, joga a caixa para o lado e segura a minha mão.

— Ariel, a mulher mais boca suja que já conheci. Soube no primeiro momento em que você falou *"me errá"*, que eu queria me casar com você. Mas você é uma merdinha teimosa, e percebi que teria que esperar um tempo até você se apaixonar loucamente por mim — ele diz, com um sorriso que me faz revirar os olhos ainda mais, mesmo que eles estejam cheios de lágrimas. — Quero passar o resto da minha vida enchendo o seu saco e fazendo nosso maravilhoso sexo de reconciliação. Quero levar você às aulas de ioga com cabras, aos mercados de pulgas, e encher este iate com antiguidades, até que não consigamos mais andar.

Olho ao redor, pelo interior do nosso iate, sabendo que já estamos chegando perto desse ponto. Não apenas as minhas antiguidades que o Eric comprou de volta no leilão, estão cobrindo cada superfície disponível, como também cinquenta bustos de cerâmica, que se parecem com o Eric, que ele tinha mandado fazer, depois que aquele primeiro que comprou para mim, tinha sido quebrado pela sua mãe. Eles são completamente ridículos, e seus olhos me seguem para aonde quer que eu vá, mas eu os amo, quase tanto quanto amo o Eric verdadeiro.

— Case comigo, mulher sexy pra caralho.

— Você está me pedindo, ou mandando?

— Esta será a única vez que vou mandar você fazer alguma coisa, porque amo as minhas bolas e não quero que você as corte fora. Case comigo. Vou usar o seu sobrenome, se você quiser. Não me importo em ser o sr. Triton. O seu pai e eu podemos usar camisetas combinando — ele diz, dando uma piscada.

Por mais que eu ame ser uma mulher forte e independente, não sou a sua mãe e nem quero ser. O relacionamento deles está bem abalado, mas ao menos ela tinha se desculpado conosco, alguns meses depois da reunião do Conselho. Foi uma desculpa forçada, e dava para ver, a olhos vistos, que ela odiou cada minuto daquilo, mas era um começo. Eu ainda não consigo aguentar aquela mulher, e fico com raiva toda vez que penso no que ela fez para nós, mas também não quero ser a pessoa que fica entre ela e o Eric. Espero que, eventualmente, ela perceba o quão feliz eu o faço, e repense sua posição.

Temos muito tempo para isso.

Temos o resto das nossas vidas para que ela perceba o quão incrível sou.

E, honestamente, a satisfação de saber que Sebastian se ferrou, me dá tanta alegria, todos os dias, que os problemas com a mãe do Eric nem mesmo me incomodam. A "noiva rica" dele percebeu a encrenca na qual estava se metendo, bem antes de dizer "aceito". Literalmente. Eles estavam no meio da cerimônia quando ela anunciou para toda a igreja que não poderia se casar com ele, saiu correndo do altar e deixou o patético ser para trás, para se casar em Barbados, com o seu *personal trainer*. Ouvi dizer que Sebastian agora trabalha em um restaurante Taco Bell e vive no porão da casa dos pais. Sonhos realmente se tornam realidade.

— Ok, vou me casar com você. Mas prefiro ser a sra. Sailor. Você e o meu pai não precisam de algo mais para se divertirem como duas garotinhas. Já é ruim o suficiente você ter se vestido como um capitão de iate e feito um comercial com ele. Nunca vou conseguir tirar da cabeça as palavras *"Nem sempre é melhor onde é molhado! Venha para a Triton Motors e confira nossos barcos de quatro rodas!"* — Falo para ele, revirando os olhos, enquanto Eric se levanta e me tira da cadeira, deslizando o anel pelo meu dedo e me tomando nos braços.

— Uma pergunta: Olhe por sobre o meu ombro. Por acaso o Derrick Alfredo está na bancada, lambendo as bolas enquanto olha para nós?

Olho por sobre o ombro dele e, claro como o dia, aquele merdinha está lambendo as bolas e olhando para nós.

— Aham — aceno com um suspiro.

— Ótimo. Agora posso beijar a garota. — Ele sorri, inclina a cabeça e me dá um beijo de ficar sem fôlego.

Um ano depois...

THE DAILY CHRONICLE
Edição Empresarial de Domingo

O The Naughty Princess Club se tornou um nome de referência nos últimos meses, em parte graças às empresárias Cindy, Belle e Ariel. Sua ideia única de começar um negócio de festas de strip-tease em domicílio, onde as dançarinas vão até você, tornou-se uma das primeiras *start-ups* da área, sem capital externo, e que mais do que triplicou os lucros no primeiro trimestre. As três melhores amigas nunca imaginaram que a pequena ideia que elas tiveram como uma maneira de fechar as contas no final do mês, quando estavam com problemas em suas vidas pessoais, se tornaria o que é hoje.

Com a ajuda de Eric, marido de Ariel e gerente de negócios da empresa, o The Naughty Princess Club é

Na foto acima, da esquerda para a direita: as empresárias Cynthia Charming, Isabelle Adams e Ariel Sailor.

hoje uma franquia localizada em sete estados, e em expansão. A marca se tornou mais do que strip-tease, oferecendo também serviços de coquetel sexy para o que a sua festa precisar, e até mesmo disponibiliza aulas de strip-tease para quem quiser apimentar a relação. O formulário para solicitações de franquia pode ser encontrado no site, mas gentileza notar que as mulheres têm algumas recomendações bem específicas para quem quiser ter uma franquia ou trabalhar nas filiais do The Naughty Princess Club, de acordo com Cynthia Charming.

"Começamos essa empresa porque estávamos no fundo do poço. Mas ela se tornou um sucesso porque, no fim do dia, não importa o que está acontecendo nas nossas vidas, somos melhores amigas. Apoiamos e levantamos o humor umas das outras, e fazemos o que é preciso para nos certificar de que todas tenhamos sucesso. Se você quer trabalhar para o The Naughty Princess Club, esteja preparada para fazer amigas. Cada filial é uma família, assim como as mulheres que hoje trabalham para nós. É um sistema de apoio, e hoje em dia, ver mulheres trabalhando juntas, em vez de querer passar uma por cima da outra, é uma coisa bonita de se ver."

As sócias do The Naughty Princess Club estarão na biblioteca municipal nessa noite de domingo, para um coquetel especial, das dezoito às vinte e uma horas, onde responderão a todas as suas perguntas sobre as três princesas que salvaram a si mesmas, enquanto arrasavam em cima de stilettos.

A The Gift Box é uma editora brasileira, com publicações de autores nacionais e internacionais, que surgiu no mercado em janeiro de 2018. Nossos livros estão sempre entre os mais vendidos da Amazon e já receberam diversos destaques em blogs literários e na própria Amazon.

Somos uma empresa jovem, cheia de energia e paixão pela literatura de romance e queremos incentivar cada vez mais a leitura e o crescimento de nossos autores e parceiros.

Acompanhe a The Gift Box nas redes sociais para ficar por dentro de todas as novidades.

 www.thegiftboxbr.com

 /thegiftboxbr.com

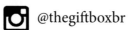 @thegiftboxbr

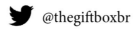 @thegiftboxbr

 bit.ly/TheGiftBoxEditora_Skoob

Impressão e acabamento